天台上的父亲

邵丽 著

北京出版集团
北京十月文艺出版社

目录

天台上的父亲

一

也许是离开那个城市后我改变了信仰。其实也无所谓改不改变，一直以来我就没有坚定的信仰。妹妹一直说我迷信。我迷信了几十年，是从母亲那里传过来的。她是一个泛神论者，神灵附着在任何一个老旧的事物上。尤其是我父亲刚死的那段时间，她更加疑神疑鬼，即使是一根绳子，她也会端详半天，好像那上面写着神的启示似的。

我喜欢这个新来的城市的新区，它好像凭空多出来的这么一部分，虽然与老城区仅仅隔了一条快速通道，便是另外一个世界了。它的空气像是刚刚过滤过，有真正的青草、河滩和森林的气味。我喜欢在夜晚独自穿过由石条铺成的曲曲弯弯的人行步道，像踩过一排排钢琴键。在道路的尽头，有一家小食店，卖一种当地的小吃，生意相当好。有一次，我饿了，进去要了一碗面，竟然排了半天队。

小食店的老板娘是个厉害角色。那天跟在我后面进去的是个小姑娘，那姑娘抱着她的狗，一只咖啡色的泰迪。她刚刚进门，女老板尖厉的声音就叫了起来，让狗马上出去。女孩愣了一下，面色变得通红，抱着狗羞惭而去。

面吃到一半，我越想越不对头，竟然一点胃口都没了，推开碗走了出去。我自己也觉得奇怪，莫名其妙地生了气，也许是生那个女老板的气，也许是生那个抱狗的女孩的，也许是生自己的。反正是气鼓鼓地走了。

父亲不在后，我的情绪在慢慢平复，已经不再那么焦躁、暴戾和善变。想起父亲在的时候，这个点他已经睡觉了。他就像一座时钟，到点该干什么就必须干什么，典型的强迫症。有一天傍晚，他看了一下表，到喝粥时间了。我母亲因为老家来了客人，耽误了一点时间。他气恼得把水杯都蹾碎了，弄得客人脸上红一阵白一阵的。

“过去他不这样啊！不是这样子啊！”我母亲老是跟我这样抱怨。过去他确实不这样，没退休之前，他是多么细心周全的一个人啊！每次下班进家门之前，老是听到他跟周围邻居打招呼的声音。虽然那声音低调、谦和得像讨好似的，但有一股感染人的韧劲儿，把我们的日子铺垫得绵密厚实。所谓岁月静好，就是那副模样吧。

某一天，一切都忽然起了变化。哦，对，开始时不是一切，只是有一些东西在起变化。退休之后，他的生活圈在慢慢缩小，像一个剩馒头，在变干，在缩水。他很少再走出屋外，即使晒太阳，也缩在阳台的藤沙发上。他频繁地看表，每小时必须听一次天气预报，《新闻联播》前五分钟，准时坐到客厅沙发上打开电视。

他为自己的一切都做上标记，好像怎样生活，还得看看他插的路标。

那家小食店今天好像客人并不多。一个年轻的姑娘坐在靠门的地方，一边看手机，一边吃着碗里的烩菜。那是一种掺杂着羊肉、白菜、炸豆腐丝和粉条的地方小吃，名字叫豆腐菜，这家店也是因为这个菜而出名。但我不大喜欢吃这个，我喜欢吃他们的羊肉汤面。

父亲过去爱吃羊肉，也爱吃豆腐。但他喜欢分开吃，不喜欢烩一起。他吃羊肉就是清水煮一下，然后捞出来，切成片，再用原汤冲成羊肉汤，里面什么调料都不放，原汁原味。豆腐也是，在水里煮一下，或者蒸一下，在小碟子里调一点料，就那样蘸着吃。

他退休后的第一个国庆节，我们带他去郊区的农场玩儿，那里有个养殖场。他兴致勃勃地订了四只羊，说等春节的时候杀了吃。结果等到春节，我们带着他过去，他看到一群小羊羔追着母羊咩咩地跑，就心软了，不忍心让人家杀。

父亲死后，有一次我和妹妹趁假期带着孩子们到农场玩儿，路过养殖场，当她看到一群羊的时候，突然捂着嘴蹲在路边失声痛哭。我知道她想起了父亲，但我不知道该怎么安慰她。其实，很久以来，我们都无法安慰自己。刚刚过去的事情既像一个伤口，更像是到处游走的内伤，无从安抚。

二

我跟妹妹一起的时候，她几次都想努力回忆父亲跳楼的那个下午的一些细节，但不是很成功。不过，与其说是她忘记了，倒还不如说她宁愿自己忘记了。

在那之前，因为妹妹，也因为我，我已经从父母所在的城市搬迁到她生活的这个城市，两个城市相距一百四十三公里。这样一来可以在她去照顾父亲的时候，我照顾她的孩子；二来我也是想逃脱那个逼仄的环境，出来透透气。守了父亲一年多时间，我几乎抑郁了。夜里莫名其妙地惊坐起，就再也睡不着了，整夜整夜地大睁着眼，大把大把地掉头发。开始我每天吃普通的安定，后来效果不好，就改用级别更高的，一直服用超过普通安定好多倍含量的药，据说那是正常人所能承受的极限。开药的医生反复对我说，你服药的时候一定要坐在床边，不然的话，可能吃完走不到床前就睡着了。但是这药对我没用，几乎没一点用，我还是彻夜失眠。即使浅睡片刻，稍微有一点声音，我便一身大汗，惊厥得心脏好像要跳出来。

刚好闺蜜给我打电话，让我帮她运作一个项目。也刚好，她在妹妹所在的这个城市。我毫不迟疑，一口便答应了。我觉得那是生活对我关闭所有大门、在我走投无路之际，上帝给我打开的另一扇窗户。我必须猱身而上。

可是，当我面对妹妹，当她一遍又一遍地回忆那些细节的时候，我觉得，我就像赤脚踏在一团棉花上，或者是一团云上。我们一直漫无目的地往前走，根本看不清楚眼前脚下的一切。

那个下午，那个燠热难耐的下午，到底发生了什么？按照妹妹的叙述，我仔细拼贴并努力还原那天发生的事情。妹妹说，那天本来该哥哥过来替换她看守父亲。母亲一早就买好了荠菜，给哥哥包他喜欢吃的荠菜馅饺子。包好饺子，十一点多了，又等了一会儿哥哥才来。他过来刚刚坐下不久，电话就追了过来，是嫂子的电话。两个人乒乒乓乓在电话里吵了起来，母亲的笑脸不见了，一会儿愁得眼看要拧出水来。妹妹朝哥哥打个手势，意思是让他小声一点。哥哥气得摆了摆手，说，不吃了！甩上门就走了。

她再打他电话，要么占线，要么无人接听。

妹妹和父母亲按时吃午饭。吃过午饭，按照惯例，看守父亲的人中午都要小憩一会儿。母亲中午不习惯午睡，由她来照看父亲。

本来妹妹已经回房间休息了，但是她好像听到了异常的响动，像是父亲窸窸窣窣的脚步声。她不放心，起来到父亲的房间，看到父亲和衣躺在床上，面朝里，好像睡得很熟的样子。于是她便回到自己的房间睡下了。她睡了不到半个小时就起来了，觉得屋子里静得怕人，她先走到母亲的房间。母亲像往常一样，安静地坐在那里，在翻看一本旧书。她问，我爸呢？母亲愣了一下，用手指了指父亲的房间。

妹妹走到父亲的房间，看到房间里空空如也。父亲不在房间。她觉得事情不妙，还没等她回过神来，家里的座机铃声大作。有人打电话报信说，父亲从我们小区西面人民会堂的天台上跳下来了——我父亲的一个下属在人民会堂前的广场散步，抬头看见楼顶上站着个人，像是我父亲。他心里嘀咕着，他爬那么老高是干吗呢？正在犹豫着要不要给我父亲招手打个招呼，就看见他往前一倾，好像有人从后面踹了他一脚，随后便如一只笨鸟般从上面飞了下来。

三

父亲跳楼那天，我正在外面参加一个开业剪彩。剪完彩，又参加午宴。等整个活动结束，我看到几十个未接来电，主要是我哥哥和妹妹打来的。我心头一紧，想着家里肯定出了什么事儿，就赶紧给我妹妹打过去。妹妹说，你赶紧回来，父亲跳楼了！

当时我好像被什么撞击了一下，脑子里一片空白，真说不清楚自己是什么心情，说是震惊或者悲伤吧，还真不是。说是轻松？也不完全是，反正就像是跑完马拉松，那种既松懈又虚脱的感觉。

莫名其妙地，想起周作人写的一件事，当他听到自己心心念念的初恋杨三姑娘患霍乱死了之后，“似乎很是安静，仿佛心里有一块大石头已经放下了”。

对，仿佛就是这种感觉。

在此之前，很久很久，我把自己沉到烦琐的事务中，我必须把自己变成另外一个人，才能保持自己。这话听着拗口，其实就是那么回事儿。

刚好上面说到的我的一个闺蜜，她老公是搞房地产开发的，在郊外盖了一片市场，专门给她辟出一栋楼，让她按照自己的喜爱随便折腾。她不知怎么迷上了城市生活空间美学，决计玩儿这个。不过这玩意儿是什么东西，我们都说不清楚，可能就是因为说不清楚，大家都很兴奋。马不停蹄地跑到北上广深，还有成都，去看人家怎么做的。还天天到网上收集资料，一副煞有介事的样子。那些新鲜的、好像从生活中刚刚长出来的话语天天挂在嘴边，什么场景式空间呈现及场景革命营销手段，什么长期积淀所产生的生活方式，什么家具、艺术品和主人的关系。其实说穿了，在这些富丽堂皇的话语下面，不过还是卖家具、卖茶，只是把庸俗的赚钱套上华丽的美学空间外衣而已。

管他呢，我需要的，无非就是忙活，别停下来就行。

我的这个朋友，人家就是活得明白，按她的话说，什么时候活糊涂了，也就活明白了。她就是一个糊涂得说不清楚的人，说不清楚她天天在干什么，也说不清楚她喜欢什么。一会儿在东区学古筝，一会儿又在茶城听茶艺课，又有一会儿，跟着人家给流浪狗搞慈善。

不管怎么说，在一个新的地方，我需要一份工作，刚好也有工作需要我。我要把自己深深地埋在工作里，找不到自己。我必须逃离某些东西，达到某种新的平衡，可以让我自由自在地呼吸、欢笑或者静思，这才能让我们所有人都轻松，包括我周围的朋友，包括我的家人。这样子看起来，生活并没有变化，还保留着完整的样子，我不欠任何人，任何人也不亏欠我。

但是那天下午妹妹的那个电话，让这一切戛然而止。我匆匆结束了活动，没有参加他们的茶聚，同时也推掉了一系列类似的活动。一直到我坐在回去的车上，我才感觉到我与父亲的各种联系，不是因为他的死而中断了，而是相反，像突然通了电似的，那些生动的场景、杂沓的细节，纷纷扰扰地来到我面前。但我明白，那已经于事无补，就像我们曾经被父亲遗忘的那些岁月，疼痛、寂寞、空虚，还有恐惧。但所有这些事情，在过去多年之后，就只剩下一片碎玻璃般扎痛的感觉了。

四

父亲死后，有很长一段时间我跟妹妹探讨我们和父亲在一起的细节。我觉得那时候她还小，不会记得那些事情。哥哥记得，他又不参与我们的讨论。

在我们很小的时候，那时候我八岁，我妹妹只有三岁多一点。父亲在县委武装部工作，后来因为什么问题，他被下放到一个偏远的部队外营地，后来，母亲也跟着过去了。他们就把我们兄妹三个寄养在乡下，我外公外婆那里。

那时候哥哥十一岁，比我大三岁，我们都没有独立生活的能力。外公外婆有好几个孩子，他们的好几个孩子又各自有好几个孩子，都丢给他们照看。这些孩子年龄也跟我们差不多。那时候正是经济困难时期，生活条件极差。吃饭的时候我们不会抢，只有等着他们吃完，才能轮到我们。饭要么不够吃，要么已经凉了。外婆每天睁开眼睛就忙，但还是照顾不过来，等想到我们的时候，她已经累得话都说不出来了。有时候，她会把我妹妹揽在怀里，还没等她说话，妹妹已经睡着了，有时候是饿睡着的。

外公为了贴补家用，有时候出去打鱼，有时候出去干个手工活，每天都是很晚才回到家里。他回来的时候，一般我们都睡了。有一次他回来早了，就坐在门口抽烟。等到很晚很晚，其他的孩子都走了，他从怀里拿出三块烤红薯，给我们三个每人一块，那红薯还带着他的体温。我们三个狼吞虎咽，还没品出来味道就没有了。

其间母亲来过几次。她骑着自行车，从几十里外赶回来，浑身冒着热气。每次她都陪我们吃完晚饭，待我们都睡着了才走。父亲一次都没来过，母亲没说过他，我们也不敢问。有关他的消息，我们一点也不知道。

我们是有父亲的孩子，这一点在当时、当地非常重要。可是，我们的父亲呢？有一次哥哥跟我说，他觉得爸爸肯定是被抓走了，不然的话，不可能从不回来看我们，也不让妈妈告诉我们他的消息。我吓得立马哭了起来。哥哥不知道怎么结束那个场面，自己也吓得哭起来。但是没人问我们一句为什么，可能大人都有各自的烦恼，那烦恼比我们更甚。

那是寒冷的冬天，晚上姥姥也许看到我脸上已经风干的泪痕，泪水流淌过的地方，是皴裂的。她用粗糙的拇指，给我抹了半天。

其实这些东西，现在看来可能并没什么——事实上也没有什么。过去我也曾和哥哥说起过。说起这些事情，哥哥总是一副茫然的表情，要么沉默，要么就是深深地叹气，牙疼似的。跟我一样，他也不会跟父亲交流。或者怎么说呢，经历过那样的童年，我们都学会了沉默，很多埋在心里的东西，都不愿意拿出来，好像这是我们在那次磨难里，得到的唯一一样值得珍惜的东西。

其实仔细想想，在那样的时代，又是那样的环境，我们是父亲为数不多可以忽略的人吧。除了自己的亲人，父亲必须对所有人、所有事情小心翼翼。而作为他的孩子，即使被忽略，也真的没什么，那些小小的伤害，绝对不是让我们与父亲隔阂的唯一原因。它也许就像挂在我脸上被风皴裂的泪痕一样，用手指轻轻一抹，就平展了。

很多年里，父亲没有给我们谈论过曾经发生的那段历史，也从没跟我们解释过什么，一次都没有。我们也从来没有主动问起过，更不可能给他说起我们当时的感受。好像我们没有共同的历史。还有一种可能是，我们都刻意回避着那段历史。也许在父亲看来，如果他说起这些，我们会把已经忘记的东西再一点一点捡回来。然后，怎么说呢，对他会有一次结算，那是他作为一家之尊所不能接受的。而对于我们来说，更害怕提起这样的事情时，被父亲淡淡地打发，让我们受第二次伤害。

再后来，到他退下来之后，是不是还想说这些已不得而知，但即使想说也已经晚了。我觉得，已经晚了的意思是，他没必要说，我们也没必要听了。我们空旷、寂寞，曾经被浓烈的遗弃感伤害的心灵，已经被许多新的东西填满了。生活就是这样，从房子到心灵，都会逐一被各种各样的物事填满，直到有一天，需要重新清理为止——在清理父亲房间的时候，这样的想法一次一次拍打着我。

也许，作为一个父亲，他生养了我们，本来就不该追问对得起还是对不起的问题。但这不是全部，好像缺了什么，有什么被某种东西隔膜着，就像隔着一层脏玻璃。只是我们和父亲之间，这种隔膜，再也不可能擦干净了。

五

妹妹曾经不止一次地说，想不到父亲会自杀，他没有任何自杀的理由啊！是啊，确实没有理由。他这一辈子，不管怎么对母亲，母亲对他始终忠心耿耿，一直到他死，一直到他死后，她做到了一个妻子该做的一切；我们兄妹几个，虽然各自生活都有不如意的地方，但算总账，还是过得去的，至少没有人成为他的负累。唯一可以解释的理由是，不是跟我们的隔阂，而是他跟这个时代和解不了，他跟自己和解不了。曾几何时，他是那样风光。但他的风光是附着在他的工作上的，脱离工作，怎么说呢，他就像一只脱毛的鸡。他像从习惯的生命链条上突然滑落了，找不到自己，也找不到可以依赖的别人。除了死，他没有更好的解决办法。

并不是妹妹最早发现父亲想自杀，而是母亲发现的。妹妹生性敏感，按她自己的话说，直觉大于理性。医学院毕业后，她分到一家医院的后勤部门，后来不甘寂寞，跳槽到一家咨询公司做人力资源管理。实际上两个单位的活儿差不多，但是她觉得在后来这个部门自在，自主性大，有成就感。

有次她跟妹夫一起回来看父亲。过去看见他们回来，父亲都高高兴兴地去买菜，饭前总要把酒打开，先和女婿喝一阵子。可是那天父亲沉默寡言，一直到吃饭都没怎么说话。

那天回去的路上，妹夫闷闷不乐。妹妹说，父亲今天的情绪不是因为我们，而是因为他自己，肯定是他自己出了问题。后来妹妹为此多次回来，她发现父亲精神低迷，而且有一种死亡的气息覆盖着他。莫非他想自杀吗？她把她的看法跟母亲说了。还没说完，母亲就捂着脸哭了起来，母亲说，她早就知道这事儿，是因为她时时处处看得紧，父亲才没机会得手。

"那你怎么不告诉姐姐？"妹妹伤心地问。

母亲说，你姐姐离婚之后，就没看见她有过笑脸。她自己带一个孩子已经够难的了，现在那孩子又非常叛逆，就不让提她爸爸的事儿，只要一说起，就发飙，把你姐姐也快逼疯了！

说起来真有点悲哀，是父亲想自杀这事儿，让我们一家人又重新聚集起来——我们分散在三个城市，几乎很少团圆。我们都结婚成家后，每年也就交叉着见那么几次，春节或者中秋节，或者其他什么事由，反正很少有为了见面而见面的。为了见面而见面，我印象中好像只有一次，就是父亲过六十大寿那一次。

六十大寿，六十岁。对于我父亲来说，真的算是大寿了。他死的那一年，还未满六十四。给他过寿那一天，母亲私下里说，有人给你爸看相，说他活不过六十三。如果按阴历算，可不就是嘛！可是母亲说的时候，我们都笑。那时父亲是多么沉稳、健康啊。可能他还没意识到退休对他意味着什么，我们也盼望着他早早退下来颐养天年，可以轮流到每个孩子那里小住。

当时我们只能被迫轮流陪他了。按照母亲的安排，我、小妹，还有哥哥，要轮流看守父亲，防止他自杀。也就是说，父亲想自杀这事儿，已经不是什么秘密了。

我还好说，自从离婚后，虽然没跟父母住在一起，但基本天天回家吃饭，而且我还算是个自由职业者，时间可以自己掌握。原来我想着我一个人看着父亲就行，但是几天跟下来，我就支撑不住了，一个人要想严防死守另外一个人，实在是太难了。有一次我去洗手间久了一点，他已经开开门走了出去。母亲在厨房做饭没发现。我头皮都是紧的，赶紧出门往楼上追。好险！好在我们提前把通往楼顶的小门锁住了，他正站在那里发呆。我拉着他的手往回走，我相信他能感觉出来我的手心像水洗的一样。

而母亲这样的决定，苦了我的哥哥和妹妹。他们都在别的城市住，虽然开车都不超过两个小时，但毕竟是各自一家人，家家都有本难念的经。哥哥的婚姻也朝不保夕，跟嫂子已经分居好几年了。两个人同在一个屋顶下，却形同陌路，很难说上一句话。只要一说话，双方就火力全开，闹得天昏地暗。

妹妹的小家庭还不错，妹夫在一家上市公司当财务总监，虽然忙一点，但收入很可观。只是妹妹的孩子刚刚上小学，离不开她。自从她回来值班看守父亲，孩子的学习成绩就每况愈下。有一次她接完老师的电话，半天没说话。在我的反复追问下，她才告诉我，孩子在学校打了别的孩子。老师让他喊妈妈到学校去，他告诉老师，妈妈出车祸了。老师问，你爸爸呢？他说，他们一起出的车祸！

“这么恶毒的话，他是怎么编派出来的啊？”妹妹泣不成声。

有一次，父亲当局长时候的办公室主任来看他。他带了几个凉拌菜，还带了一瓶老酒。过去父亲爱喝两口儿，可是那天俩人坐在屋子里抽了一下午烟，父亲没动一下筷子，也没喝酒。

办公室主任走的时候，我去送他。我们是上下届同学，他跟我哥哥是好友，我跟他妹妹是好友。我们在一起情同手足，无话不谈。那天我把他一直送到小区后面的河堤上，临分手的时候，他站下来看着我说：“你们打算怎么办？”

我扭脸看着远处，长叹了一口气，无话可说。没人知道该怎么办。

“这样子拖下去，谁都受不了，也终究不是解决问题的办法，最终会把一家人都拖垮。”他的眼里突然涌出泪水来。他跟了我父亲十几年，两人有父子般的感情，“你想想有用吗？你帮一个想活的人，可能还真有不少办法；但是，一个人如果想死，你没办法，一点办法都没有！”

六

父亲葬礼前我们家来了不少人——我觉得比葬礼那天来的人还多。他们是我父亲曾经的领导、同事、同学、同乡、下属……还有我们家多得数不过来的远亲近邻。在他们的惋惜、褒扬和悲伤里，我觉得父亲不是越来越清晰，而是越来越模糊。我真实的父亲，到底是什么样子？

父亲还上班的时候，有一次办公室主任跟我开玩笑，说与其说他是你父亲，还不如说是我父亲；他跟我在一起的时间肯定比跟你多。

这不是玩笑。这话说得一点都没错。我小的时候，父亲大部分时间在乡下，一年也见不了几次面。等他回城，我上大学去了。我大学毕业参加工作后，他基本上整天待在单位，真是以单位为家。市里干部们说，他是一个最爱开会的人。有人取笑他，说市政府一个灭鼠文件，他也得召开会议层层传达，并且让参加会议的人都表态，并记录在案。

最经典的一个例子是，有一次他开会传达上级的表彰文件。开到夜里一点多，有人实在坚持不住，他终于发了善心，说实在困得很的同志，可以趴会议桌上睡一会儿。

的确如此，他退休的时候从他办公室拉回来了整整一卡车笔记本和各种文件。几乎他每天的工作、生活甚至是思想，都记录在笔记本上。有一次市政府安排的一项重点工作出了纰漏，分管的副市长带着工作组到他们单位开会，说是要追查责任。他翻出两年前的笔记本，念给工作组听：当时是谁主持开的会，谁谁谁在哪里坐，几点几分都是谁发的言，都说了什么，一清二楚。笔记本证明那项工作完全是按照副市长的安排进行的。副市长当时被弄得很下不来台，说，老张，今后我们都不敢跟你打交道了，什么你都有记录啊？

是的，什么他都有记录。记录挽救了父亲，那件事情最后不了了之。

他去世后，我们收拾他的遗物。我在他的笔记本上赫然发现，他有一次跟我母亲一起去我外婆家，竟然详细记录了那天发生的所有事情。“今天陪月娥（我母亲）回家看她父母。十点零七分到家。父母在，二弟三弟在。大弟去西安。饭后，两点四十五分，三弟说了两件事情，第一……”

我拿着他的笔记本给母亲看。哪知母亲只淡淡地笑笑，说，这事儿她一直都知道。

“你爷爷就是因为爱多说话被整死的；年轻的时候，你爸也因为乱放炮被整下乡，吃了半辈子苦头儿。他也得学会保护自己嘛！”

七

哥哥总觉得父亲的死跟他有关。每次他说起这个问题，总是絮絮叨叨地说个没完：要是那天家里没生气，要是他不急着赶回去，要是……妹妹跟我说，哥哥本来就神经质，千万别跟他讨论这些问题了，否则他会抑郁。

其实不用妹妹提醒我也明白，每次跟哥哥在一起，我都刻意回避这个问题。他和父亲之间的感情，远远比我们复杂，但又是一笔糊涂账。我也知道他这么多年是怎么挣扎着走过来的。他的婚姻是父亲指定的，嫂子的父亲跟我父亲是抗美援朝时期的战友，转业之后也分到了同一个地方。她父亲也够惨的，在冰天雪地的朝鲜战场上喝了一个多月生水，回国后一直肚子疼。到医院检查一下，说是直肠癌。把肠子切了之后化验，发现切错了，只是一般的炎症。好不容易身体恢复了，几年之后又发现患了胃癌，年纪轻轻就离开了人世。父亲和他的那些战友，就把抚养孤儿寡母当成自己的责任，那个时候他就决定，让大我哥哥三岁的战友的女儿将来做他的儿媳。

从结婚第一天起，俩人就吵架。据说结婚当天晚上，俩人闹得把结婚证都撕了。

在婚姻这件事上，尽管哥哥从来没有原谅过父亲，但也从来没有抱怨过他。像所有事情一样，因为是父亲做的，这事儿便没有了对错。

父亲死后，哥哥每次回家都坐在他的房间里，半天也不出来。他总是望着我们俩和父亲的一张合照出神。拍这张照片的时候，哥哥上大三，我刚刚接到大学录取通知书。我们爷儿仨就站在院子里的一棵枣树前拍了一张照片。父亲说，爷爷心心念念的，就是耕读传家。现在无地可耕，但是家里出了两个大学生，也算是给了爷爷一个交代。

照片上，父亲的身体明显向哥哥那边倾斜。一九五二年，他们的部队在朝鲜战场上中了一发炮弹，他的大腿骨粉碎性骨折，手术后一直没有恢复，里面还打着一个钢钉。另外，还有一个弹片离心脏不到两厘米，没有让他的骨灰撒在三千里锦绣江山。后来他作为伤残军人荣归故里，在县委当了武装部长。

照相的人本来想让父亲坐在那里，但被他严词拒绝了。即使倾斜着身子，他也要稳稳地站着。

安葬了父亲之后，哥哥专门去重新洗印放大了这张照片，并郑重地放在父亲生前用的书桌上。那天他看着这张照片跟我说："爸再也不用走路了！"

我默然无言。妹妹说得好，只要哥哥说起父亲的事儿，我们一律不接茬儿。他说上一阵子就过去了。

可是有一次，他把自己灌醉了，把我和妹妹堵在屋子里发酒疯。他先指责我，说我离开这个家到妹妹那个城市去，完全是因为想逃避，不想承担责任。然后他又指责妹妹，说她是老公的家奴，天天把孩子圈在自己身边，完全被自己的小家给绑架了。

“你们一个比一个自私！”

说完之后，他突然抱着头，蹲在门口失声痛哭，说：“是我杀死了父亲！是我们联手杀死了父亲！刚开始的时候我们爱父亲，心疼父亲，害怕他死。可是时间长了，我们还有耐心吗？我们每个人，都只关心自己，可是，父亲呢？谁管？谁管？”

我坐着没动，我觉得他是借酒发疯。他说的不过是醉话。可是妹妹受不了这些话，妹妹过去拍他的头，他把妹妹推开了。

他哭得像一个摔痛的小孩子。

“我们每个人都觉得自己的事儿比父亲自杀这件事儿大。有一次跟你嫂子生气，我就想赶在父亲之前自杀！那个时候我恨死父亲了，我就想，你怎么还不死啊！”

“哥！你太过分了！”我怒不可遏。

他低头痛哭，一句话都没再说。

哥哥的精神已经崩溃了。

回头想想，哥哥说的不是没有一点道理。我离开此地的目的，虽然未必完全是为了自己，但自己的因素占了大半。后来在陪伴父亲的过程中，我的情绪也已经失控了。有时候会低落到极点，自己关在屋子里一天不出门，不吃也不喝；有时候电话铃声就会让我心惊肉跳；有时候又暴躁欲狂，动不动就想发脾气，弄得我母亲都是小心翼翼地看着我的脸色说话。

父亲也一样，他也把自己关在屋子里，只是让门留个缝儿。那个房间虽然比我的大一些，但是窗户被防盗窗护得严严实实。屋子里一切可以伤害身体的东西都被清理得干干净净。

他与我们，自己的老婆孩子，变成了一种敌对关系。我们防备着他，他也防备着我们。我们进行着势不两立的攻防战，真说不清楚是爱还是恨。

不久前，我的一个朋友过来，说起她的父亲。说起她父亲死后，她收拾父亲的遗物，看到父亲完整地保存着她成长过程中的一切，突然失声痛哭。我坐在她面前，不知道该怎么安慰她。我对那样的父女感情很陌生。但是不久，我也哭了起来，想起父亲纵身一跃的那一刻，那么寒冷，那么坚定，又是那么绝望。于是，我真的哭了起来，比她哭得还伤心。

莫非，真的是我们杀死了父亲？

这句话，不过是借哥哥的口说出来罢了。我记得在父亲的葬礼上，我们互相回避着，不敢看对方的眼睛。

八

母亲这一辈子，至少在儿女们看来，从来对父亲唯命是从，她努力放低身段来成全父亲。其实母亲也算一个知识女性，她是当时县女中的高才生。自从嫁给父亲，尤其是有了我们几个之后，她就把自己深深埋在家庭生活里，而且乐此不疲。她放弃了很多进步和晋升的机会，安心做一个家庭妇女，父亲到哪里她就跟到哪里，无怨无悔。

但是我们觉得，父亲对母亲虽然说不上不好，但也说不上好。工作上的事情、他遭受的委屈、和同事的关系……他从来不说与母亲听。开始的时候，母亲还问，还打听。父亲总是像没听到一样，沉默以对。后来母亲就不再问了。

在家里，他们也像同事关系，说话客客气气的，但是缺乏烟火气。他们一辈子都没吵过嘴，我也从没有看到过他们闹什么别扭。

作为后人，怎么用现代眼光去理解他们的关系呢？可能这根本就不叫爱情，也许还可以说，这就是最好的爱情。毕竟他们相互陪伴着，走了一辈子。

还有父亲的笔记本，我觉得那是他人生的备份，虽然我只简单地翻了翻，看了没几页。如果认真地翻下去，我相信他和我母亲的一切，都会记录在笔记本上。也就是说，他们的婚姻生活会有记录，一旦发生变故，他就能向组织上交代清楚。想想这些，真让人有说不出的难受。他与母亲谈心、交合、探亲……我无法想象，一个人既活在现实中，还要活在发黄的纸上。

只是在父亲想自杀的事情发生之后，母亲对父亲的态度逐渐有了变化。在夫妻和家庭关系中，她慢慢找到了自己，就像一张洗印的照片，她在其中慢慢地显影。

她悄悄地掌握了主动权，对于母亲来说，这无异于一场革命，或者是政变。

有一段时间，父亲患了支气管炎，我和母亲每天陪他去医院输液。有天下午，天气晴好，输完液之后，我没有按惯例走大路回家，而是开车绕到河堤上。从那里回我家虽然绕远了一点，但是人少，环境也好。

刚到河堤上的时候，父亲像往常一样表情平淡，木然地看着车窗外。走到河堤中间的广场边，他突然咦了一声，用手指点着窗外。母亲说，把车停下吧。原来他是看到了自己的一个老战友，正在广场上散步。等我们把车子停好，走到广场的时候，父亲的那个战友已经走到树丛后面看不到了。但我们没有停下，也没有折转头往回走，而是沿着河堤一直向前，这也是母亲的意见。父亲一声不吭地夹在我和母亲之间，走了很久很久，直到他开始大口喘气，我们才在路边站了下来。

父亲又喘了一阵才慢慢平息下来。他跟我母亲说，让她跟老周——就是刚才跑步那个人，他也来我家看过几次父亲——联系一下，他想和他一起，去北方看看几个战友。

“好啊，”母亲热情地鼓励道，“我跟你一起去。”

“我想自己去!”父亲眼里突然现出热切的目光，那目光到现在我还记得，是一种强烈的生的光芒，像电弧光。

“让我自己去吧!”父亲的声音几乎是在乞求了。

“不!”母亲坚决地摇摇头。

父亲把目光转向我。我也坚定地摇了摇头。

那种光，突然像断电了一样，在父亲的眼睛里熄灭了。

九

这一年的中秋节，天气非常好。父亲去世三周年，我们兄妹三个约好跟母亲聚在一起过节。下午母亲安排我说，去买点东西，晚上到阳台上赏月。难得母亲有这样的兴致，本来我想拉着他们一起去，但哥哥闷头坐在父亲房间里，说他不想出去。我只好带着母亲和妹妹去了。在月饼柜台上，母亲坚持要买一块老式月饼。我知道她是给父亲买的，父亲爱这一口儿。

晚上，月亮东升的时候，我们和母亲来到阳台上。

“给你爸掰一块月饼。”母亲点着给父亲留的空椅子说，“昨天我梦见他了，他说过得还不错，就是晚上门口不安静。这几天你们去买点东西烧烧。”

我一边答应着，一边把老式月饼切成四块，放在留给父亲的那把空椅子前。

哥哥低着头不说话。最近一个时期他情绪反复无常，尤其是跟嫂子离婚之后，他轻松了没几天，就重新陷在抑郁的情绪里了。

“欢子，”母亲喊着我哥的乳名，“你从来没有梦见过你爸吗？”

哥哥摇摇头，又点点头，但是没抬头。

“你爸什么都没跟你说过?”母亲问，“我怎么不相信哪!”

哥哥一脸迷茫地抬起头看着母亲，然后又低了下去。

“你也别想不开。其实你爸自杀那一天，我什么都知道。你们想想，我怎么可能不知道呢?”

我打了一个激灵，起了一身鸡皮疙瘩，感觉父亲回来了，正坐在我们中间。哥哥也诧异地抬起头来。我和他对视了一眼，看到了他眼睛里闪着的某种光亮，让我突然想起我们被寄养在外婆家，他说父亲被抓时的情景。不过只是在心里一闪而过，冰凉而疼痛。

一时间我们都沉默了，谁都不知道该怎么接母亲的话，只是看着留给父亲的那把空椅子发呆。月上中天，突然感觉天气有点凉了，也许是气氛有点凉，我站起来给母亲披上一件衣服。

母亲对我说:“你把阳台上的灯打开。”

我开了灯，回头看见母亲拿出一个小布包摆在桌子上，示意哥哥打开它。哥哥把它展开，里面是一个弹片，磨得明晃晃的，铜已经变成了暗红色。

“这个东西，卡在离你爸心脏一指多远的地方，再往里挪一点儿他就没命了。”母亲用指头在心脏处比画着，然后把弹片对着灯光看了半天，好像它透明似的。过了一会儿，她把哥哥的手拉过来，把弹片放在哥哥的手里，“过去咱们家最难的时候，每当我想不开，你爸就把它拿出来搁在我手里，说，看看这个，还有什么想不开的？虽然最后他还是没想开，但是他让我想开了。要不是这，我真活不过来，哪还能把你们几个养大？”

哥哥拿着弹片，也朝着灯光照了照，脸上现出很复杂的神情。

“他去死，我怎么会不知道呢？”母亲又把话头转了回来，“他出去的时候，我看到了，想站起来。他就站在那里狠狠地瞪着我，严厉地制止我。他知道我这一辈子都不敢违背他。不过，那时我也横下一条心，心想，只管让他走吧，看到底会怎样！”

一片静寂。我们的心都提到了嗓子眼儿。

“结果，他真死了。”母亲好像沉迷其中，脸上平静得像说别人的一桩旧事，“死了就死了吧，谁不死呢？所以我觉得我对得起他。这也是我最后一次成全他，最后一次按他的意见办。”

我努力克制着自己，直到一波又一波强烈的情绪过去。我知道，今天即使母亲这样说，我们也不会这样去想，至少我不会。我们知道母亲对父亲的忠诚和爱，而且，我宁愿相信她这样说只是为了安慰哥哥，她不想让我们家的最后一个男人，再爬上天台。

事情只有这样想，对生者和死者，才是最好的安慰。

的确如此。也不过如此。

春暖花开

春暖花开的时候，刘老师把一套写毛笔字的家什搬到自己院子里的花架下。今年春天来得格外早，但他是从电视里得到消息的。前几天，他从新闻里看到，淮南地区漫山遍野的映山红和油菜花开了，比往年提前了半个月。就是在那个时候，他突然兴之所至，决定要去看看自己的学生王鹏程。王鹏程去年从团委书记的岗位上，调到淮南一个县当县长。从其他学生口中得知这个消息后，刘老师给王鹏程打了电话，那时王鹏程已经上任两个多月了。电话里，王鹏程再次跟刘老师确认了这个消息，最后还邀请他来淮南住几天，说老师的肺不好，淮南比淮北湿润，对肺部有益处。刘老师说，好好好，我一定去。

他站在那里写字，风轻轻蹭着他的腿，狗也跟着蹭。在这春天里，一切都变得不安分起来，而这一切的不安分，却让幸福有了一个具体的模样，宽泛而深邃。

晚上吃饭的时候，他把去淮南的决定告诉了儿子——老伴去世后，儿子媳妇过来陪他，住在他们家二楼。他对儿子说："你今天请假，陪我去买套西装，要好点儿的。"像往日一样，素来反对他跟学生拉扯的儿子，磨磨叽叽不想去。媳妇说："爸，衣服他不知道什么是好儿，我陪您去吧！"

他很满意这个媳妇，平时话不多，就是有眼色。其实，话本来就是说给媳妇听的，谁见过儿子陪父亲买衣服啊！

媳妇开车陪他到市里，转完购物中心五楼六楼整个男装柜台，才买到一身他满意的深灰色西装和一双黑色皮鞋。

接着，他又来到女儿家，对女儿说："我要去淮南看看我的学生王鹏程，你跟我去理理发，染染头！"女儿正在拨弄一堆石头，她把这叫作玉。这让他非常不屑，君子温润如玉，如果这就叫玉，君子还有什么品相？

女儿丢下手里的活计，给他泡了一杯绿茶放到沙发上，然后在父亲对面坐下。父亲从来不喝她的普洱，总是说，那几百年的老树叶子，我不相信还有什么营养!

女儿待他喝了一阵茶，才问道:“哪个学生?过去老来咱们家蹭饭、现在当县长那个?”

他听了女儿这句话，气得把茶杯蹾在茶几上，说:“你看你说的这叫什么话!”

女儿笑了，拍拍他的手背，说:“老爸，别激动!听我的，千万不能去。”

刘老师吃惊地问:“为什么?”

女儿说:“为什么?好几年他都没来看过你了，人家就那么顺口一说，你就当真啊?你一个退休老师，他哪有工夫陪你?”

“你越说越过分了!那是我的学生!”刘老师真火了，他气愤地站起来，拉开门拂袖而去。他为女儿这么轻率地冒犯他们的师生关系而怒不可遏。

午休起床后，他又郑重地给镇上的党委书记打了电话。在电话里，他对党委书记说:“我要去淮南看看你的学兄王鹏程，他一直想让我过去住几天。”镇党委书记是他晚几届的学生。

然后，他从容地走到院子里的花架下写毛笔字，每天临池是他几十年养成的习惯。进入四月，淮河以北也春暖花开了。沐浴在春风花香里，竟让他无端地想起“如沐春风”这个成语的典故来，“朱公掞见明道于汝州，逾月而归。语人曰：‘光庭在春风中坐了一月。’”他一边轻轻地念叨着，一边在宣纸上反复写着“如沐春风”几个字，觉得此情此境与眼下诸事，结合得是如此地熨帖。

那么，他想，孔圣人“发愤忘食，乐以忘忧，不知老之将至”也是一种幸福吗？最近，中央电视台搞的那个“你幸福吗”随机调查，深深地打动了他。他觉得，对于老年人来说，幸福就是需要和被需要，存在于欲望和满足之间的那个过程中。而把握住这个过程，就把握住了幸福。

写到身上微微出汗，他坐下来慢慢地品茶，满意地打量着周围的一切。由近及远，树绿着，天蓝着，风吹着，天地大美而不言。

真好。

没过多久，镇党委书记就带着镇长等人过来了。这个学生曾经在他的班里当过班长，也是他比较喜欢的，听话，大小事都不糊涂。党委书记说，一是来给老师送送行，二是想让老师给鹏程县长捎几句话，家乡人民祝贺他高升。

“没有高升啊，还是县处级干部嘛！”刘老师握手成拳，轻轻地捶着腰，淡然地说。

“那是。那是。”党委书记虚心地附和道。

“不过，”等大家都坐下后，他用茶巾擦擦手，给每人斟了一杯茶，“县长毕竟权力要大些，责任也大。”

一圈人相视而笑。个中道理自不待言，不说才好。

又说了半天闲话，党委书记请求晚上给老师送行。

“今天就免了，等我回来再说吧！”刘老师站起来送客。

赶个周一，一大早起来，他喝了一碗粥，吃了两个煮鸡蛋，然后换上新买的西装，拎着媳妇收拾好的旅行包就出发了。本来媳妇说要送他，被他拒绝了，他坚持自己走着去车站乘车。路上，遇到跟他打招呼的人，他都是一笑而过；而与他特别熟络的，他就停下来说上几句，最后总是会捎带上，“……嗯，我去淮南看看我的学生。”很快，整个镇子都知道了刘老师要去淮南，看他在那里当县长的学生；学生请他去住一段时间。镇子不大，刘老师也算头面人物，当县长的学生请他去，这些都是小镇上的新闻由头。

他一向从容，即使今天也不着急，况且头天晚上他就跟他另外一个学生、现在在镇上开小巴的罗志军说好了，让他今天等着，他要坐他的小巴去火车站。罗志军一向顽劣，但对刘老师却尊敬有加。按刘老师自己的话说，知道跟他亲。罗志军在电话里说："刘老，您轻易不出远门，这是要去哪儿啊？"刘老师说："去淮南，鹏程一直想让我去住几天！""嗯嗯，去看县长啊！"罗志军的舌头都大了，他一天不喝酒就认为自己白活了一晌，"等您回来我组织镇上的同学们给您接风啊，刘老！"

刘老师正色道："少喝点，不能误了我明天的正事儿！"

王鹏程跟罗志军是同一届毕业生，那届学生虽然考上大学的没几个，但是是他当教师这一生最让他自豪的一次高考。他不禁想起来考分出来那天，他从县教育局打听到王鹏程的考分，直奔他家的情景。天上下着瓢泼大雨，他的一只鞋底也在泥水里被粘掉了。他硬是踩着十来里泥路，半夜敲开了王鹏程家的门。当他看到王鹏程的时候，突然觉得喉头紧得说不出话来。"鹏程……"他努力抑制着自己，但是不管用，"你考了个状元！你可是咱地区的高考状元啊！"

睡眼惺忪的王鹏程后退两步，吃惊地看着高大、苍白又瘦削的老师。他简直就像一条刚从水底游上来的鱼。

“鹏程，你考中了！你是状元，咱地区的状元啊！”这条浑身冒着蒸汽的鱼说。

师生两个的手紧紧拉在一起，热泪长流。这是刘老师由代课老师转正后带的第一届毕业班。而王鹏程，是恢复高考后这个镇子里第一个考上名牌大学的学生。

刘老师已经很多年没坐过火车了。现在的火车和当年的绿皮车比，真是有天渊之别。车厢干净整洁，人也少，每个人都有座位。天还不是太热，冷气就送得足足的，让他的这身西装显得格外得体。他在靠窗的座位坐下，掏出一本书来看，《笑林广记》。他当老师的时候，是不会看这种闲书的。一来没时间，二来嘛，子不语怪力乱神。现在，用一种闲适的心情再看，竟是那般有趣。看到高兴处，不禁呵呵地笑出声来。后来，他放下书揉眼睛的时候，被对面座位上的一对小夫妻吸引住了。他们在逗自己的儿子玩儿。他一直想要孙子，可儿子媳妇天天只想着自己快活，对老人的焦虑熟视无睹。他主动跟这对小夫妻搭讪起来，从哪里来，到哪里去……当得知他们要回淮南老家时，他说：“我也是要去淮南，去看我的学生，他在你们那里当县长。”

“啊？是吗？”小夫妻敬仰地看着他，热情相邀，说他们有车接，让坐他们的车，他们负责把他送到县政府。

“不！”他一下子矜持起来，“我的学生要来接我。”

他觉得这样说，完全是为了避免给王鹏程找麻烦。

下了火车，还要转一个多小时的汽车才能到县上。看看时间还早，他在车站找了一个比较干净的小馆子吃了一碗面。在等面的时候，他掏出手机看了看。前几天他给王鹏程打电话，开始他都没接，接着就有信息发过来：“抱歉，我正在开会。”后来等到很晚，他好不容易才打通电话，王鹏程压低声音说：“哪位？我正在开会。”他也赶紧小声说道：“我是你刘老师，最近想去看看你。”“好啊。”王鹏程说完就挂断了电话。看着学生忙成这样，刘老师想起女儿的话，有点想反悔。但后来又想通了，过去看看他说说话，就赶紧回来，不给学生添麻烦。

到了县城车站，他又给王鹏程打了电话。电话还是被挂断，接着是信息：“抱歉，我正在开会。”他害怕再打扰他，就走到候车室，想找个座位坐下来。谁知道候车室内全是人，一个位子都没有。他站在人群中间，不知所措。这时一个学生模样的女孩站起来，把位子让给了他。他看看位子，又看看女孩，迟疑了一下，说：“我是来……看看你们县长。”这句话把女孩弄糊涂了，她问道：“您说什么？”“没事！没事！”

他突然觉得自己浅薄得可笑。老年，是一个可笑的年龄呢！可是，他是从什么时候变老的呢？抑或是，他们怎么看出来他老了呢？莫非是，人的衰老表现在语言里，表现在性情里，表现在包裹和书里？

一瞬间，坐在汽车站候车室，他的学生、王鹏程县长治下的汽车站候车室，他突然感到深刻的困惑和极度的孤独。

一直等到过了下班时间，他才给王鹏程发了信息：“我已经到了县上。”半个小时后，王鹏程的电话打了过来，问：“您是哪位？”刘老师心里咯噔一下，他以为联系了这么多次，王鹏程会记下他的电话号码。

“鹏程，我是你刘老师。”他觉得自己的声音都走了腔。声音里有一丝委屈，也许是埋怨，或者是巴结。但他体谅自己，虽然只有两个多小时，但在感觉上，他好像被遗弃了太久。

“哦，刘老师？”王鹏程有点意外，“您已经到县里了？”他迟疑了一下，“这样吧，我今天太忙了，脱不开身。我先安排秘书接待您，明天我去看您。”

后来他被县政府孙秘书接着，安排在政府招待所住下。孙秘书很热情，安排得也很周到，这让他得到了莫大的安慰。毕竟，王鹏程是他最器重的学生，他知道好歹，也知道轻重。

晚上吃了饭，他想出去走走。刚到楼下，看到院子里停满了警车，大厅里也站满了人。他知道这是有活动，便赶紧回身往楼上走，在楼梯口与从餐厅下来的王鹏程走了个碰面。他们是一群人，王鹏程正眉飞色舞地跟他们说着什么。他刚想上前打招呼，被旁边的便衣看见，上前阻拦住了。王鹏程也看见了他，但没停下来，一群人前呼后拥地出去了。等人去楼空，他准备上楼，孙秘书忽然在后面喊住他，说王县长马上要过来。他就站在楼下大厅里，又等了一会儿，王鹏程来了。这次刘老师看清楚了，他面色通红，但精气神十足，不像当团委书记的时候那般文弱，这让刘老师暗暗高兴。他最得意的门生，怎么也得文武双全，有汉子气度嘛。

王鹏程过来，拉住刘老师的手，说了几句话，说他马上还得走，事情还没忙完。

“你赶紧去忙正事儿！等你闲了咱们再好好说话。”刘老师说。

王鹏程匆匆忙忙地走了。

他这才想起来，刚才王鹏程拉他手的时候，王鹏程的手心湿湿的，热热的。这让他想起他这个学生上学的时候，手心脚心老爱出汗，竟陡然生出一种慈父般的怜爱来。

然而上楼后，他又想了另外一个问题，也是来之前，他曾经跟镇党委书记谈及的那个问题：都是县处级干部，今天的县长王鹏程和昨天的团委书记王鹏程，是一个级别吗？其间的深度、宽度、高度，以及那种难以言说的空间，让他有一种试图把握又频频失控的感觉，就像那天他踩着泥水去王鹏程家，那种滑腻的感觉。而这种感觉，是他在汽车站的候车室里，在刚才被便衣警察阻拦后，突然出现的。

第二天中午，孙秘书过来了，他告诉刘老师王县长忙，今天可能没时间过来。他在招待所待了一上午也不敢动，怕王鹏程过来找他。听孙秘书这样说，他决定趁下午没事，到街上转转。

从招待所出来是一条老街，沿老街走不几步，就是县城的主干道。淮南的四月，已经有了初夏的感觉。四处绿意葱茏，生机勃勃，浑似江南。在这里工作生活，过的真是神仙的日子呢！他心里暗自为王鹏程来到这么一个好地方而高兴。

刘老师先是进了一家杂货店。店老板是个五十多岁的中年人。刘老师一边挑挑拣拣，一边跟杂货店老板聊了起来。

“……你们县里的县长是新来的？”他问道。

“也不算吧，来一年多了。现在领导换得勤，跟走马灯似的。”

“这个县长怎么样啊？我听其他人对他评价很不错。”

“是吗？”

“你觉得呢？”

“是吧！”那人看看他，有点警觉。

说不上来为什么，他竟然有点莫名的愤恨，转身出去了。这种人，怎么能当老板呢？在自己的店铺里还穿着睡衣，素质太差了！由这种人来评价领导，哪会有个好儿？

气鼓鼓地走了很远，刘老师进了一家茶叶店。在买了一包茶叶之后，他装作悠闲地说：“刚才我在隔壁，听那个老板对你们新来的王县长评价不错。”他有点心虚，因而脸上有点发烧，真害怕人家认出来他是个老师。但他豁出去了，他想为他的学生，这个新来的县长讨回公道。他觉得他肯定会干得很好，因为，他毕竟是自己的学生，他不会看错人。

“不错不错，虽然这个县长爱说大话，但是也能办大事。”

他怔怔地看着那人，不知道这该算是好话还是坏话。况且把“爱说大话”这顶帽子胡乱往王鹏程头上扣，他觉得也太下流。他的学生，王鹏程，素来是一个低调谦和的人。同时，他也有点恨自己，这个老板素质也低，头发染成两三种颜色，跟这样的人讨论他们的县长，自己也太不检点了！

出了茶叶店，他一点转的兴趣都没有了。当初他对这个县的好印象，也被彻底毁掉了。他为自己的学生感到委屈和悲哀，这个县，和他的人民，是配不上王鹏程的。他带着这种义愤和冲动回到招待所，在房间坐卧不安，兀自唏嘘了半天。几次拿出手机，找出王鹏程的号码，想打个电话或者发个信息。后来想想他那么忙，也不便在这个时候，用这种方式打扰他，毕竟见面说话的时间有的是。

下午晚饭前，孙秘书给他打了电话，让他在房间等着，先别下去吃饭。他想着肯定是王鹏程忙完了，要过来见他，便赶紧从床上下来，到卫生间洗了洗脸，整理一下头发和衣服，坐在沙发上候着王鹏程。快八点的时候，他听到有人敲门，连忙拉开门一看，孙秘书领着那天接他的司机，拎着大包小包的东西站在门口。他疑惑地问道：“孙秘书，你这是……”孙秘书边往房间里面走边说：“到里面再说。”

他们到房间把东西放下后，也没解释什么，便拉着刘老师到楼下餐厅吃饭。在上菜的时候，刘老师问："鹏程县长几点能到？"孙秘书看着他，尴尬地笑了笑，说："刘老师，是这样的，王县长临时接到一个任务，要到杭州去谈一个招商项目。"

"哦。要多长时间？"

"最多一个星期。走之前，他让我安排好您的一切活动，让您在这里多住些日子。"

他心里掠过一丝不快，刚才送那么多东西，意思不就是下逐客令吗？但他没接话，两眼视而不见地盯着眼前的餐具，孙秘书再说什么，他都没认真听。等内心平静些了，他才决然地说："我不住了，明天就走，家里还有很多事等着我。"

"那可不行，王县长肯定会批评我办事不力。您一定等他回来！"孙秘书显出一脸真诚。

王县长！王县长！王县长完全可以过来告诉我他要出差，至少可以打个电话跟我解释一下吧！他觉得心里像吃了粉笔灰，堵得慌。但他没表现出来，也不能表现出来。他是他县长的老师，他记得自己的身份。

但是孙秘书又让上酒的时候，他没再像前两次那样拒绝。何以解忧？唯有杜康。那天晚上他喝了很多酒。本来他不胜酒力，也不喜欢喝，但是他想把自己喝醉，只不过是越喝越清醒。他突然觉得有点悲哀，人在想糊涂的时候，却总是这么清醒。

但是回到房间他就撑不住了，吐了个一塌糊涂，晚上吃的喝的都还给了马桶。有一阵他就觉得自己不行了，心跳一会儿快一会儿慢。要真是这样死了，倒是挺省事的，很多东西都不用面对了。他想。

每吐一次，他就把自来水拧开喝一阵子，他仅有的医学常识告诉他，身体不能缺水。后来折腾了半天，果真慢慢恢复了。难受稍稍减轻一点，他就决心明天一早就走，坐第一班车走。但起来冲冲澡躺在床上，却怎么都睡不着，心里全是事儿。昨天洗的裤子，因为这里潮湿，现在还没干。是给王鹏程还是孙秘书留个条子？怎么写才能更体面些？要不要找个地方住两天再回去，免得让人知道了笑话？

折磨到夜里一点多，依然没有睡意，胃还有点痛。他想起来还有火车上发的一小袋饼干，便从床上爬起来找出来吃了。然后把裤子拿下来，叠好压在褥子和床垫之间，准备把它暖干。孙秘书拿来的一堆土特产，他一样都没拆开看，整整齐齐地码在窗台下面。然后趴在桌子上，给孙秘书留了封信，一来告别，二来感谢他这两天的热情接待。“……我已年近古稀，所需甚微，所馈之物恕不私纳；鹏程县长如此勤民听政，旰衣宵食，是贵县人民之福，愚师甚感欣慰。我并非好为人师，不过对于好学之士，吾一生谨记圣人‘吾未尝无诲焉’之教导罢了……”云云。

做完这一切，已经夜里三点多了。他重新躺下，睁着眼静待天明。

第二天一早，他直接去了汽车站。本来他想把房钱饭钱也结了，想想这样做会给他们办得太难堪，自己的学生也会没面子。他满心想的，还是他的学生王鹏程。

在淮南上车的时候，他在火车站买了一顶帽子戴上，免得到了淮北出站的时候，被熟人认出来。果然他刚一出站，就看见罗志军在站口揽客。他赶紧绕到一边。出来车站，他记得走不远有个路口，去镇子上的车都要经过那里。他在路口站下，一边取下帽子扇风一边等车。过了不久，一辆车飞驰而来，到他面前突然停下了。罗志军的大嗓门响了起来：“刘老，您怎么在这儿啊？快上车，刚好还有两个位子！”说着，罗志军跳下来，把他扶到车上，让前面座上的人让开，把老师安置在第一排坐下。

在路上，罗志军问他：“您不是去住一段吗？怎么这么快就回来了？”

他说：“还不是跟你一样！热情过分啊，顿顿都让喝酒，我身体受不了。”

“那是应该的！您对学生那么好，尤其是对他王鹏程，亲爹也不过如此。他对您好点，这叫良心。”

“怎么能这么说话！”他嗔怪道，“昨晚我喝多了，让我休息会儿。”说完，他闭上了眼睛，一路无话。半睡半醒之间，他听到罗志军在电话里召集人吃饭，说是给他接风什么的。他想制止，但是他太困了，那种松弛下来后一泻千里的疲倦袭击了他。他睡着了。

罗志军喊醒他的时候，车子已经开到了饭店门口。他看到车下站着一群人，都是他的学生，镇上的书记也在。他站起来，整了整西装才下车。

“鹏程县长在那里还好吧？”吃饭的时候，镇党委书记问道。

“那还用说，好嘛！干得不错！”他努力地找着合适的词句，但觉得说出来的话还是干巴巴的。他想转移这个话题，但是根本绕不过去，大家关心的还是王鹏程。上了一道一道的菜，酒也好，都是他平时喜欢的。罗志军知道他喜欢什么。但他一点胃口都没有，动动筷子就放下了，酒也只是沾沾唇。他打不起精神来。

“刘老师，您专程去看他，给他多大面子啊，他还不高兴疯了？”有个学生趁着给他敬酒的时候说道。

“嗯，可不是，亲得拉着我的手就是不丢。”他放下酒杯，半眯上眼睛，用自己的左手握住右手比画着，“他还是你们上学时的老毛病，满手心里都是汗。”突然，他的手在空中停了下来，他觉得身上背负的一件重物卸下了，心里有些东西开始松动。他想起了王鹏程温热的手，想起很多很多以前的事情。那时候，王鹏程的父亲在建筑工地被砸断双腿，他要退学，去顶替自己的父亲。他跑到乡下，把王鹏程拉回来，让他住在自己的办公室里，到自己家吃饭。那可不就是他的儿子嘛！其实，自己的儿子，他哪里这么上心地管过呢？

他喝下学生敬过来的酒，心里更加敞亮了，那些粉笔灰也没了踪影。“一身剩有须眉在，小饮能令块垒消。”这么好的话，是谁说的？

他觉得，他现在最想要的，就是酒。

“您应该多住几天，淮南那么多好吃好喝的东西，都应该体验一下嘛！要是换了我，不吃够喝够誓不回还！”罗志军嬉皮笑脸地说。

是啊是啊，那么多好吃的东西，孙秘书拿了多少啊，人家用了多大的心，自己怎么都没看看！真是太刻薄了。人家接你，给你安排吃住，还送那么多东西给你，多好的学生啊！

“呵呵，罗志军，你这个吃货！刘老师这一辈子，什么都不计较，尤其是不计较吃喝。”镇党委书记笑道。

这话让他激灵一下，竟有些触电般的感觉。自己真不计较吗？学生们之所以对你这么好，不就是因为你跟他们从来不计较？现在怎么这么没出息，老了老了跟自己的学生开始计较了？

他有点眩晕，但他还是站了起来，两手支在桌子上，看着坐在他周围的学生，好像自己又回到了课堂上。那一张张生动的脸，曾经让他那么亲切和自豪。他突然觉得好羞愧，也好感动，眼睛里热热的。

“同学们，同学们，鹏程……还有你们，多好啊！好，好啊！”

他仰起头来，喝下一大杯酒。

醉意如期而至。

半夜醒来，他发现自己和衣躺在床上，新西装压得皱巴巴的。昨晚学生们怎么把他送回来的，他记不得了。儿子媳妇趁周末去市里看电影，到现在还没回来。他冲了一杯热茶，慢慢地喝完，然后径直走到院子里。

月凉如水，万籁俱寂。很远很远的地方，能听到河水流淌的声音。这条河辗转好几个省，从镇子中间流过，不舍昼夜流向淮河。而这次去淮南，两次穿越淮河，他都没有扭头看一眼。今年就不说了，等到明年，春暖花开，他一定要找个合适的地方住上一段时间，好好看看淮河。

大河

一

我坐在客厅里，一边看着窗外，一边看着婆婆剥毛豆。婆婆一家人都爱喝粥，每天早晚两顿，一年四季如此。所以她在我们家，有一半时间都是耗费在煮粥吃粥上。

从窗口望出去，南边可以看见河堤，我家离它有百十米的距离。东边是一条大路，宽得足以并排走五六辆大卡车。因为是行政及家属区，很少有车辆经过。我家窗子下的一棵悬铃木上，坐着一个鸟窝，一种我喊不出名字的鸟在那里安家。有一次林鸽来串门，我指给她看。她也不认识这种鸟，只是说，记得好像在哪里看过，悬铃木上不能搭鸟窝。我问，你是没见过悬铃木上搭鸟窝，还是悬铃木上根本就不能搭鸟窝？她说，不争论，资料上就是这么说的！我说，按资料的说法，这窗口下面，要么不是鸟，要么不是悬铃木！

“咋不是鸟儿？那是翚筋儿，”婆婆在卧室门口大声说，把我们俩吓了一跳，没想到她会在门口听我们谈话，“咱老家到处都是！”她一口浓郁的豫东方言，到底说的是“翚筋儿”还是“叫筋儿”，我们也听不明白。记得有一次我正在睡觉，她穿过我的卧室，走到阳台上，突然大叫了一声：“哈！一抹白！”我正在梦里，不知道她喊叫什么，吓得赶紧坐了起来。趴窗户上一看，原来是下大雪了，整个河堤上雪片纷飞，银装素裹，可不是一抹白？

我说，娘，我正在睡觉，你进来能不能先敲一下门？

她骇然道：“自己一家人也得敲门？”

我懊丧极了，知道这话说也是白说，她认定的事儿，谁也别想改变。我和老公结婚的时候，她要求我们必须在老家办喜事，说这大半辈子都是给人家孩子添箱，自己的孩子不在家办事，这亏就吃大了。当时我头都大了，我从来没在农村生活过，况且老家还没有通电，我简直无法想象如何在昏黄的油灯下度过我的新婚之夜。我让老公跟她商量一下，把他们接过来在市里办，既省钱又省事，更省心。老公说：“要商量你去商量！我长这么大也没见过谁能说动她！”我想想，不值得为这事儿较劲，就没再多说什么。在老家度蜜月那几天，她从来不管我们小两口在屋里干什么，掀开帘子就进来。有时候我们亲热一会儿都得提心吊胆，弄得跟偷情似的。

公公退休后，她招呼都不打一个，处理了家中的家什。一个四间正屋，两间偏房，半亩地大的四合院，连同家什，八千块钱卖给了一个本家侄子。她这是直接断了我们发表意见的可能性。她将全部细软裹进两个巨大的床单里，雇了一个亲戚背着，毫不客气地进驻了我和她大儿子的家中。我回想起那一天的情形，好像突然想到，我婆婆处理这一系列问题时，我公公是什么态度？他们乘公共汽车到来的那一天，我公公大约半个小时后才姗姗来迟，比起他那背着大包袱奋勇而又狼狈的老婆子，穿着深蓝色夹克衫、黑皮鞋锃亮的他装扮得干净利索。他悠闲地、躲闪却又客气地到来，和她先后进门的姿态，有一条明显的界限。仿佛，他们并不是一伙的。

那时小叔子大学还未毕业，三个婆姐已先后聚拢到我们这座城市里，可她从不去她们那里。她的理论是，我有儿子，为什么要去闺女家?

打从他们跟着我们，我的生活和生活态度有了彻底的改变。婆婆迅速地占领家庭主导地位，特别是厨房，吃喝用度全凭她说了算。吃什么菜什么饭，以及饭菜的制作方法，她全盘掌管。比如我们习惯清蒸鱼和清炖鸡，她觉得匪夷所思，那腥淡的味道让她的神情如同遭遇生番。鱼一定要切块腌制后油炸，鸡一定要用面粉滚裹后炕至半熟，然后加水炖熬。那糊汤黏稠的模样，实在恐怖。青菜一定要炒得烂熟，若是我清炒的菜她绝不肯动筷。渐渐地我干脆什么都不管了，内心不委屈不憋气是不可能的，这虽然是她儿子的家，可它更是我们的小家。她丝毫不论这个道理，她儿子的家，理所当然就是她的家。我越来越少说话，不交流，跟着她当媳妇，整天得小心翼翼，唯恐有哪一点做不好让人家笑话。我是个文化人，作家，大小还是个领导。她一个大字不识的农村老太，真弄出点不愉快来，且不说我情何以堪，就是我老公怕也饶不了我。

婆婆剥了半盆豆子。看她忙完了，我顺手接了过来。她拍了拍身上的碎屑，又把豆子从我手里要了回去。她不会让我洗，只要她在我们家，厨房里的东西我一样都不能动，那是她的领地。她有自己的生活方式，淘米水洗菜，洗菜水浇花，而且水管开得跟断流似的，说是害怕浪费。冰箱碗柜里到处是剩饭剩菜，赶上我们有应酬，她就自己在家吃掉。她是从苦日子里一步一步挪过来的，知道心疼东西。有一次，我在厨房里看见一根软塑料管从水管上接到下面的一个桶里，便问她这是干吗用的。她瞪了我一眼，小声地对着我的耳朵说，是隔壁刘家刚刚告诉她的一个秘密，这样流下来水表不走，用水就不用花钱买了。我哭笑不得，把这事儿说给老公，希望他劝她把那东西弄掉。老公说："我要是有本事劝她拿掉，就不用你提醒我了！"他曾经跟我说起过，母亲即使一生都在错，但是也一定要把错事办对。她从来不向任何东西屈服，既不向错误屈服，也不向正确屈服。

我公公在所有的家事上都是个局外人，完全没有态度。他不管我们小两口的事，也完全不理老伴。吃自己的饭，喝自己的酒，散自己的步，一个巴掌大的收音机一天二十四小时响着，电视他都不看。除了孙女和他讲话时他微微有一丝喜色，除此之外他的脸上从来都没有任何表情。

一会儿，公公把孩子从学校接了回来。学校就在我们楼下不远处，从北面的窗子就能看到，可他总是要到学校门口接。如果饭做好的早，婆婆也会去。但是俩人一前一后，不交流，像是两个不相识的人。俩人早早就来到学校门口，像两个哨兵，一人把住一边，谁都不看谁一眼。公公是个退休的老中医，来我们家后接送孩子成了职业，把接孩子的事儿弄得跟坐诊似的，雷打不动。

孩子看见我在家很不高兴。如果我不在家，她疯得不着边际。她噘着小嘴，站在爷爷身边，也不搭理我。等爷爷掂着收音机出去了，她才坐在小桌边，把作业本一本一本地拍在桌子上，像大人似的长叹了一口气，埋头写起来。

我在客厅里站了一会儿。婆婆在厨房里关着门忙活，锅铲摩擦锅底的嗞啦声，溢出的豆米粥的香味儿，让我突然之间伤感起来。这伤感也不是没有来由，只是我暂时还不想去认真打量它。外面已经起了一层薄雾，因为在河边居住，只要没有大风，每天到这个时候都会起雾。这也是我喜欢这栋房子的原因之一。

我走到阳台上向远处张望，雾中的风景更具有流动性。如果静下心来，能听到河水的响声。在那种响动里，我在害怕某种东西，那是什么又说不上来。是因为我很快就要独自离开这里吗？好像是，也好像不是。这问题穿过薄雾，具体而又清晰，好像可以随便折叠和伸展，但是，我把它叠了起来。我打开屋子里所有的灯，放眼望去，政府家属区几乎所有能看得到的房间都亮着灯。我看见公公在楼下快速地走着，花白的头发随着他的步伐在风中飘动，像一个年轻人。老公跟我说过，从来没见父母年轻过，从他记事的时候起，父亲就像个老头儿，母亲就像个老太婆。可是，我从来不觉得婆婆有多老，而公公今天看起来也是如此年轻。那时候，我怎么也不会想到，仅仅一年后，他就化身为一抔尘土，沉沉坠入另一个世界。更不会想到，所有的幸福都那么易碎，轻轻一碰就伤痕累累。

二

我在车上等着婆婆。马上该换季了，加之他们很快就要到海南去过冬，婆婆要求我给他们买几身换季的衣服。结婚已经十多年了，说实话，我一直都在摸着石头过河，真没找到当媳妇的感觉——谈恋爱那时候，还是一场忐忑得无边无际的大事。有人劝我说，你可要准备好当媳妇。可是怎么准备呢？结婚之前，再怎么准备也是闺女，结婚之后，即使什么都不准备也是个媳妇，就这么简单。周围的很多人可能觉得我和我的婆婆从未闹过矛盾。纵观后来的二十几年，大面上我们可能是不错的婆媳，一派祥和，婆慈媳贤的样子。其实，内里的疙疙瘩瘩如同被窝里进了毛刺一样，常常会在某个深夜将我闹醒。年轻时，我觉得婆婆太过于强势，强势到霸道，她的儿子又惯于听信母亲，我甚至把夫妻失和也归咎于他娘时时处处掺和在我们的生活里。

每年冬季，两个老人都要到海南的小儿子那里过冬，等冬尽了再飞回来，像两只候鸟一样。这样的日子对我公公来说不算什么，他这人表面看起来随遇而安，跟着哪个孩子生活都行，只要有酒做伴，什么都不挑剔。而且你几乎无法从性格上揣测他的过去，因为他没有性格。他的生活拆成一节一节的，跟时间绑在一块儿，好像他只从属于时间——几点吃饭喝酒，几点散步，几点接孩子。稍微错一点他就无所适从，似乎跌出了时间之外。在我们家，他的生活一成不变，尤其是每天散步回来，他总是圈进客厅角落的那把扶手椅里，不知道有没有看电视，我们的所有谈话好像也与他无关。他的两只手交替撑着自己的下巴，如果孩子睡了，他会点一支烟虚握在自己手掌里，只露出一截过滤嘴，抽的时候就低下头去，一副很愧疚的样子。

而我婆婆看起来则是一个很有主张的人。听老公说，自从我公公退休后，她就成了这个家庭的中心——她以自己的顽强、忍耐和固执等来了这一天。她规矩甚多，不管哪个孩子请她去，都得费不少周章。她从来不在任何一个闺女家过夜，如果这一条不答应，她宁愿不去。她的理由是，闺女的家是外姓人的家，儿子的家才是自己的。而且，她常挂在嘴上的一句话就是："我有儿子养，我不花闺女的钱。"好像闺女不是她生的，我清楚，她这句话是说给我听的。养儿防老，说的就是儿子！孩子们在她眼里一定是有三六九等的，首先是男孩女孩不一个阶级，家里有什么好东西，都是男孩的，女孩想都别想。其次，女孩里面也不平等，她喜欢花钱大方的孩子，对从小就俭省节约的嗤之以鼻。她说大手大脚花钱的人，才能大手大脚挣钱，没见过谁家的财产是筷子头上省出来的。话虽这么说，可是在生活中，我从来没见过她大手大脚，甚至比一般人都俭省。

不过，或许叫她说着了，三个姐姐中就二姐大手大脚，现在的日子也数她最宽绰。大姐省吃俭用，一辈子都在为钱打饥荒，住的房子都是弟弟妹妹们添钱买的，从来没买过新衣服穿。

小叔子在海南与人合伙开了间律师事务所。弟媳更不简单，一人承包了财政厅下属的会计师事务所。两个人事业有成，小日子过得红红火火。婆婆在人面前说起两个儿子来，常常喜笑颜开。唯一美中不足的是，小叔子跟我们一样，只生了一个女儿。按农村人的说法，这一家算是绝户了，兄弟两个一个男孩都没有，再过几十年，他们的姓氏也没人继承了。公公对这事儿甚是看不开，喝了酒跟我们讲过几次，“要是无后，死了无法面对祖宗”。婆婆不等我们开口就说：“就咱们那几个祖宗，活着你面对过几次？再者说了，哪个人死了都无后，一把土埋了，有后无后，咱想管也管不着了！”公公听得进去听不进去不清楚，但面上也不提这档子事儿了。有一次小叔子两口回来探亲，我劝他们再要一个，反正他们两个是自由职业者，并且说如果不想养就放我们家。婆婆当即打断我的话，说养个孩子太难，主要是教育花费大，有一个闺女也就够了。“生个闺女多好，如果只让生一个孩子，一定得是个女孩。闺女才是贴心人。你没想想，”她掰着指头跟我说，丝毫也没顾及有些话不该当着媳妇的面说，“如果生一个闺女，还会赚人家个儿子。如果生个儿子，到时候还不得是给人家养的？”

我想跟她开个玩笑，问她自己的儿子是不是赔给别人了，看她一脸正经的样子，又忍住了。

婆婆穿着红衣黑裤下来了，打扮得跟快餐店的领班似的，小皮鞋擦得锃亮。只是她个子矮，又胖，看起来像个大头娃娃。我把她扶到车上，刚走出不到十米远，她又要下去，说自己的包忘拿了。我说你拿包干吗，又用不着你花钱。她也不答话，不待车子停稳，拉开车门下去，径直回到楼上，半天才拿着包下来。

我想起来了，她的手机在包里。

过七十岁生日那天，孩子们高高兴兴回来给她祝寿。小叔子两口专门从海口赶了回来。她把大家给她买的东西翻来覆去地倒腾一遍，一脸的不高兴。她的情绪总是写在脸上，一点都不会掩饰。我捅了捅老公，让问她怎么了。她对自己儿子说："我怎么了你看不出来？连你们的小孩子都会用手机了，你妈连个手机都没有！还反过来问我怎么了？"她儿子说："我刚好多个手机没用，给你吧！"她指着我新买的手机问："跟这个一样吗？"小叔子赶紧站起来，跑出去买了一个新款的三星手机，才算作罢。

我带着婆婆进了全市最大的吉利购物中心，先给他们一人买了一双老年人穿的沙滩鞋，接着就去服装区买衣服。穿过家电区的时候，她被一个小姑娘的解说迷住了。那姑娘正在给一个顾客解释一款自动电饭煲的功用。

"……您看，头天晚上把米放进锅里，定好时间，第二天早上起来，饭就做好了，热腾腾的。”

“除了米饭，这款机器还能做什么？”顾客把电饭煲端起来问道。

“哎呀，那说起来可多了去了！除了不能自动煮饺子，没有它不能做的。米饭、煮粥、煲汤，还能做蛋糕呢！你看看说明书。”

婆婆一手提鞋，一手指着那款电饭煲问道：“它真能自动煮稀饭吗？不用管它，它自己就能煮好？”

“那当然！”售货员笑着看着她说，然后拿起一本画册哗啦哗啦翻到一页煮粥的照片递给她看，“您看这稀饭煮的！”

“嗯，是好！”她把鞋搁地上，把包从胳膊肘上拉下来，准备掏钱。我赶紧上前阻拦她，说：“娘，咱家快成电饭锅仓库了，不能再买了，放的地方都没有！”

“你说得容易，”她一边挣脱我的手，一边继续掏钱，“我走了，毛妮她爸怎么喝稀饭？谁给他起来做？”她把粥、面糊、米汤，统称为稀饭。

“我做嘛！”

“你做？你马上就走了，他喝西北风啊？”

老天爷！这事她是怎么知道的？我赶紧按住她的手，说：“他在家吃过几顿饭？而且，就是我走了，咱们的保姆也快来了，您就放心吧，饿不着您儿子！”

“放心？你想想，在外面吃得再好，要是不喝个稀饭，那胃里是个啥味儿？”她挣脱我，从包里拿出一卷钱，那架势分明是要把人家的货架扫空，“多少钱？”

我赶紧让姑娘开票，去把款付了，回来的时候她已经把电饭煲提在手上了。

我把电饭煲接过来，领着她在服装区转了半天，也没看中一样衣服。我想给他们买加棉的厚外套，冬天的海口早晚还有点凉。她想买毛衣外套，说人老了，身体不想受拘束。可是看了半天，没有一件她相中的。不是颜色太暗，就是款型太瘦。好不容易看中了一件，她穿在身上试，我看着挺合适的。谁知她在穿衣镜前扭了半天，脱下来扔在一边，说：“这种毛线穿不了几天就往下坠，套身上跟渔网一样，滴滴溜溜的烦死人！”

“不行就买小一号的，反正穿几个月就扔了。”我劝她道。

“唉——！”她转圈看着，眉头皱得跟牙痛似的，“去年在海南，你弟媳她嫂子给她妈织的毛衣，又好看又好穿。这机器织的东西啊，到底是不附身。”

我哭笑不得地看着她，难不成这是逼着我给她织一件毛衣吗？

说实话，这活儿过去我还算拿手，可是现在谁还干这个？哪还有工夫干这个？不过从楼上下来的时候，她好像忘了买衣服这件事，一直到车上，还跟我絮絮叨叨地说起他们在海南吃的某顿饭。那顿饭她没吃好，所以一直记到现在。“小羊羔太小了，看着比一块红薯大不了多少，还都是煺毛的羊，黑黢黢的带着皮，那哪是人吃的东西？”她抚着搁在腿上的电饭煲，心里肯定想着一锅热腾腾的稀饭，“他们要是敢再让我去吃那东西，试试看！”

三

从我住的地方到单位走大路要半个小时，沿着河堤步行，差不多二十分钟就够了。天气好的日子，我几乎都是从河堤上走过去。这是一座新兴的城市，夹带着从农村脱胎而来的痕迹，处处都能感受到它那新鲜而向上的力量，这生生不息常常让我喜不自禁。河堤外是从国外进口的草皮，绿茸茸的像铺了一张毡子。河堤以里则是农民种的庄稼。一条小路斜穿下去，有一个小小的渡口，常常会看到那个摆渡的人坐在自己的窝棚前打盹。一只狗，几只鸡子围着他，一派田野趣味。逢周末，公公婆婆常常带着孩子坐船到对岸，然后再坐回来。有时候我和老公也跟着过去。有一次我打河堤上经过，看见几头牛站在那里，像一群等公交车的旅客。我朝它们扬了扬手，它们只是摇了摇尾巴，也不躲开。

我为此写了一篇散文，喜气洋洋地絮叨了大半天。对于一个作家来说，这是个宜居城市，不灰暗，也不拥挤——如果你觉得生活刚刚好的话。

也许，只是如果。

我刚在办公室坐下，林鸽过来了。今天她打扮得焕然一新，白色短袖衫外面套一件荷色小外套，宝蓝色长裙，脚上是一双软皮便鞋。她在我们单位是财务科科长，上大学前我们俩就很要好，想不到现在又混到一起了。有意思的是，她是学中文的，做财务工作。我是学经济的，却当了职业作家。

我打量着她的穿着，笑着问她今天的麻将大会铺排好了没有。

“那当然!”她两只手卡在屁股上，像一只翩翩欲飞的鸟，“这是我的本职工作!”

晚上的麻将大会是每周末的盛事。林鸽吸烟，喝酒，摸麻，整天跟一群作家、艺术家泡在一起，可是从来没人说过她的闲话。她是那种常在河边走，就是不湿鞋的高人。她老公更高，没单位，没工作，没固定收入，可手里从来没断过银子。一会儿去上海朵云轩拍一个陶罐，一会儿又在北京荣宝斋淘了一幅康有为的字。更为奇特的是，他会用《易经》算命，几乎没怎么失过手。今年过了春节，我们几个去伏羲陵祭祖，正准备出发，他把我们叫住了，说，准备点路上吃的东西吧，中午之前到不了。大家哈哈大笑，总共不到一百公里的路程，就是骑自行车也能赶到。

林鸽二话没说，跑楼上拎了一大包吃的喝的下来。

谁知去谒祖的人太多，道路被塞得水泄不通。我们被堵在半路上动弹不得，只得吃干粮充饥，到地方已经是下午三点多了。

还有一次，他两口子来我们家串门，我们坐在客厅里喝茶。坐下不到十分钟，他看着我老公说："你明年会有一场大事。"老公向来不跟他说那么多，道不同，话也不投机。不过闻听此言，老公便笑着问道："多大的事儿？"他始终盯着我老公的脸，郑重地说："恐怕，你得穿大孝！"老公的笑容僵住了，穿大孝的意思就是会失去父母。老公问："依你看，是我的父亲还是母亲？"他说："父亲。他明年七十三，刚好也是个坎儿。"老公问："哪方面的问题？"他说："肠胃方面，不是个小问题。"老公一下子轻松下来，笑了笑，什么都没再说。我也暗自好笑，公公肠胃奇好，每天半斤酒就一扣碗红烧肉，睡前还得再加一餐，按他自己的话说，吃铁都嫌太软。

林鸽在我对面坐下来，把我桌上的书收拾收拾，叠放在一起，扭头看了看，又放下来摆平。她就是个这样的人，常常毫无理由地把东西挪个地方，再挪回去，好像她不知道该怎么安置周围的东西才合适。可是，在对人事关系的处置上，她总是那么得体，见什么人说什么话，在任何地方既不显得突兀也不显得多余。更重要的是，她有胆，不管什么事情，既能拿得起又能放得下。有一次，我们两个下班，她在离单位不远的烟酒店里买了一箱红牛饮料，不知道听信了谁的，她两口子都爱喝这个。谁知到家打开来看，里面装的是金牛，而不是什么红牛。我到家已经吃过晚饭在看电视，她在楼下喊我，非要拉着我找人家算账。我说算了，明天上班带过去跟人家调换也不迟。她说："那怎么行？让我受这一夜气我可不认！"我只好跟着她去那家店。人家已经打烊了，她擂着商店的门说："再不开门我一把火给你们点了！"人家吓得赶紧开门，她把两箱饮料掼过去，砸得稀里哗啦乱响。不待人家说话，她拿起货架上的几条烟就走。我坐在车上没下来，羞得跟小偷似的躲在后面，害怕人家看见我。走路上她跟我说，对这种黑心店你就不能客气，然后又说："像你这么软蛋，这个社会上坏人会越来越多！"我说："犯不着，人家也是小本生意，何必这样收拾人家?”她“切”了一声，没再搭理我。

我冲泡了两杯毛尖，递给她一杯。只有在我泡茶的时候她不插手，可能这也是我唯一比她强的地方。在其他方面，她都是我的导师，而且她也好为人师，经常毫不客气地指点我这，指点我那，好像我从来没有把事情做合适的能力。不过说实话，我之所以离不开林鸽，完全是因为习惯而不是因为需要。再者，我们自小就相互了解，省却了很多麻烦。寻找她之外的朋友，我也没那个心力。我喜欢孤独。

她接过茶，举起杯子看了看，也没说什么。我们埋头喝了一会儿，她好像忘记了刚才的话题，突然问我:“你怎么还不走?”

“你撵我走是不是急着抢我这个位置?”我玩笑道。

“那当然！看谁敢跟老娘争，我废了他!”她边嬉皮笑脸地说着，边把杯子握在自己手里。我知道她这是想聊下去了，便从抽屉里摸出一包烟扔在她面前。她看了看，没动。

“还是走了好，这是一个机会。”省里空缺一个职位，想让我调过去。我也一直在犹豫，如果过去，肯定对我的写作有好处，毕竟越往上走信息量越大，平台也越大。可是，我走了怎么办？老公天天忙得不着家，孩子才上小学，公公婆婆马上要去海南过冬。“你没想想，现在我怎么走得了？”

“走了，走了，一走了之！什么叫走得了？你没想想你不走怎么办？”

我惊骇地望着她。

“别这样看着我，我不习惯人家这样看我！”她半真半假地嗔怪道。

我眼睛一眨不眨地盯着她。

“唉！你啊，揣着明白装糊涂。跟公公婆婆在一起生活，时间长了哪能不出问题？”她脸上满是担忧的神情，“尤其是你婆婆，可不是个软茬儿！”

我倒吸了一口凉气，我害怕的某种东西好像浮了出来，有了眉目和形状，“能出什么问题？而且我觉得婆婆心直口快，这样反而不用处处设防。”

“能出什么问题？能出‘问题’的问题！”她笑着站起来往外走，“要是平常，心直口快倒不一定是坏事。如果在家里，事事处处都心直口快，那就是问题了！”

出了门口，她又转回来拿烟。她用烟盒敲着桌子说：“在我们家，我的江山就是打下来的。刚开始我也像你一样，谁说话都想骑在我头上。切！岂有此理!”

我坐在那里愣怔了半天。

林鸽原来也是跟公公婆婆住在一起。公公原来是南下的老干部，也曾经是这个市的市委书记。婆婆是当地人，这个媳妇是她钦点的。公公婆婆住的是两进院，他们住前面一进，公公婆婆住后面。开始倒也相安无事，“第一次世界大战”爆发是她刚刚生了孩子那阵子，大姑姐来看她。按她自己的说法，起风了，她给那姑姐翻找毛衣，随手把衣柜锁起来了。其实，钥匙就搁在柜顶上。姑姐走的时候，婆婆或许想给她带点东西，毕竟是市委书记家里添丁，送来的东西肯定不会少了。结果婆婆发现柜子门打不开。这姑姐挑事儿，跟婆婆说，往后还让我怎么来？也没跟她告别，一声不吭地走了。婆婆本就不是受气的人，指着她质问道：“莫非你姐是贼吗？她过来，你恨不得把能锁的都锁起来!”林鸽赔笑道：“妈，我只是随手锁了，钥匙就在上面。您告诉我一声，就是把东西全部给她，能值几个钱。”“说得比唱得还好听!”婆婆更起劲了，唾沫星子乱飞，“我活着你就这样，我要是死了，你几个姐怕是连这个门也进不来!”

林鸽让保姆把孩子抱出去，回头把门关上，跟婆婆有板有眼地讲起道理来：“要真论起来，我嫁给您儿子，这个家就是我的家，只要我在这里住一天，所有的东西我都有处置权。这算不算过分？如果您儿子跟我离婚，我保证一个纸片都不会带走，包括您这个小孙子我都给您留这儿。我说这是不是个理儿？”看见一向不吭声的媳妇忽然翻脸，婆婆惊得不知所措。林鸽继续道：“不过，虽然道理是这样，可您是老，我是小，如果您真把我当成自己的孩子看待，指使我把柜子打开不就得了，怎么能说那么生分的话呢？再一个，要想公道打个颠倒，要是这房子是我姐的，东西她锁得再严实，您会这样说她吗？或者说远点儿，如果我姐在她婆家，连锁个柜子的权利都没有，您心里会是什么味儿？”

婆婆也不搭理她，摔上门就走了，一直到孙子满月都没再露面。

第二次生气是因为林鸽的老公。她老公是个除了正事不干，什么邪门歪道都会干的人。养鸟遛狗，打兔子钓鱼，样样精通。上学时，文化课三分之一不及格，可是《红楼梦》里的人物都跟他干亲似的熟络。从来没交过作业，初中时就办过个人书画展，现在兜里揣着国家级书法家和美术家协会金灿灿的会员证书。手无缚鸡之力，拿过全省羽毛球单打冠军。嘴里没一句正经话，单口相声上过中央电视台。拿《易经》算命，一掐一个准儿。总之一句话，是个歪才。

那天婆婆到他们家看孙子，一进门，就看见儿子坐在小板凳上，正给斜躺在贵妃椅上的林鸽修脚。他把指甲油小心地抹在老婆脚指甲上，边抹还边拿嘴吹着。婆婆见状，气不打一处来，大吼一声，把儿子吓得一屁股跌坐在地上。她过去点着儿子的脑袋说："你真是狗屎扶不上墙啊！从小到大，我没舍得让你给我拿过一次针头线脑，筷子掉地下我都不让你捡，怕累着你！现在你倒好，三十多岁了，还是一兜软泥。你这个畜生真是比阿斗还阿斗啊！"林鸽慢悠悠地站了起来，说："妈，您老坐这儿慢慢数叨他。您想想，除了您说说他，平日里谁敢说他一句？我敢吭一声，他不把我吃了才怪！"她把老公拉起来，拍了拍他身上的土，"你啊，也不是妈吵你。你真不像个顶天立地的爷们儿，孩子在外面跟人打架，得我去帮他出气；家里便池坏了，我一个女人家抱着几十斤重的东西往楼上搬。就这，你还觉得娶我吃了多大亏，不知道的还想着我捡了多大个便宜！你知道我心里有多苦吗？今天妈来了，咱让她好好评评理！"

她婆婆气得病了一场，给儿子买了一套房子，让他们搬离了这个院子。

晚上下班，心里七上八下的，有点烦。走到我们家楼下的时候，我犹豫了一下，没有上楼，重新拐回到河堤上。我看到渡船正忙忙碌碌地运送着两岸的行人，雾霭层层叠叠地升了起来，河对岸的城市在我眼前慢慢地消逝。我铺了一张报纸坐下来。河堤上生长着茂密的茅草，我一根一根撕扯着它们。我喜欢听它们折断时的声音，很脆，很甜，也很伤感。

四

周五下午，闲坐无聊，想着孩子今天会提前放学，我早早地就回了家。刚打开家门，我就听见婆婆在厨房里和谁嘟嘟囔囔说话："……孩子就是这样，要打，你就得打改他。要是打不改就别下手。给他吃，给他穿，不就对得起他了，还要咋样？你看看我……"

肯定是谁来串门，她又在痛说革命家史。自小到大，孩子们没有一个不怕她的。孩子小的时候，她从不在家里偷偷摸摸打他们，而是拉到大街上，当着众人的面打，一定要让打孩子产生巨大的社会效果才会罢手，她因此得过恶名。后来五个子女陆续考上大学，她打孩子的古怪行为又传为美谈。不过，奇怪的是，孩子犯了小错她打，真正犯了大错她反而不管了。下河洗澡，逃课，撒谎，这都是开打的理由。但是不小心把水桶掉井里，热水瓶弄打了（这在那个时代都是大事），她只是一笑了之，从不责怪。有一次我老公把一只祖传的花瓶摔碎了，她拿把笤帚把碎片扫了出去，一句责怪的话都没说，好像什么事都没发生一样。后来老公上了大学，问她这些事。她说，犯了小错不打你们，长大了就会犯大错。你们犯了大错，自己都吓坏了，我再打你，你怎么活？

婆婆一连生了七个孩子，只活下来五个。在她家，实行的是一家三制：五个孩子中，有喊她娘的，有喊她婶子的，也有喊妈的。大姐、三姐和我老公喊娘，二姐喊婶子，小叔子喊妈。二姐之所以喊她婶子，是因为生活困难时期，她得了重病，眼看着奄奄一息，母亲就把她扔在外面的一张席子上，听天由命了。隔壁没闺女的大娘知道这事后，把二姐抱回了屋里，二姐在大娘家捡了条命，管大娘喊娘。大娘去世后，二姐又回到了家里，从此就喊母亲婶子了。

有小叔子的时候，公公已经调到了县城工作。可能婆婆觉得喊妈比较洋气，能配得上城里的生活，所以就让老儿子喊妈。仅从这一点上就可以看出来婆婆是一个害怕掉队的人。尤其是来到城市里，她像站在悬崖边上一样害怕掉下去，拼命模仿城里人的一切，除了语言——也曾经有一段时间她想改变自己的土话。儿子责怪她说，她土话里什么都带“子”，什么面条子，菜叶子，茶杯子，听了让人笑话。有一次她跟我说，要我帮她弄一张表子。我骇然道：“什么表子？”她说想办一个老年证，需要填一张表子。儿子委婉地提醒她之后，她什么都不带“子”了，有一次家里抽油烟机坏了，她给儿子打电话，“咱家那个机坏了，你快让人修修。”儿子吓得脸都变色了，家里有什么机？后来所有东西都省略成了凳、裤、袜，每每还听见她带着孙女，“走，买个包（包子）吃。”听了更是让人哭笑不得。

为了弄清楚路牌、广告等各种用文字标示的东西，她开始学识字写字，那时她已经快七十岁了。一年下来，竟写了十几本，字也学会了不少。儿子为了鼓励她，让她把家族的历史写下来，说我写小说用得着。她废寝忘食地写了半年，拿给我看。三个笔记本，写得满满当当的，就是没人看得懂。我让她念了一段，听着还真是那么回事儿。估计女书就是这么发明的。

若是厨房热闹，一定是孩子的三姑来了，在厨房陪婆婆做饭。

新来的保姆也在里面。看见我回来，三姐忙拍了拍手走出来。她最近老到我们家来，怕新来的保姆不会照顾她老娘，什么事她都手把手教。我老公说过她多少次，这家是我的家，不是她的家，不要什么事都管，让保姆无所适从。莫非你自己的家宁愿不管，也得把我们家管了？不说她还好，说说她好像把这事儿给挑明了，她反而正大光明地管起事儿来。要不是碍着老太太，我真的会把她轰走。

“刚才我们在那儿说大姐的孩子哩!”她接过我的包，拿在自己手里，好像我是客人，她才是这里的主人，“这孩子也太不像话，他爸通过部队一个老首长，好不容易把他安排到北京一家国企上班，一年也不回来一趟，平时电话都很少打。谁知道自己不吭气找个湖南的女孩结婚了，等咱大姐知道，他又把婚离了……”她话匣子一打开，至少是一部中篇小说，“离就离了呗，谁知道还留下个孩子，让大姐管都没法管。”

我应付了几句，赶紧躲到卫生间去了。卫生间里乱糟糟的。房子小，多一个人就更乱，这老三又不检点。我这几个婆姐，唯老三性格像母亲，热心肠，就是嘴太碎。我在里面收拾了一下，洗了洗脸，想着这么半天时间，她肯定又回厨房了。谁知道我出来，她还在卫生间门口等着我。

“我头疼，还晕，我想躺一会儿。”说着我就往卧室走。最近心里烦得很，没一点说话的兴头。我还没躺下，她的手已经搭在我的额头上。她和大姐都是医生。

我闭上眼睛，竟真的天旋地转地眩晕起来。

“这个保姆啊，得换，我听咱娘说了，发现她翻口袋，手脚不干净。”她的手从我头上转移到了手脖上，一本正经地给我号起脉来。

这话是怎么说的！我气得恨不得坐起来踩她两脚，可这时刚好公公把孩子接回来了，她一阵风似的旋了出去。

真是又好气又好笑。

记得闺女一两岁那会儿，她休假在娘家。有一次，婆婆把孩子抱在怀里亲。估计是老年人口气重，再加上她爱吃葱姜蒜之类的东西，孩子拼命躲着她，边哭边把头往两边扭。她越是这样，婆婆越是追着亲。我说：“娘，你的脸别离孩子那么近。”

“咦！咋啦？”婆婆突然站起来，把孩子像一块砖头似的扔在床上，“就不兴我跟孙女亲亲啊？”

孩子不知道发生了什么，拼命踢腾着，小嘴像鱼一样吐着泡泡。我既心疼又羞愧，满面通红，一时不知所措。我看着坐在一边的三姐，她是医生，知道卫生常识，原指望她帮我说几句话。谁知三姐没事人一样抱起孩子，说：“孩子嘛，越泼皮就越健康，让她饿着点儿，冻着点儿，哪怕鼻涕哈喇的，也不碍事！你要是让她吃饱穿暖，天天捧在手心里，非生病不可！”

我不喜欢她，大约是从那时开始的。

我坐月子时，三姐正住娘家，婆婆说她生孩子时落有风湿，不能沾水，她没为我做过一顿饭。我老公回来陪我，给孩子洗尿布。我婆婆悄悄跟我说，可别让他再干这个了，男人干这不吉利。大月子里，她们母女俩在旁边坐着聊天，我自己起来给孩子洗涮，自己给自己熬汤做饭，后来提起都没人相信。

我婆婆却偏偏最喜欢这个女儿，她会说暖心话。二姐是那种走到哪儿都手脚不闲、干净利索的人，因为嘴笨，婆婆一辈子都不待见她。

三姐把孩子安置好写作业，又来到我床前。我已经坐起来了，那阵眩晕劲儿过去，感觉好像是虚脱一般。她跟我唠叨起孩子在学校的表现来，这也是我的烦心事。这孩子小小年纪就有逆反心理，我越强调什么，她越不做什么，说多了她还跟你急。

“我去见了几次她老师。人家很不高兴，说这孩子最近老是心不在焉，上课不注意听讲，作业粗枝大叶，跟同学也不是太合群……”

“管她呢，她爸交代她说，只要语文英语两门功课学好了，其他不用管。我看这两门课还行。”我皱着眉头打断她的话。这孩子虽然毛病不少，但也不是一无是处。

“老师说，她有时候还撒谎。”

“哪个孩子不撒谎，小孩子都这样，只要有是非观念就行。”

“她的穿着也太出格，有时候学校集体活动她也不穿校服。”

“孩子一点个性没有，也成问题。”

她还想说什么，孩子突然出现在门口，哭丧着脸朝她嘟囔道：“三姑，你能不能不在我爸我妈面前说我的坏话啊？”

“你这孩子，一点礼貌都不懂！”三姐拍着腿说。

“我又不是没爸妈，往后不许你到我学校去。”这话不是我教的，却也是我想说的。

五

我往省城搬家那天，我们都起了个大早，把该收拾的东西打开，又重新收拾一遍。本来也没这个必要，谁知婆婆五点多就起来开始翻腾。我告诉她，昨天东西已经收拾好了，别再折腾一遍了。她不放心，一件一件地打开看，边看还边问我。我也只好起来了，帮助她翻检。过了一会儿，三姐也到了。全部东西翻了一遍后，果然发现遗漏了一件重要的东西——她特意安排我买的自动豆浆机。"这个你一定得用，"她亲自把它放进包袱里，"你这早上不喝稀饭的毛病可不能再犯了。"

"好。"

"还有这个……"她又准备解包袱，被我制止了。我知道她在说她亲手给我缝制的一个小枕头，里面装的黑豆，据说可以治疗颈椎病。"这个您不说我也得天天枕，现在好多了。"我说。

我边说边剥着一个大石榴，把剥好的石榴子儿放在一个透明的食品盒里。这是给老公准备的，他胃不好，我坚持让他每天晚上回来吃点石榴子儿，据说很养胃。

"你看，"婆婆扭头看着三姐，用指头点着我，"她可比小媳妇知道疼人多了。"

这个老太太，怎么说呢，虽然像林鸽说的那样很强势，可她的专制放在这个家庭里，特别有喜剧味道：她想让儿子对媳妇好，但是又怕太好，把她排斥在外。她想儿媳妇有出息，但是又不能出息太大，让她不好敲打。所以有时候她故意在儿媳面前“做”出来的那种态度，让人哭笑不得。听弟媳说，有一次他们去吃文昌鸡，婆婆先把两只鸡腿撕下来放在儿子盘子里。儿子拿起一只给弟媳，婆婆又把它拿回来给儿子，说，她不爱吃这个，你自己吃吧！弟媳说，我没说过我不爱吃啊！

前年婆婆在海口，正赶上弟媳考注册会计师，天天忙得既顾不了孩子也顾不了家。有一天，她终于忍无可忍，把小儿媳从书房里喊出来，当着亲家的面数落了一顿，质问她还有什么事儿比老公孩子还重要，“要是这么下去，这个家早晚得零散！”

晚上弟媳跟我通电话，哭得稀里哗啦的。我劝她说，婆婆刀子嘴豆腐心，说了就了了，不能跟她一般见识，而且她也是为了你们家庭好。后来婆婆回来，我趁她情绪好时问她是不是说过这样的话。“说过，”她说，“咋了？”

我说：“娘，这话太伤人了，不能这么说。”

婆婆正色道：“她这是傻啊，啥事比丈夫孩子还重要？现在不散，不等于一直不散。”我知道她对弟媳的气还没有彻底释放出来。“反正我说了，随她便。他们散不散也不在于我说不说这话！”

我差点晕过去。

“不过话说过来，她还真没顶撞过我一次，”她看我尴尬的样子，只管按照自己的想法说下去，“我就是不喜欢她那样，不管我说什么，不管她同不同意，只会笑，好像我有多不讲理似的！”

我的眼泪都快笑出来了，说：“谁要说您老人家不讲理，那她真是个不讲理的人！”

那天去省城送我，是老公开车，婆婆非得跟着去。我们也没劝阻她，害怕哪句话说不妥当又惹她不高兴。在路上我一直嫌老公开车太快，让他慢点。婆婆故意闭着眼睛，故作轻松状，对我说，你管他干吗？他自己心里有数。坐什么车我都害怕，就坐他的车我能睡着！我看看她，什么都不再说了。结果到地方后，我在卫生间洗脸，听她在客厅数叨儿子：“我再也不坐你开的车了，撞不死也给吓死了！没有一辆车你不超，没有一辆车超咱的车！”

六

四月的礼拜天，我和老公都在家休息，每人抱一本书，半天都没说一句话，卧室就像阅览室一样安静。我俩都喜欢这样的氛围，看电影也是这样，各看各的，极个别时候才会交流一下各自的观感。

最近他一直在发胖，而且那种官僚主义的微笑替代了过去毫无顾忌的大笑。过去他的生活是快节奏的，现在好像开始减速。我不知道这是好事还是坏事，对我们家的意义在于，他在家陪孩子的时间比过去多了。

孩子一直睡到十点多才醒，这是她每周一次的礼拜天“大餐”——肆无忌惮地睡一个好觉。过完年她才九岁，每天起来都心事重重的，一点小事不称心就发脾气。有一次我推门进她房间，她拿手随便往外面一指，不耐烦地说：“去！把我的红鞋给我拿来！”

“咦！你还成精了，跟谁这么说话呢？”

“去拿吧！”她更不耐烦了，噘着嘴拿眼睛斜我。

我气得恨不得抽她，不过想想一个礼拜没见她了，就忍住了。我在背后默默地观察她，看她对别人的态度。慢慢就看出问题来了，她对保姆也是这样。

我非常生气，这不是孩子的责任，是大人的问题。我很认真地跟老公谈了一次。他嬉皮笑脸地说：“我也是在慢慢学习当爹嘛！我不能让她既没娘又没爹吧？”

我无话可说。自从我离开家搬到省城，不知道哪里出了问题，生活好像是走到了一条岔道上，或者是，某个地方开始漏气。我开始怀疑我该不该走，或者为什么走。记得当时跟他说我要往省城去，他还很高兴，说，你也应该有自己独立的生活了。

我独立，还是他自己争取独立？

十点多，我们带着孩子到小码头去乘船。开始她百般不同意，左一个没意思右一个没意思。我不由分说，拉着她的手就走。到了河堤上，她站住了，看着落在后面的爸爸哭了起来。我蹲下来看着她。她拱进我的怀里说："妈妈，你不是不要我了吗？"

"谁说的？"

"还要谁说啊？"她的哭声突然放大了。

我的泪水一下就出来了。从这里调到省城工作，我跟孩子一句都没有解释过。我根本没想过，在她童稚的世界里，这不是一个微不足道的小事。

我想告诉她，没有任何东西比你更重要，妈妈爱你，永远爱你。但我什么都没说，即便是在小说里，我也不是个懂得温情的母亲。我对待女儿，永远只差这一句话。

我女儿的生命里，父亲是个最好的父亲，她的愿望，他全部都帮她实现，并且百分之百满足她所有的物质要求。婆婆在家时，时时处处盯着自己的孙女，但她从不批评她，理由是怕得罪孙女，所有的矛盾都等着星期天我回来处理。她的日常用语就是，等你妈回来再收拾你。我一直没想明白她为什么要这样，似乎也不像是她的风格。

坐船到对岸后，我们刚进入城区，老公的电话响了。刚开始还走着接着，一会儿就站下了。“……结果确定吗？要不行就直接去北京301医院，再确诊一下……”

他的脸色越来越凝重。

放下电话，我问他怎么回事。他长叹一口气，说：“林鸽老公给父母算那一卦你还记得吗？”

我点了点头。

“刚才弟弟打电话说，父母离开海口之前，他给他们查了一下身体，父亲查出是直肠癌。”我想起林鸽老公说的穿大孝一事，心里也咯噔一下。估计老公看出我的紧张，说：“好在发现得早，还可以手术。”

孩子仰着脸看着我们，不知道发生了什么。她小心翼翼地问道：“爸爸，我们不吃比萨了吗？”

“走！”老公揽过孩子，“咱们吃比萨去！”

公公婆婆又过了一个礼拜才回来。去接他们的路上，我一直跟老公说让他放轻松一点，不能影响老人的情绪。老公看着我点了点头，没说什么，但是脸色凝重得很。我说："你这个样子肯定会让他们看出来不对劲，不行你就别去了，我自己去接算了。"他说："没事，到时候我就放开了。"果然，见到父母，他装得没事人一样。坐在回去的车上，公公婆婆都不怎么说话。我故意找点不咸不淡的问题问他们，天气啦，饮食啦。婆婆忽然拍一下我的肩膀问道："你爹的病都知道了吧？"

我一下愣了。老公赶忙接过话头，轻松地说："知道，不就是一个瘤子嘛，还是良性的！"

公公叹了一口气，插话道："良性的也好恶性的也罢，反正病是长在我身上，我又是医生，到哪一步都要让我知道！"

老公说："那当然。"

婆婆说："不管啥良性恶性，咱不能不治。你姥娘活到一百零三岁，吃药吃到一百零三岁。咋啦？她就是脾气不好，爱吵人，还贪吃……"

我们都笑了起来，车里的气氛一下轻松了。我装出特别吃惊的样子，说："娘，这个故事你从来没给我讲过。说来听听。"

"你姥娘活着时厉害起人来，能把人吵得找地缝往里钻。吵完人，她能吃一大碗红烧肉，油越大肉越肥越好。"婆婆用手比画着说，“那一次，为了点鸡毛蒜皮的小事，她吵了你大舅吵你二舅，吵完后她人不见了。这可把我们急坏了，你大舅二舅，都是六十多岁的人了，大街小巷村里村外哭着找娘，闹腾得鸡犬不宁。”

“那她去哪儿了？”我问。

“哎呀，你听我说啊！”她不耐烦地拿手在眼前挥了挥，好像我的问题是一股烟雾，“到我一个又聋又瞎的老姨那里去了。把她找回来，可给你两个舅舅高兴坏了，俩人站在门口放了一挂鞭炮。那挂鞭炮啊……”

公公咳嗽了一声打断她的话，说：“我早看透了，人活得再排场，不过是份儿土馒头馅子。跟你姐商量商量，如果我这病确实还有治，你们就张罗张罗，如果没治了，千万千万别作孽，你们花钱让我受罪。你们面子上落个孝顺，让我死得也不痛快，这边断气儿那边你们还欠一身债，人财两空！”

我觉得这是忍耐了一辈子的公公，说得最荡气回肠的几句话。

七

我到省城工作之后，林鸽两口子来看过我一次。我感到非常意外，最近一个时期，一直有人沸沸扬扬地传说他们两个在闹离婚。中间我打电话问过林鸽真的假的。林鸽说：“你猜？”我说：“我希望是假的，不过你们这对儿神仙眷侣，谁能拿捏得那么准？”“那就对了，”林鸽依旧用惯常的赖皮口气跟我说，“你多琢磨点人间的事儿，这神仙的事儿，就交给上面管吧！”

吃饭的时候，林鸽的老公一直若有所思地发呆。想起他们闹离婚的事儿，我故意问他：“你又梦游到哪个桃花岛上了？”

他点了点头。“我在想，你的生活可能要发生重大变化。”

“可别说！”我赶紧打断他，我真不想再让他的乌鸦嘴胡扯八道，“我还蛮希望自己的生活不断有惊喜，现在还不需要你指点迷津。”

“当然，惊喜惊喜，有惊也有喜。有些东西早点知道未免不好。”

“实话告诉你，我生命中最重要的东西我已经知道了，第一，如果不是老公坚决不要我了，我不会跟他离婚。第二，如果不是上帝特别选中我，我绝对不会长生不老！”

他意味深长地看了看我，没再说什么。

林鸽也没有那么多话了。

上水果的时候，我问他们："我公公的事情你们都知道了吧？"

"当然，"林鸽的老公说，"在劫难逃，这话一直在那儿放着，无论是谁。"

"不过是个良性的瘤子，而且还是早期，应该没问题。"我轻描淡写地说。

"这事儿，好说，也不好说。要么你是对的，要么我是对的。"他抓起椅背上的风衣，看了看林鸽，然后对我们说，"我还要去见个人，一会儿再联系！"

林鸽把他送到门口。看着他走远。我问林鸽："快交代，到底怎么回事？"

"没事，"她仰头往后捋一下头发，逆光里我看见她眼角生了不少皱纹，"没事你就不要找事！"她用手点着我嗔怪道。

"在劫难逃？"我不无讥讽地看着她。

四月份，给公公做了肿瘤切除手术。从北京请的专家，在大姐所在的医院做的。我的意见是放在北京做，毕竟大医院各方面条件都好，有点意外也好处理，我父亲曾经在那里做过大手术。大姐说，这个手术不大，在他们医院做，大家都不用往北京跑，也有利于术后大家照顾。

术前我们请专家吃了一顿饭。饭后，专家说，这个病虽然不是很要命，但病人毕竟年龄大了，肠子切断后再接起来很难愈合，风险也大。为了安全起见，不如从腰部穿出去，接一个粪袋。他说做过几百个手术，从效果上看还是这样比较保险。

“那不行!”大姐的脸涨得通红，好像这个建议冒犯了她似的，“无论如何不能接一个粪袋，父亲一辈子爱干净，死也不会答应的!”

“戴个粪袋，冬天还好说，夏天咋和人在一起待着!”我婆婆完全支持闺女。

二姐和三姐对视一眼，都没说什么。我提醒保命要紧，老公也不太赞同大姐的意见，说还是尊重医生的意见，安全第一。

“坚决不行!”大姐斩钉截铁地说。

手术进行得挺顺利，这个主刀医生是国内有名气的肛肠科大夫，麻醉师也是省内一流的名家，做这样的手术简直是小菜一碟。哪知越怕鬼越是鬼打门，专家说得没错，人上岁数了，伤口不好愈合。公公术后一直高烧不退。原来以为只是伤口感染，集中精力把外部伤口解决了，体温不但不退反而升到怕人的高度。不得不再次拉开肚皮检查，发现里面的肠子已经穿孔了。

那一段时间婆婆真是吃尽了苦头，她就据守在公公的病房里，只要有一点动静，立马就奔到病床前，小心翼翼地察看着。她亲自伺候公公大小便，为他擦洗身子，坚决不让孩子们插手。尤其是我去了，更是不让我动手，最多让我看看病人，站在公公病床前问候几句。有一次，我看她腰里鼓鼓囊囊地裹着个什么东西，问她这是什么。她朝我使了个眼色，把我拉出去说，公公裹腰部用的腹带，每天都会有脓血粘上去，所以必须随时清洗。但是又来不及晾干，她就只好裹在腰里暖干。

我说："娘，这些腹带如果医院不够，你吩咐我们买几条也不是什么大事。如果再把你的腰冰坏了，就是不说你受罪，孩子们不得照顾你吗？"

"你们要真想花钱，就给你公公多请点好医生，多买点好药吃，让他快点好吧！"她比画着腰里的腹带，"这算什么呢？"说着说着，一大滴眼泪滚落下来。我能感到她心里的那种绝望和苦楚，"比起我年轻时候受过的罪，连屁都不是！六几年那时候，你公公饿得眼睛发绿，说看见生产队喂牲口的豆饼，真想吞一口。我一听这话，连口水都没喝，去给人家推了一天石磨，换回一小把牲口料……”

但是，尽管医院精心治疗，病情仍不见好转。刚好那几天我去北京参加一个研讨会，等我回来，公公已被转移到了重症监护室。我想进去看看。三姐说，今天无论如何不能进去了，刚刚才抢救了一次，虽然暂时脱离了生命危险，意识还没有恢复，即使进去他也认不得人。我站在窗户外面看着身上插满管子的公公，不禁百感交集。如果当时听我的，戴粪袋，或者拉到北京大医院去治，怎么会有这种结局？可是，毕竟我是媳妇，话也只能点到为止。再来一次，我仍是不能替他的儿女做主。

第二天一早我们就来到了医院。公公的神志清醒了许多，看见我们进来，他浮肿而苍白的脸动了一下，眼睛闭上了。老公拉起父亲骨节毕露的手贴在自己脸上。我也禁不住热了眼睛。过了一会儿，公公睁开眼，扭着头看着儿子说，儿啊，我不想死！你们一定要把我治好，用最好的药，找最好的医生。我还没活够啊！

这时医生护士过来看了看公公的血压体温都还正常，劝我们暂时出去，不要打扰病人休息。婆婆让我们一定到门口先去喝点稀饭。老公一直拉着父亲的手，站着没动。婆婆过来扯着我的胳膊说：“他不去咱们去！”

我们刚刚在医院门口一家快餐店坐下，三姐的电话就打了过来，说父亲断气了。婆婆站了一下没能起来，又一屁股墩下去，眼睛眨了眨，好像没听懂似的。

八

按照公公生前的遗愿，他害怕烧成灰，一定要把他的遗体拉回老家。回去那天走得很早，因为老公是长子，所以我们两个必须护灵，二姐三姐陪着我们坐灵车，大姐陪着婆婆坐后面的车上。小叔子一家还在从海南回来的路上。临开车前，婆婆安排三姐带条毯子。三姐问，这么大热的天，带那东西干什么？她指了指我，说别冻着我的腿。我这才想起来自己开会穿着裙子回来，忙得一直都没换，现在再回去也来不及了。我愧悔地看了婆婆一眼，也感激她真给我面子，没当着这么多人的面数落我穿这一身不合适。

车子开出城区不久，果真感觉车厢里冷得厉害。为了防止尸体腐坏，他们用冰块在车厢里砌了一个冰床。公公的身体裹在一条白布单子里，固定在冰块上，瘦小得像一小捆行李。事实上，折磨了这么多天，他也仅仅剩下一副骨头架子了。车子走着，两个姐姐念叨着，爸，咱们回家，咱们回家啊爸！说完就哭一阵子，哭完了接着说，一桩桩述说着公公过去的很多旧事，不知道是说给我们听还是说给往生者。我第一次亲身经历亲人的死亡，所以不知道该如何安置自己的情绪，心里一直有一种想哭的感觉，可就是哭不出来。这是一次奇怪的旅程，坐在车子里就好像乘坐着时光机，有足够多的时间和空间，让你从头到尾打量死亡。也就是从这一次开始，我又经历了几次亲人的离世，慢慢镇静起来了，后来再也没有体会过这种既拥挤又空落的心情。

老公默默地流着泪，他的手一直拉着我，手心里湿漉漉的都是凉汗。

婆婆先于我们到家，看来家里的出丧事务已经安排停当了。婆婆坐在堂屋里，指挥着一群妇女剪裁孝布。这是很有规矩的，什么样的人戴什么样的孝布，一点都不能错。像我们这些晚辈，不但要戴孝，还要披麻（不过是在腰里扎一根麻绳）。看见我们回来，站在婆婆身边的一个人对她说，让他们几个赶紧披挂上，到门口去跪着，马上吊孝的人都要过来了。婆婆瞪他一眼说："跪啥跪？跪跪你哥还能活过来吗？"那人搓着手红着脸说："这是规矩，怕人家说闲话。"

"说闲话叫他找你哥说去吧！我是不信这个！"她朝里边屋子

里一指，“你们几个去里屋坐着，我不喊谁也不能出来！老三，”她用手指点着那个人，“你安排打墓穴的抓点紧，中午一过就把人埋了！”

“哎呀嫂子，”那人甩着两只手，看来真是急了，“咱不说停尸三天了，最起码要停一天吧？有些亲戚根本赶不过来。”

“赶过来了有人，赶不过来有坟，有啥区别吗？”

公公的葬礼就是按照婆婆的安排，在午饭后进行。当地的风俗，中午饭我们是不能吃的，要一直跪在灵前，等帮忙的人吃完饭再出殡。可是婆婆不管这些，强迫我们必须吃完饭再说。她指着我说：“你像她这一风吹的身体，不吃饭不是要命吗？”我说：“娘，不用管我，我能坚持。”她把一个夹了咸鸭蛋的馒头硬塞给我，逼着我把它吃下去。

公公葬在村西临河靠坡的一块土地上。那条河叫泥河，是淮河的一个支流。老公告诉我，公公一辈子喜水，经常自己到这里坐上半天，所以这个归宿也是他自己选定的。本来我们想着仪式结束后，停下来到河边坐一会儿。公公平时跟儿子说话不多，跟我说话更少，但我们对他的敬意一样深。可是后来发生的事情，把这一切都破坏了。

公公下葬之后，还要给他烧纸，扎一些车马、金童玉女，还有生活用品什么的烧掉。那天大姐扎了一大堆东西，连电视机、冰箱什么的都有，祭品店拉了一大车过来。婆婆看见了，问道：“谁让扎的这些东西？”

大姐哭着说：“我让扎的。”

“这得多少钱？你哪来的钱？”

“娘，这时候还能讲钱吗？”

“啥时候不讲钱？除了你爹，他不讲钱了。活人哪个能不讲钱？”婆婆气得浑身哆嗦，“你白花冤枉钱扎这些东西，你爹用着了吗？”

“一点也不冤枉。用着用不着这是我的心意！”大姐顶撞道。

“不能用！拣一两样烧了，其他的都拉回去！”婆婆怒喝道。

“一样都不能拉走！”大姐说着就开始往下卸东西。

“我叫你扎！我叫你扎！”婆婆忽然拿起卸下来的东西往地上摔，边摔边用脚狠狠地踩着，“就你爹那个笨样子，你给他拿这么多东西，他能守住了啊？”

我们回去的时候已经傍晚了。大姐坐我们的车走，进入城里之后，她说自己不舒服，不陪我们一起吃饭了。我们把她送回家，直接去了饭店。吃饭的时候包了两桌，男人一桌，女人一桌。婆婆发现大姐没在，问我："你大姐哪里去了？"

我说她回家了，不想吃。

"咦！她忙了一天，不吃饭会行？你们去接她！"

我说："我劝她半天，她坚决不来。我估计她心里不舒服。"

"她心里有啥不舒服？"

她好像已经忘了，中午和大姐吵架的事。

我带点埋怨地说："中午扎东西的事。她也几十岁的人了，给爹扎几样东西是她的心意，您不该那样。"

"天，我哪样了？我不是怕她花钱吗，她最没钱，凭啥扎东西该她出钱？"她咄咄逼人地质问我。

我一时也有点激动，脱口而出："爹治病和办丧事，花多少钱都是我们的，肯定不会让她们出。"

老公怕我惹她，出来打圆场说："这次手术，是大姐坚持非要这样做，结果却出事了。估计她思想上一时转不过弯来，心里难受。"

"咦，那，你的意思是，你大姐把你爹害死了？你、你们当初不是都同意了吗？"她突然站起来，用手点着我老公，却朝我走来。二姐三姐赶紧拦她，可是她挣脱掉还是往我面前冲。我浑身紧张得汗毛都立起来了，想不出她会冲过来对我干什么。

“你们说的这是人话吗?”快走到我跟前时，她突然停住了，两只手朝自己脸上一左一右地打起来，“老天爷，我都作了什么孽啊!”

整个大厅吃饭的人都停住了，全部目光盯着我们这一桌。那一刻我的脸色肯定惨白得没一点血色。可是，没人管我，老公和两个姐姐都去安抚他们的母亲了，饭桌上就剩下我自己呆呆地坐在那里。在周围赤裸裸的目光下，我觉得自己简直是被出卖了。我想冲她喊叫，这话是你儿子说出来的，为什么要冲着我来？不止一次了，所有的好，都是她的儿女孝敬；所有的不好，都是媳妇的错。一股巨大的悲愤包围着我，我真想站起来把桌子掀翻，实在忍无可忍了！但我动都没动一下，心里在哭泣，可是眼里没有一滴泪水。在这个时刻，在众目睽睽之下，不管怎么样我也不会为自己的委屈声张——在死亡面前，一切事情都小得可以忽略不计。

九

那天晚上，婆婆还是回了我们家。几个姐姐请她去住几天，她都不为所动，怎么劝都不行。第二天早上起来，她已经煮好了粥。

对于昨天发生的事好像忘记了，一句都没再提。接连几天都是如此，每天早晚两次熬粥，雷打不动。

但我觉得很多东西都变了，也很少跟她单独待在一起。过去我们之间的某种默契被打破了，也可能那种默契是我想象出来，或者是被我制造出来的。

晚上，我跟老公躺在床上，对他说起这件事情。他正趴在枕头上按摩自己的脖颈，听见我说这个，立马停住了，翻过身来吃惊地看着我，好像我还记得这件事让他非常难受似的。我不管不顾地发着牢骚，打定主意要把心里的苦闷一股脑儿地倒出来。他叹了口气，有时候也嘟囔几句，像是安慰，更像是反驳。后来我看他眼皮涩得睁不开，实在听不进去，便不想说了。谁知他突然问我："她都到这把年龄了，你还想让她改变什么呢？"

我在他的口气里明显听出不满，不过我已经不想多说了："我只是希望她更好，也更开心！"

"我觉得她刚刚好，她就适合那样的自己。"

这话说得！好像我是个多自私的人，这一切都是为了我自己。我想起过去我曾经在他面前抱怨过婆婆，说我不管怎么维护她、帮助她不断改变以适应城里的生活，她好像一点都不领情。谁知他半开玩笑半认真地跟我说：“你这样做不是为了她，只不过是为了你自己。其实你大可不必，该怎么样就怎么样就行了，不然大家都累，而且还容易出问题。”

我翻身朝床边挪去，心里一阵发冷，觉得自己热心过度了。但自始至终我们都没有吵，而且也都明白，那比吵一架所涉及的东西要深得多，也疏离得多。在某些方面，我觉得他外在越来越像我公公，从说话的口气到口音。有一次他们两个坐在客厅里说话，我远远地看着，不禁恍惚起来，一时间真分不清楚谁是谁。而他的内心，则越来越像我的婆婆——几乎在每一件事情上，都有不能触碰的底线，都不能解释和辩白——不过我还是安慰自己，老公是个有责任感，也是个有担当的人，这也是我最欣赏他的地方。

婆婆还要按时去接孩子。我说她都这么大了，你不用去接了。可是到点儿她就往学校走，即使我去接，她也得在后面跟着。有一次我拦住她不让她去，说我们都不要去了，孩子也该学会自己回家了。她说：“就是不接她，我也想去瞧瞧热闹！”

有时我也想，毕竟失去丈夫的是她。我总以为她内心有着巨大的创痛，所以我更要逼迫自己忘记那些不快，时时处处都赔着小心顺着她，害怕再触怒她。有天夜里两点多我起来解手，从门缝里看见她屋子里还亮着灯。我轻轻推开门一看，她披着一条单子跪在床上，双手合十在念叨着什么。我从来没见过她的裸体，不知道一个人怎么可以老成那样，身体的每一处都耷拉着，简直像是一座废墟。看见我站在门口，她头都没抬，好像我是另一个世界的人。我看见窗户大开着，外面正下着小雨，浓雾遮天，河水的声音非常响亮。我悄悄走过去把窗户关了。她动都没动一下。我无声地拉上门走了出来。

第二天早上起来，她还是依然忙碌着。我告诉她明天我就要走了，我的假期已经到了。她没吭气，晚上吃饭的时候，安排儿子把几个姐姐都喊过来。儿子问她，现在吗？

"现在！马上！"她把筷子拍在桌子上。

姐姐们挤坐在客厅的一只沙发上，瞪着母亲，不知道她又要出什么难题，她们已经习惯听她发号施令了。按照婆婆的安排，我把女儿关在小屋子里写作业。

"趁着大媳妇在家，我得说一件小事。"婆婆坐在孩子的小凳子上，围裙也没解掉，"我死后就埋在这里，坚决不回老家跟你爹埋在一起！"

我们都震惊了，互相探询地看着，没一个人说话。我老公看着她，脸涨得通红，但他什么也没说。

“你们要是不答应，”她解开围裙摔在地上，“今后每年的今天都是我的忌日！你们说吧，答应不答应?”

“答应!”三个姐姐异口同声地回答道。

“你们俩呢?”她指着我和老公。

我看看老公，又看看婆婆。老公说，你说咋办就咋办吧!

婆婆听完这话，就下楼散步去了，她每天晚饭后要走一万步。大姐二姐住得比较远，我让老公开车送她们。客厅里只剩下我和三姐两个人。“你一定得理解母亲，”她又扎开跟我聊天的架势，可这次我没再截断她，“母亲心里很苦，可是她对谁都不说，也没法说。她对父亲的感情很复杂，一方面，她要恪尽一个妻子的职守，一丝一毫都不会马虎；另一方面，她心里也非常明白，父亲没有一天看得起过她。”

眼前的一切开始模糊，我想起公公那一贯淡漠的脸色和一言不发的姿态，好像悟到了什么。

“父亲原来是大家族出身，可是他性格狷介，爷爷很不喜欢他，还没成家就把他分出去了，只给了三间破房子。几个姑姑给他凑了些钱，他拿着跟人学做生意，结果又被人在外地骗走了，差一点自杀身亡。走投无路，才去投靠母亲家。这门亲事是爷爷定下的，父亲本来不同意，后来只好将就着过了。母亲大字不识一个，长得也不好看。父亲原来是风流倜傥的公子哥，俩人很不般配。可是，姥爷姥姥把父亲当儿子养着，供他读书，学医术。父亲跟母亲过一家，还债的成分多，感情因素少。”

我起身，给三姐泡了一杯茶摆她面前。

“解放后父亲之所以能在城里工作，完全得益于他过去所学。可是，家里不管多困难，他从来没问过。要说起来，父亲是一个好人，一辈子没跟谁红过脸。可是他从小被人伺候惯了，不懂得体谅别人。母亲一个人带着我们姐弟几个，困难可想而知，可不管多难，她一句都没跟父亲说起过。在生产队里，白天她跟男劳力一样干粗活重活，想多挣点工分，晚上还得收拾几个孩子的衣服鞋子。有时候母亲去挖河工地干活，累得半年都不来月经，父亲也不知道问一声。就这，父亲每次回来，母亲都把最好吃的给他留着。最让母亲伤心的是……”三姐忽然哽咽得说不出话来。我坐近她，递给她一沓湿巾。

“姥爷去世的时候，正赶上下雨，没法骑自行车，只好走着过去。也只是十多里的路程，可是父亲受不了这个罪。回来的时候，父亲说，要知道这么累我就不来了！你想想，这话母亲听了心里是啥滋味？过去父亲在姥爷家读书的时候，全家人吃饭都等着他。他不回来，筷子都没人敢动一下。但是，那天母亲一句都没责怪父亲，自己偷偷地哭了好几天……”

河堤上有人在练唱京戏，咿咿呀呀的腔调听起来分外凄凉。我走到阳台上，向雾霭弥漫的河堤上张望着。

三姐没跟出来，她还在客厅等着我，估计还有话说。果然，我走回去她又开始说起来。她说，她心里一直过不去，那天母亲对我太过分了，后来她们几个都数叨过她。但母亲就是那个脾气，谁也没办法。

其实这事儿我自己已经化解得差不多了，跟婆婆在一起生活这么多年，我自然了解她的脾气。但是我始终不明白，婆婆那天为什么会发那么大脾气，所以就着这个话题跟三姐聊了几句。

“你不知道大姐的情况，”三姐长长地叹一口气，“说起来话就长了。大姐夫参加过中苏珍宝岛战役，在冰天雪地里卧守了好几天，落下肠胃病的病根，经常肠痉挛。战争结束后，他被送到部队野战医院住院。医院误诊，当成直肠癌给切了，吊了一个粪袋。”

我想起每次全家人聚会，很少见到大姐夫，禁不住打了一个寒噤。跟他见过几次面，印象不是很深。他少言寡语，从部队复员后，被安排到地方手扶拖拉机厂工作，刚回来的时候还能领到工资。后来企业倒闭了，他也只好赋闲在家，靠养老保险生活。

“大姐的生活一直过得这么清苦，大家都不知道她心里的苦痛，她的苦无处诉说。而且咱们家人都回避这个，谁都没说过，”三姐说着说着哽咽起来，“有些事情咱们想不出来，一个人吊个粪袋，说起来没什么，无非是一个医疗手段，可那是没跟他们在一起生活。大姐夫自己住一间房子，冬天还好说，一到夏天，他屋子里再怎么处理都有一股臭味，孩子们进去都捏着鼻子。所以大姐拼命攒钱，想着无论如何要把大姐夫的肠子改道，把粪袋去掉。这样的日子她过了几十年，怎么会再让父亲过下去？所以她坚持不让父亲用粪袋，是有刻骨之痛的。”

十

公公周年时，我跟着老公一起回去烧纸。只一年时间，公公的坟头已经是芳草萋萋，还长出了一棵阔叶桑树。雨水把坟头冲得沟沟壑壑的，一只青蛙鼓着眼睛看着我们，丝毫没有躲避的意思。等我们点燃纸香，鞭炮开始炸响的时候，它一跃而起，从我们跪着的地方逃了出去。

想想一年前，黄土下面的人还跟我们生活在同一个屋檐下，我禁不住有点黯然。老公跪在我旁边，默默地流着泪。等仪式结束了，我拉起他的手，感觉冰凉冰凉的。我没松开。他站了起来，我们一起朝泥河边走去。

今年老公以这条泥河为名，写了一篇纪念父亲的文章，获得了一个国际征文大赛的金奖。几十年前，公公沿着这条河溯流而上，在河边第一次见到了婆婆，从此他们成为一家人，像一对陌生人一样的一家人，共同生活了一辈子。

今天婆婆也来了，她为自己的男人带来了烟、酒和从小商品市场上买的冥币。冥币数额都不大，她知道自己的男人很笨，给他烧的钱多了他也看不住。她絮絮叨叨地小声说着什么，松弛的肌肉像披挂在身上一样。她为他生了七个儿女，我始终不相信这七条生命也没把他们连接在一起。

“我们走了啊！走了，走了。”婆婆说着站了起来，一直站在那里。等我们从河边回来，她还在那里站着。

我过去搀住她。她头也不回地向车子走去。三个姐姐还在忙着收拾坟前摆的供品。烧过的纸灰在风中打着旋儿。记得小时候姥姥说过，纸灰旋转的圈儿越大，说明那边的人就越高兴。

坐在车上，我才觉得忙活了一天腰都快累断了。我躺在老公腿上，眯上眼睛，想睡一会儿。似睡非睡之间，我感觉到老公口袋里的手机振动了一下。我没动，他也没动。随后，又振动了好几次。我再也睡不着了，坐起来问他："你手机有信息，怎么不看啊?"

"不管他！指不定谁又来找什么麻烦，烦死了!"他看着车窗外说。

"那也得看看，"说着我就去掏他的口袋，"别是什么急事。"

他慌忙去捂自己的口袋，脸一下红到耳根。他是个不会撒谎的人。我心里一下起疑了，坚持让他拿出来看看。因为前面有司机，他也不敢再争执，把手机拿在手里，扭着头不让我看见。我侧了一下头，只看到"我想你……"几个字。他慌忙把手机关掉了。

我夺过手机，想重新打开，可是发现设定了密码。我用胳膊肘捣捣他，示意他打开。可是他不为所动。没办法，我只好把手机装到自己包里。我的头靠在车窗上，没有缘由地，胃开始剧烈地疼痛，一直疼到身体的最深处，可能是刚才紧张所致。这样的疼痛我第一次遇到，说不清楚是哪一种。

我开始默默地流泪。甚至有一刻我想把时间摧毁，让自己变成一个像公公那样躺在地底下的人。

快到家的时候，他把手插进我的后颈，把我揽进他的怀里。我只是犟了一下，就顺从了。

“相信你自己，就足够了。”他附在我耳边，轻轻地说。

刚好这时候车子已经到了楼下，我先跳下车，把手机还给他。我说:“要让我相信你，才会够!”

那一刻，我突然觉得自己很强势，这许多年的时间里，因为太在乎，我内心一直怕着他。

“你哭什么呢?”婆婆忽然推开门，正好看见我坐在梳妆台前流泪。我躲闪不及，本来有点不好意思，听见她这样问，泪水反而流得更汹涌了。毕竟，就这件事情而言，我无处诉说，更无法向唯一的闺蜜林鸽说。过去我说相信爱情，她总是嘲笑我说，连爱情都相信的人，除了当作家，什么事都干不成!

“不相信爱情你跟他结婚干吗?”我抢白道。

“切!”林鸽皮笑肉不笑地看着我，“不相信爱情我才嫁给他，如果相信爱情，我们俩早蹬了!”

婆婆把阳台上的被单收回来，她把被单一头递给我，一头用力地拽着，半天才问了一句，刚才哭啥?

“哭啥?”突然我哽咽起来，委屈得不行，“你儿子有外遇了。”

她听了，脸子沉了下来：“谁抓住他了?”

我把车上的事儿学给她听。她把被单叠好，拍整齐，半天才说：“男人嘛，哪能在意他们这些小事儿!”

“小事儿?这是小事儿?”我气得脸通红，耳朵发烫。

“你说这是多大的事儿?男人是外面人，咱们是屋里人，各自管好各自的事儿，这家就太平了。有些东西你要不问也不听，什么事儿都没有。你非要打听明白，什么肮七八脏的事儿都出来了！何必自找苦头吃!”

我无话可说，别着头望着河堤。看见那几头牛又站在那里，好像一直在看着我。我的愤怒变成了一腔悲凉。

“娘，你真想得开啊!”见她半天也不说话，我不无讥讽地说。

“不是我看得开，你没想想，从来都是人找事儿，哪有事儿找人的?”她停下手里的活儿，用手抚着床上的被子，“操持好一个家庭，跟缝好一条被子是一个道理。被面子弄不服帖，人家看见了笑话。被瓤子弄不平展，自己盖着受罪。所以遇到不顺展的地方，要想办法拍平它，还能故意挑起来吗?男人年轻时候糊涂点儿，也不是什么大毛病，老了就规矩了。你也别怕他们在外面瞎胡折腾，要是找个男人连折腾都不会，那才怕人哩!”

我哭笑不得，最后还是忍不住笑起来，问她:“你是遇到我公公这样的老实人了，才说这样的话吧?”

“唉——!”她长叹一声，坐了下来，“有些事儿，我从来没跟人说过。不是今天你说到这里，骨头沤烂我都不会说。你公公不是个坏人，平心而论，一辈子找到他，我也该知足了。不过，你知道吗?自从他进城之后，有了你小弟，我们就分床了，一辈子谁也没再碰过谁。你想想，他比我小，那时他正是壮年，身边怎么可能没有女人?有一次我去他那里，他床上没有打扫干净，我看见……算了，他已经躺地下了，我不该说这些。有些事不能装傻，有些事就得装傻，这才是明白人!”

十一

我给林鸽打了电话，她自己在办公室，非要让我上去。我说，你下来吧，我们找地方喝茶去。她迟疑了一下，说，你回这个单位谁会吃了你吗，怕什么呢?我知道她的意思，一直都是她指挥我，这次我指挥她，让她不习惯。

“不是怕什么，有些事我不想在单位说。我在楼下等你！”说完我就挂断了电话。

过了十多分钟她才下来。她今天穿得跟幼儿园阿姨似的，大红大绿的，配了个黑高跟鞋，看着十分扎眼。我开着车，一直向开发区驶去。那里有一个新开的酒店，下面的咖啡馆非常幽静，是个说话的好地方。我们找了一个包间，窗外是一大片绿地。靠右边是一个小小的喷泉，长着大片大片的阔叶植物，当地人把它叫作仙荷叶。坐在这里，感觉好像是到了南国。

我点了两杯毛尖和几个茶点心。茶上来的时候，林鸽把杯子动了动说：“天天就喝这一口儿，还不腻歪？”

我苦笑一声，饮着杯子里的茶。苦苦的，有点涩，一直找不到回甘。我知道这不是茶叶的问题，跟我的心情有关。

“最近我可能遇到了情感方面的问题。”我尽量避免使用一些分量很重的词，突然觉得自己的生活糟糕透了。我、我的家庭和我的婚姻，好像忽然被揭开了盖子，暴露在众目睽睽之下，没什么隐私可言。可能正如林鸽所言，我在经营家庭婚姻方面是个弱者。“但也不一定，我苦恼透了。”

“什么叫不一定？你别傻了，除了你自己不知道，还有谁不知道？”

“什么啊？”我吃惊地看着她，“你什么意思？”

“哎呀，什么意思，我的爱情原教旨主义者！你老公跟文化局那女博士的事儿，还有谁不知道啊？”

我简直如五雷轰顶，半天也没反应过来。难道我的老公，这么一个温文尔雅而且有担当的男人，真会干出那种事来？我不相信。

“你呀，”她直视着我，眼睛里满是怜悯，“不管做什么事儿，只知道一个劲地退让、退让。委曲不能求全，你看在你们家，能看到你的影子吗？婆婆不拿你当菜，大姑子不拿你当事儿，老公更不把你放在眼里。”

我的眼泪几乎要涌出来，突然觉得自己是那么孤单无助。在这个家庭，不管我如何努力，好像从来都是轻飘飘的。内心的恐惧让我的神经一直都绷紧着，表情生硬，纹路坠落，我无论多么急于表白我的爱情，爱情真的让我幸福过吗？

“这男人啊，就像一匹野马，开始就要给他戴上笼头，制服他，让他一辈子都去不掉。不然的话，”她把茶杯在桌上蹾了一下，茶水四溅，“不是东风压倒西风，就是西风压倒东风！知道吧？”

我跟老公分居了。很多事情我不想追问，他也从来不解释。现在我也不是每周必回了，多少有个理由我就待在省城。我不想面对。

即使周末回去，我也是跟孩子睡一个房间。婆婆又去海南了，家里格外安静，有时候我自己在家，感觉到静得可怕。这真是一种奇怪的感觉，在省城也是我一个人，可从来没有这么安静过。有时候，我觉得自己的生活变成了一堆碎片，但是这些碎片又不能彻底清扫出去。我要跟一堆碎片生活在一起，而且每天都会遇到，不是这一块，就是那一块。

有一天，我在镜子里看到了自己的脸，苍白、晦暗，好像增添了不少皱纹。扭头的时候，我还发现左边的鬓角生出了几根白发，关键是，它们看起来再也不是那么柔顺光滑了，好像刚被一场雨水淋过，蔫耷耷地贴在头皮上。我放了一浴缸热水，把头发散开。在水中我看它们漂浮着，好像不是从我的头上长出来的，像一蓬水草。我忽然哭了出来，我需要什么呢？需要找回我自己吗？需要自己坚强吗？当我真的拥有自己，真的坚强起来的时候，怎么感觉失去了那么多？不，这不是我要的生活。

我忽然认识到这么一个问题：林鸽的生活只属于她自己，那不是我的生活，明天我会在电话里这样告诉她。我记得她给我打过几次电话，张口就问我事情怎么样了。我哑口无言，不知道她这话什么意思。还有一次她来省城出差，到我办公室来。我还没站起来，她摆着手不让我站，好像我在她面前会倒下似的。她就站在我面前，有一种我从来没感觉到的压迫感。我看着她伫立在我身边，感觉我们之间的关系忽然倾斜了，不在一个平面上。它在塌陷。我不需要过滥而又廉价的怜悯。

那天晚上我仍然跟孩子睡在一起，她瘦弱的身体紧紧地贴着我。也许她看出来了什么，最近一个时期特别听话，干什么事情都是看着我的脸，一副赔着小心的神情。还有一次她在睡前跟我说，最可怜的不是没爸没妈的孩子，而是只有爸爸或者妈妈的孩子。这话让我半夜没睡着。是啊，爸爸和妈妈，就像孩子的腿。只有一条腿，这个孩子怎么走路呢？要不要这个老公，也许我可以选择，而对于孩子来说，要不要这个爹妈，她一点选择的机会都没有。我可以对自己说，我三十几岁了，已经长大了。可是孩子没长大，她只有十二岁。

孩子睡着了，她的脸像一朵饱满的花。我亲了亲她，到客厅泡了一杯红茶，拿了两个杯子，走向老公的房间。他还没睡，倚在床头看书。看见我过来，他朝里挪了挪，给我腾出了位置。我把杯子递给他，然后和他碰了杯子。我说：“干杯！”他笑了起来。“干杯！”他说，然后一饮而尽。

十二

公公去世不久，我父亲也去了。接着，我的姥姥、姥爷、小舅舅，先后去世。我已经接受了这样一个事实：死亡也是我生命的一部分，我已经能够冷静面对这些问题了。

林鸽离婚了，这不稀奇，稀奇的是很快又复婚了。这一对儿活宝，怎么说他们呢？也许正是比别人高明，他们竟然可以拿自己的生活开涮吗？那天，我正在屋里洗澡，听到有人按门铃。我赶紧穿上睡衣，趴猫眼上一看，原来是他们两个在门外站着，打扮得跟新婚夫妇似的。我应了一声，让他们稍等，便回到洗手间里，不慌不忙地收拾自己。我把热水开得很大，水蒸气弥漫得满屋子都是，借着从窗口射进来的阳光，看起来云蒸霞蔚。我又在面盆里放满热水，把整个脸都埋进去。我出了一身透汗，镜子里面的脸出其不意地年轻饱满。前不久偶然看到一篇文章，写当年的某明星，一脸的凄苦，还巴巴地坚持满世界宣誓她和男友的爱情，最后被全世界看笑话。现在，过了五十岁的她，有了自己的底气，比十几年前好看多了。她再也不谈婚姻，更不谈爱情，但她把自己过好了。

每个人，都应该找到更适合自己的那个自己。

第一次，我在林鸽面前这么自信，这么自由，这么自我。等她又按了一次门铃，我才过去把门打开。他们提着大包小包的东西，像难民一样挤进来，东西都随手扔在门口的地毯上。我一一捡起来，靠着墙边给他们摆好。

他们坐在茶几边，自己洗茶，沏茶，讨论着刚才还没说完的话题，林鸽不时大笑几声。我过去坐在林鸽旁边。她一手拿茶杯，一手拢着自己的头发，侧着头问我："亲爱的，最近生活得怎么样？"

"生活"这个词从她嘴里说出来，好像在某个地方放得太久了，有一股馊味儿，像一块变质食品。

"哪方面怎么样？"我的眼睛在茶海里游移着，"哪方面？"

"都说说，所有方面。"

"如果你连前世今生都问，那得找你老公。他无所不知。"

"哈哈哈哈！"她突然笑起来，嘴里的茶水喷我一脸，但她不是为我这句话而笑，"刚才老公给我讲了一个故事，快笑死我了。"

“哦?”我起身续水，顺便擦了把脸。镜子里，我的脸像刚蒸出来的新鲜馒头。

“哎呀，真笑死我了!”她依然花枝乱颤，“他有一个牌友，是郊区的村长。每次回家晚一点，老婆就絮叨他。有一次他烦了，说，你要是再嘟囔我就跳河去！老婆说，去啊，河又没有盖子，顺着咱家一直往东走，过了歪脖柳树可不就是河嘛！他站起来真的往门外走去，三个孩子……”她又笑起来。

她老公看着她微笑着。我没笑，还没到我的笑点。

“他的三个孩子在他身后喊，快来看啊，俺爹跳河哩！俺爹跳河哩！结果村里跟来了一群孩子，在后面追着他喊，跳河哩！跳河哩！他左看右看，没一个人出来劝他，只好扑通一声跳进了河里。后来我老公问他，你怎么那么傻逼呢，非要往河里跳?他说，人家都喊着跳河哩跳河哩，我如果不跳，这个村长还有啥面子?”

我也跟着哈哈笑起来。笑完，林鸽拿眼瞪着我。这次我没嗔怪说不习惯人家这样看我。我把眼睛移开了。

我说:“有意思!”

“是啊，”林鸽突然收住了笑，表情认真起来，“难道我们不也一样?做什么事好像总是有人在后面逼着，身不由己。”

林鸽能说出这样的话，我觉得有点意外。我看了看她，又看了一下表，动作有点夸张。我承认自己不是个厚道之人。

果然，林鸽的笑容一下僵住了。她也识趣地看了一下表，说：“我们该走了。”

“你们中午真不在这儿吃饭了？”我问。

“真的。不在。”

周末我开车回去，先去了孩子的学校。在校门口的人群里，我看见了婆婆。她站在最靠近大门的地方，穿着我给她织的一件灰色毛衣。现在才是初秋天气，还有年轻人穿着短袖衫。想起来我给她毛衣那天，她穿在身上，前前后后挑了多少毛病，随手扔在一边说，现在机器织的比这个还瓷实，就不再提了。

我不禁笑了。

现在，孙女比她高一头，也不怎么喜欢她。但她还是准时准点地来到这里。一个上了中学的孩子，奶奶站在学校是她最不能忍受的事情，她不会给她好脸色。每次她都被孙女甩在身后，慢慢地挪回家。她比我公公大好几岁，刚刚过了七十九岁生日。与自己的孙女比起来，她没有多少资本了，说不定哪一天她也会跟公公一样，脱在床头的鞋子就再也不穿了。

但也不一定，她这一辈子就是喜欢跟别人较劲，也跟自己较劲。林鸽的老公说，她只能活到七十八岁。给她过七十九岁生日那天，我们都松了口气。

我把车停在路边，没过去喊她。我真害怕当着那么多人的面，她指不定又会说出什么话来。其实从内心来讲，我感谢公公葬礼那次她对我的爆发。我知道我们已经互相深深地嵌入对方的生活之中，这比客套更让我放松。我从来没指望过婆婆能反省，倒是我越来越多地反省自己。婆婆可没有我这般心机，她就是个透明人物。当然，这可不是玻璃样地透明，玻璃是脆弱的，不堪一击。婆婆充其量是河里的冰凌，九九八十一难的破碎，她依然成冰，也决然地透明。反倒是我，千万条地计较，纠缠不过就貌似忍让地漠然，视而不见。

等孩子出来，我才喊住她们上车。到了我们家楼下，婆婆说，过去你们买那什么饼，明天是星期天，咱们去买点吧？孩子撇撇嘴说，比萨，我都告诉你一百次了。不过坐船去真没劲，我不想走路！

我说，不，坐船，我也想坐船了！

我们家楼下这条河叫沙河，流过二百公里后，跟公公婆婆老家门前那条泥河合流。这两条河中间，还有石河、草河。这些朴素的河流，有着本色的名字，就像生活在河边的人民一样。我快八十岁的婆婆，曾经怀念过那条河流吗？六十多年前，像一棵水葱般清凌凌的她，蹲在那条河边洗衣服。那是一条蜿蜒数百里的大河，宽展、温和、清澈。河水在她的拨弄下一圈一圈地向外延展。当她扭头擦汗的当口，她看到有人领着一个身材颀长、面皮白净的年轻人正从远处向她的村庄走来。

从此她顺流而下。

风中的母亲

怎么说我们那个村子呢，我要说她是一个美丽的村庄，显然有些夸大事实。但若是我告诉你村子里的那些事物，空气香甜澄明，亮晃晃金灿灿的阳光，新盖起的房屋红瓦白墙，蹲在墙根儿晒暖阳的老人和狗，奔跑着的男孩女孩，道边栽种不久的果树，树木开着各色的花或者沉甸甸地挂满果子，雨后的叶子碧绿鲜亮……你是不是觉得很向往呢？真实的情况是，一整个村庄都找不见一棵大树。一个没有大树的村庄，总是有那么一点虚张声势、底气不足。许多新盖起的房屋都空着，院子里荒草丛生，院门也被荒草所包围。偶尔遇见一只狗，也是怯生生地夹着尾巴，好像随时准备着挨打的样子。

其实这并不是一个荒废的村庄，像绝大多数村庄一样，村里的年轻人大多都到城里打工去了，老人留在屋里看家。说是老人，到底有多老呢？也就四五十、五六十岁吧，当然还有更老的。这些人要么年轻的时候在城里用命换钱，得了各种各样治不好的疾病，再也跑不动了；要么是上有老下有小，拽住腿走不出去了。

前些年，在城里打工的年轻夫妻还会把孩子送回来。后来全国上下都在声讨“留守儿童”什么的，弄得政府和农民工两处都不显好，把孩子送回来的也越来越少了。一个村庄，没有年轻人，没有孩子，也没有猪牛羊，怎么看怎么不地道。街道寂寞而肮脏，到处是狗屎和塑料袋，风一吹，尘土就飞起来眯了人的眼睛。耕种过的庄稼地也不再齐齐整整，有些土地还荒着，举目望去，倒很像南方人说的那种瘌痢头。很少有人家种瓜果蔬菜了，太操心，也太费工费力。于是，他们像城里人一样赶集买菜。后来因为人越来越少，集市也撑持不住，散了。超市取代了市场，开超市的去城里买菜，然后再卖给村庄里不再种菜的农人。

爱惜土地的老人都逐渐死去，他们埋在地下，成为最后一批土地守护者。剩下的这些男人和女人，怎么说呢，他们都生在新时代，都随时代改变了心性。男人不再热衷于种地，也不再热爱土地，他们宁可到城里做一些又脏又累的活儿。虽然出了苦力，但来钱快，麻烦事也少。女人也不再做针线，她们到集市上购买衣服和鞋袜，又省力又好看，比自己做的还划算。

我妈就是那些个赶集的队伍里最积极的一个。

我妈活了五十岁了，在人烟越来越稀少的村子里，她的的确确算是一个老人了。她宁愿相信她是一个老人，因为她的父母，她父母的父母，都是在这个年岁上成为老人的。她不信主，谁都不信，什么都不信。或者说，她不知道该信谁。婆婆在的时候，她信婆婆的。婆婆死了，她信老公的。老公也死了，她就无人可信了。别的女人信了主，或者信佛。主也好，佛也罢，离她那么远，怎么好相信呢？她就是这么想的，也是这么说这么做的。有时候，信主的一拨来拉她，她一脸迷茫地看着人家，突然语出惊人地说，你信主，你能不能让主跟我说句话我听听？信佛的那一拨过来，她也是这样，慢悠悠地问人家。她不是讽刺这些人，她根本不会讽刺人。她脑子里就是这么想的。

有时候我从城里回来看我妈，那些人就做我的工作。我说，主也好，佛也好，反正都是教人向善的。自己不生气，也不与人吵架。我妈天生的好脾性，她不懂得生气，更没什么可以吵架的人，你们何必再让她多一道手续呢?

我妈就钦佩地看着我，笑。我觉得她现在只信我。

我奶奶死的时候我还不省事。我爸是我奶奶寡妇熬儿养大的独苗。我爸说我奶奶可是个过日子的好手，麸皮子掺野菜，她都能在锅里炕出味道鲜美的饼子。我奶奶最拿手的就是做茄子面片儿。把茄子切成一寸见方的薄片，拌上面，放在地锅里干炕，不放油，就那么三翻两翻，待两面焦黄，放上葱花姜末儿，加水。稍等片刻，滚出汤味，再把擀好的面片切成菱形放入锅，待起锅时点几滴香油，再放一把荆芥叶，能香半条街。周围邻居还以为咱家天天吃肉呢!

“你奶奶面擀得好，薄得能照见人影儿。下到锅里那个筋道啊!”我爸说，“你奶奶做的饭可香死人了!”

然后每次他都把我奶奶做饭的流程，细细给我讲来。我不记得吃过我奶奶做的面，但爸爸说的那个过程，色香味俱全，听一听都好像含在嘴里，香得流口水。

但他从来不讲给我妈，因为他知道那没用。我奶奶见我妈第一面，还没说上三句话，就知道是个中看不中用的。我奶奶觉得娶个这样的媳妇，太不值，吃了大亏。因为我妈在十里八乡长得出了名地好看，娶我妈花了比别人家多一倍的钱。但奶奶没办法，我爸死活愿意娶她。我爸从小到大都听我奶奶的，但在娶不娶我妈的问题上，他说了过天话。他说，要不让娶她，我就让洪家断子绝孙！我家姓洪。

我奶奶看着这根独苗儿，妥协了。

媳妇娶到家没几天，我爸就跟我奶奶说，他要出去找活干。他兑现了求娶我妈时的谈判条件，挣的钱都交给奶奶。

我奶奶忧心忡忡地看着儿子，说，缘分这东西，会弄死人哩！

奶奶答应了我爸娶我妈，觉得我爸我妈都欠着她。所以奶奶活着的时候，一家大小吃什么穿什么用什么，都得由她说了算。我爸挣多少钱，给谁了，怎么花了，我妈问都不问一句。时间长了，再比比左邻右舍，我奶奶觉得这个媳妇也不算差，省心。邻居家的婆媳之间就没见消停过，整日斗得鸡飞狗跳。有婆媳见天不说话的，也有过不下去干脆上吊死了的。婆婆吊死了，就若无其事地埋掉，儿子和媳妇照样过生活。要是媳妇吊死了，家里就会折腾一阵子。娘家人来闹事儿，有大打出手的，也有闹得倾家荡产的。有的娘家人门户小，不敢来闹事儿，男人就会跟自己的亲娘闹，找个女人容易吗？不闹一闹，心里的气儿出不来。有时候闹得当娘的也活不下去了，一根绳吊在梁上，死了，事情才算有个了结。

农村就这点子事儿。被这些事儿热闹着，倒也显得不那么萧索。

我爸说，他找了我妈，几处省心。我妈省心，我奶奶省心，我爸也省心。我爸说，你呢？你不省心吗？从小到大你妈没动过你一指头，没骂过你一句。

我爸说这话倒是真的。我妈从来不和我爸生气，更不跟我奶奶生气。我奶奶说往东，我妈绝对不往西；我奶奶说赶猪，我妈绝不撵鸡。我妈不爱操闲杂心，话都不多说。我奶奶觉得娶来个媳妇，就像在院子里栽棵树一样，让开花就开花，让结果就结果。不赶刮风下雨，连个动静都没有。

我奶奶还不算老，家里地里的活都做得动。我妈说我奶奶身体好得很，直到有一天，做饭的时候一头栽在灶台边死掉了。那天好像是刮大风。我妈说，刮风天多了，也没见刮死过人，但我奶奶硬是被风刮死了。

我奶奶死的消息很快就传开了，毕竟她的死有点出乎大家的意料。一家人，没吵过，没闹过，不缺吃也不缺穿，怎么说死就死呢？村里人都跑到我家看热闹，大家都盼着有点故事。我妈胆儿小，我奶奶死了她一眼都没敢看。对于奶奶的死，她比村里人更加错愕。她从来没想过这个问题，她更没想过，我奶奶死了她该怎么处置？看热闹的人都笑我妈，说她不精细，婆婆死了哭都不会。在农村，哭婆婆可是一个技术活儿。

但终究死了就死了，人真正躺在那里，脸上蒙着黄表纸，大家指指点点热闹一会儿，也就没人说什么了。一把火烧了，前几天还擀面条的奶奶，被装在一个小盒子里，再买一口棺材，埋在自家的麦地里。我爸撇下我妈和我，又出门打工去了。

我妈长长地出了口气，好像重新托生了似的。但她也从此觉得生活过得更没意思了，没个人管她，她也没任何人可管，等于没个依靠，没个抓手。

后来我生了儿子，想想都有点后怕，我压根儿不知道我是怎么长大的，我妈一辈子连一顿像样的饭都没给我做过，更不要说教我做饭了。她老是买一筐馒头，放那儿干着，每天咸菜就干馒头，哪天高兴了还会烧点开水，放点盐，滴几滴香油，算是有点汤水了。要是遇到冬天，我们家不会吃一根青菜。她会去买人家腌好的咸菜疙瘩，切开让我们吃。我小小年纪就便秘，好几天不解一次大手。到了春夏就好了，我妈最会做的菜就是凉拌菜。拌黄瓜、拌水煮的青菜叶子，别人家拌黄瓜青菜都弄个蒜汁什么的搅拌一下。我妈就直接撒点盐放点香油，她懒得捣弄蒜汁，麻烦。哪一天她高兴了，西红柿切一切，撒一把白糖，好吃到我连碗底子的汁水都舔得干干净净。

后来我跟着她啃干馒头啃厌烦了，一点点大就会自己泡方便面吃。有时候懒得泡，把一包方便面拍碎了，装在书包里当零食吃，其实也是当主食吃。二十多块钱一箱的方便面，我爸每一次从城里回来都给我买上几箱。

有时候我爸从工地上回来，想吃家里煮的面条。我觉得那是我爸对老家唯一的念想了。那时候虽然我爸老是跟我讲奶奶做饭的故事，但我还不会做。我妈也不会，她就到面条铺里换二斤面。水烧开，就把面条和一捆洗好的菜叶一起放进去煮。我爸要是说咸了或者淡了，她就把我爸的碗接过来倒进锅里，淡了撒一把盐，咸了添一瓢水。有了我弟弟后，我爸越来越不愿意回家了，在城里挣一点吃一点，睡涵洞都不回来。我爸曾经骑着他的旧摩托车载我到城里去过几趟。城里人多车多，热闹得我透不过气来。城里的树木草地和画上、电视上的一模一样，高楼像山一样高，山上那么多屋子，都空着，楼道里也空空荡荡的。我爸说，这楼还没盖好，等装修好了人就多了。我觉得那没盖好的楼也比农村强，怎么就没人住呢？我爸他们也不住，他和那些农民工夹着破旧的铺盖卷儿，就住在工地附近的涵洞里。夏天还好将就，冬天就像躺在冰窖里。我爸说一大片人挤在一起不怕冷。休息的时候，他就带着我到处游逛，给我买好吃的热乎乎的食物。我喜欢城里的食物。那时候我就想，等我长大一点也到城里打工，只要别让我住涵洞，什么活儿我都干。

要是手上有了点钱，我妈会一个人去逛市场，买好看的衣服。她很会给自己挑选衣服。村里女人都笑话她，说她买得又贵又不实用。但我觉得好看，我妈是我们村子里最好看的女人。有时候，我妈也会给我买条花裙子。我上了村里的小学，我很瘦，瘦白瘦白的，穿上城里孩子才穿的花裙子和皮凉鞋，老师和同学都很羡慕。但我总是饿着，连嘴唇都发白。

我妈二十岁生了我，三十二岁生了我弟，我和我弟一个属相。我妈生了我弟弟，就完全不干家务事了。那一年过春节，我爸割了一大块肉回来——工地上发了点钱，再加上老婆生了儿子，于是就割了肉。我们父女俩把肉洗了，放在水里煮了整整两个小时，就为了闻那味儿。肉香得把我妈的馋虫都勾出来了，她前后到厨房看了三回。

我爸毕竟在工地上干过，见过世面。他给我二十块钱，让我去小卖店买了一棵白菜、两棵葱、二斤豆腐、一捆粉条。我们把所有的东西都放在肉锅里一起煮。我爸说，他们在工地上天天都吃这。我没吭气儿，只顾低着头吃。我去过我爸那里几次，反正一次都没吃过。那天我吃了三碗，我妈吃了四碗。

我长到十二岁第一次吃这么好吃的烩菜，好吃得都快哭了。我妈怎么不这么做呢？她难道真的是不会做吗？我的亲妈，她从来没给我，也没给我后来出生的弟弟做过一顿像样的饭菜。好在农村的孩子不金贵，吃啥都能长大。虽然我在我妈的凑合中长大，但长得像模像样的。村子里的人都说，模子好。

我妈就只会给我弟弟喂奶，其他什么都不干了。我爸于是决定不让我上学了，他说，你闺女家，反正长大也是在村里寻个人嫁了，念书也没啥用处。再说了，你弟得有人看，你上学走了，把这一摊子扔家里，谁洗衣服谁做饭呢？我看看我妈。我妈像没事人一样。于是，我爸的决定就这样落实了。其实我爸早就看透了。只是没说而已。家里有个女人，能给他生儿育女，他就很知足了。

其实我也挺高兴的，我跟着我妈啃干馒头啃怕了，听说做饭的事由我当家做主，就两眼放光。与不上学比起来，这更加实惠，不上就不上吧！那学也确实没什么可上的，况且就现在为止，我也比我妈识字多，也比她会算账。

我那年十二岁，由于对吃的恐惧和渴望，我很快就长了不少本事。我会熬米汤、蒸馍、炒菜，虽然没有学会像奶奶一样擀一手好面条，但顿顿能吃上炒菜，也是一步登天了。其实炒菜也没什么难的，小卖店里什么都有，一桶油、一瓶生抽、一盒十三香，就解决了所有问题。萝卜西红柿、豆腐大白菜、鸡蛋香椿叶，我能弄出好几样炒菜。我爸最爱吃我做的大烩菜，说我比他那次做得好吃多了。

吃饱了肚子，一切皆好。什么我都不觉得苦，冬天洗衣服，手上裂的都是大口子，我没有丝毫怨言。看看那些上学的孩子吧，他们更苦恼，每天天不亮就起床去学校，冬天的寒风把腔子吹得冰凉冰凉，夏天的太阳把头发晒得焦黄。迟到了要挨老师骂，考试不好要挨爸妈打。那是什么样的日子啊？想想就后怕。幸亏我退学了。我妈又不操心不管事儿，一天吃几顿，吃什么，什么时候吃，一切皆由我做主。我在小村庄里欢快地自由穿行，活得比满坡的苹果树都自在。我们村子里那几年时兴种苹果，家家都种苹果。那时还没有网购，开始的时候人家还来收，后来种得多了，苹果卖不出去都烂掉了。于是村子里的女孩子们都学我，上着上着都退学了，拉着架子车，满世界卖苹果。后来苹果树也砍掉了，我们就跟着男人们进城打工。

我妈每次给我打电话，十有八九都是弟弟的事儿，而弟弟的事儿就是钱的事儿。你弟初中没考上，借读费得两千。你弟想学画画，总不能让他长大像你爸一样去工地打零工吧？你弟弟去上学害怕家里有急事儿找他，想买个手机……

但有一次要钱，却不是弟弟的事儿。我妈说，你爸在工地从脚手架上掉下来了，头撞在墙上，肋巴骨也摔断了几根。包工头躲起来不见面，不交钱医院就不收。

只要是跟我要钱，我妈就表达得很清晰也很有条理，一点不像个糊涂人。但她每次跟我说这事儿，没等她说完我就问，多少钱？然后就把钱给她打卡上。这次说到我爸，开始我也没在意。听完才觉得不对头，就问她，我爸？我爸怎么了？她说，你爸在工地上摔下来了，死了。我的天！我爸死了她还这样跟我说话，像没事人一样！我放下电话就往家赶。

我爸确实死了，跟着一家装修公司打工，安装一块户外广告时，突然一阵狂风，把广告牌刮倒了，砸在梯子上。我爸连人带梯子从上面摔下来。颅内出血，因为没人交费耽误了救治，死了。

我爸死了。村里管事儿的人就让我们穿上孝衣，头上扎上白布条子，到工地去跪着。我妈也要跪，管事儿的人说，你可不能跪这儿，你是当家人了，好多事儿你还得应酬呢！于是我妈就呆呆地站在我们身后，手足无措地看着我们。好多人围着我们看，他们指指点点，有说我爸死得可惜的，也有夸奖我们母女俩漂亮的。还有的说，这娘儿俩可惜了，要是生在城里，嫁个好男人，还不活得跟仙儿一样？

大家说说笑笑的像看戏一样，他们说的这些我已经见惯不惊了。现在农村都是这样，死了人有跳脱衣舞的，结婚也有大打出手的。反正是丧事当喜事办，喜事当丧事办。

管事儿的领着工头来了。工头提着一个袋子，看见我妈，刺啦一声把袋子拉开，里面是一捆一捆的钱，整整十万块。我妈没见过那么多钱，看了一眼，赶紧把目光移开，求助似的看着我。我走过去要跟工头讲理，被我妈死死拉住了。她是怕我得罪工头，这钱就没有了。

工头指着我说，开工之前就说好了，出了事故我们不管。然后他从口袋里掏出一沓纸，在另一只手上摔打着，干一天活儿发一天工资，你们自己不小心摔死了，按理我们不该给你们一分钱！他又转头对着我妈，出其不意地笑了一下。那笑把我妈吓住了，下意识地往后退了一步。工头说，我是可怜你们母女俩。你还这么年轻，你要是愿意啊，可以来工地上给大伙儿做做饭，挣得保证比你男人都多！

我妈闻听此言，眼泪立刻成串掉出来了。她怎么可以想象给工地上几十个男人做饭？那不是难为她吗？工地上土气大，每一滴眼泪落在地上就砸出一个坑。我妈突如其来的眼泪把包工头吓坏了。包工头扔下钱，说，我只说让你来干活儿，你这是怎么了？还想讹我啊？

包工头可真错看我妈了，他是高看她了，我妈她哪有讹人的心计？

我十五岁出门打工，端盘子洗碗家政服务员什么都干过。我遗传了我妈的长相，村里人都说我比我妈长得还好看。女子长得美，多喝半盏水。同样是打工，老板总会多赏我一点。其实也不光是拼的颜值，我干活儿麻利，在餐馆里洗盘子洗得又快又干净。和我一起干活儿的女孩喜欢偷懒，后来俩人的活儿我一个人都干了。本来洗一天八十块，老板喜欢我踏实，干脆把另一个人辞了，一天给我一百。客人剩下的饭菜，他们让我随便吃。我是个不生事的，我和我妈一样话不多，稳稳当当倒像个有知识有家教的女孩。我有时被家政公司的人带着去人家家里搞清洁什么的，也都尽职尽责，干完后地缝里都找不到一丝灰尘。我从不打碎东西，主人给什么吃的我也不嫌弃，安安详详地吃。

有位阿姨很喜欢我，这个阿姨好像很有学问，家里到处都是书。零用钱就在窗台上随便放着，她一点不防备我会拿。那天干完活儿，我离开的时候阿姨要了我的电话号码。晚上下了班她来接我，非要请我出去吃饭。我一句都没问为什么，毫不犹豫就跟她上了车。路上阿姨说，我就喜欢这样大大方方的孩子，不扭捏。我没说话，她又问我，愿不愿意在她家里做事？我说，愿意！

阿姨扭头温和地看着我笑笑，问：“为什么愿意？”

这倒是把我问住了，刚才答应她的时候，我想都没想。其实我想说，您看着就像个好人。但是我说不出口。

我后来在这个阿姨家里做了两年，吃住都在她家里。她一个月给我两千块钱，还给我买一年四季的衣服。那衣服可比我妈给我买的质量好太多了，就是我自己也没舍得买过那么贵的衣服。一条裙子几百块，一双鞋也是几百。我刚进城的时候赶时髦，跟着女孩子们把头发烫了染了，头发乱得像个草窝。阿姨亲自送我去理发店，我在店里待了一下午，做了营养发油，剪了个齐刘海的短发，整得像个城里的高中生。阿姨看了高兴地说，我还真是没看错人！

阿姨家就她一个人，她在家我就做两个人的饭。但她常常出去吃饭，说是应酬。她有时也带我出去吃饭，跟她的朋友介绍说，这是我女儿。大家都拍了手笑，说还真是长得像。除了公务活动，阿姨做什么都带着我，吃饭逛街做头发蒸桑拿。我有时候睡觉睡糊涂了，真的觉得我就是这个阿姨的孩子，我做梦都想有个阿姨这样的妈妈。

但她毕竟不是我妈。我有妈，我妈住在我们的村子里，她每个月都要等我寄钱回去。我妈只要知道我还活着，她从来都不想知道我是怎么活的。我干什么在哪里干，我妈好像从来没问过。

好日子总是不长久的。阿姨要调走了，她的丈夫在深圳，她要到深圳找她丈夫团聚去了。走之前她说，孩子，要不你跟我一起去深圳吧？深圳？我没去过深圳，在电视上看到深圳，就觉得远得我这一辈子也走不到。所以我很高兴，毫不犹豫就答应了。那天我跟阿姨说，我要回去告诉我妈这件事。可是走着走着，我却犯了愁。我走了，我妈和我弟怎么办？主要是我妈怎么办？于是，走到半道我又回来了，我告诉阿姨，我不想去了。我不想去那么远的地方，我不喜欢。

在阿姨家干了两年，我跟她学了许多东西。我吃过日本牛排和三文鱼刺身，我穿过几百块钱的衣服和鞋子。最重要的是，我还跟着阿姨，坐飞机去过海南，在天涯海角照过相。我穿着短裙站在南国椰子树下的那些照片，在我们村子里曾经成为一个炽热的话题。村子里没有比我更见过世面的女孩子了。

阿姨走了，走时给我留下很多东西，许久我都没舍得打开用。我知道那是我最后的幸福，我偷偷哭了好几个晚上，我觉得我再没有好日子过了。

我越来越和我爸一样，在城里干什么活儿都行，就是不愿意回村里去。我在城里挣钱，我挣的钱除了自己简单的生活费，都用来养我妈和我弟弟了。我妈不爱操心管事，没有我爸了还有我。家里缺了钱她就管我要，反正我总能挣到钱。我妈觉得我养她和弟弟，是天经地义的。

后来阴差阳错，我到了小牛家的洗浴中心做了大堂接待。洗浴中心不大，是小牛家的一栋旧房子改建的。因为是在市场边上，生意倒是挺好的。我长得好看，举止得体，很受客人欢迎。老板娘就是小牛的妈。那次是去洗浴中心做保洁，小牛的妈觉得我干活儿踏实，人长得又好，当保洁工可惜了，就让我留下来在门口做接待。

在那里干了一段时间，我觉得小牛的妈是看上我了。她跟人家夸我说，我虽然文化低点，但见识却不低。关键是人长得好，性格也好。我觉得他们家小牛也不错，除了长得不好，其他都好。小牛头大个子矮，人倒精明得很，眼睛小，目光贼亮。小牛知道了他妈的意思，或者说他把对我的意思，变成了他妈的意思。反正他们俩都喜欢我。就这么撮合撮合，我们就经常在一起了。后来小牛还给我买了一条施华洛世奇的钻石项链。他很有眼光，项链比真的钻石都漂亮。我戴上项链穿上新裙子，大家都说这姑娘像是从画上走出来的。

我不知道小牛家有多少钱，他家是城中村的拆迁户，家里做着好几门子生意。小牛的妈很会做饭，家里有保姆，她也亲自下厨。小牛的爸只吃他老婆做的饭。每顿饭都有好多个菜，汤水齐全。

每天晚上下了班，小牛就带我出去吃烤肉或者涮肉。他头上打了彩色发蜡，脖子上戴着大金链子，即使只我们俩，他也点一桌子菜，看着就像一个大老板。他点的菜简直要把人的肚皮撑破了，吃得我眼泪汪汪的。我觉得跟着小牛吃这么好，就是真正的幸福。他会娶我吗？真有这样的好事，能嫁到城里吃香的喝辣的？后来小牛问我愿不愿意嫁给他。我想都没想就答应了。这事儿我不用征求我妈的意见。我妈不会管我的任何事儿，她也不知道该怎么管。反正闺女大了要嫁人，至于嫁到哪里，她不会管。其实我妈不是个贪心的人，她不懂得嫁女儿是可以要彩礼的。这一点让我婆婆很意外，她因而对我们母女两个更加另眼相看了。

我妈二十岁生了我，我二十岁生了我儿子。我婆婆生意上的事顾不过来，非让我把我妈接过来。我妈来了，还带着我弟弟。我弟弟初中没上完就不上了，整天和一帮小混混在一起耍。反正他也不缺钱，我挣的工资都是给他花的。我弟弟跟我一样，随我妈，生得面皮白净，看起来文文气气的，穿的戴的像个有钱人家的公子。

我婆婆人不错，对我妈和我弟弟都很好。可是我妈过来能干什么呢？我把困惑告诉了我婆婆。我婆婆说，看你妈生得好模样，利利索索一个人。乡下的女人又没啥事，怎么不会做饭呢，你们这俩孩子怎么养大的？能帮我给你做做家常饭也好啊。

我羞愧难当，无法为我妈辩解。我妈倒没觉得有什么，理直气壮地辩解说，如今乡下的女人都不怎么会做饭，村里有小饭馆，男人在外头打工，女人就在家打牌，输了回家啃干馒头，赢了就下馆子吃饺子。

哦。怪不得呢！我婆婆说了这句意味深长的话，就没再说什么。她也是从乡下嫁过来的，她小时候在娘家，小牛他姥姥擀面条蒸馒头烙油饼塌菜馍做疙瘩汤，几乎样样都会。结婚之前她就跟着母亲一样样地学，把全套手艺都学到了手。

晚上我把我婆婆的经历说给我妈。我妈说，都怪现在的风气，怎么都出去打工啊？你姥姥也是什么都会做，那时候不兴打工，男人种庄稼，女人就做饭，一大家子人顿顿都不能将就。轮到我嫁你爸，农村男人都出去干活了，剩下老的少的吃饭不讲究，做熟就行，所以我就什么都没学会。我也没法指责我妈，就随口说了一句，你说农村人现在连家常饭都不会做了，这乡村不就毁了吗？我妈一脸迷茫地说，毁了？毁什么，我觉得还怪好哩！

我婆婆人真不错，尽管我妈什么都不会干，她还是留下了她。我生了儿子，给婆婆家长了脸。小牛他们家亲戚，没一个能生儿子的，要么一水儿都是女儿，要么不会生。婆婆让我给我妈里里外外都换上了时尚的新衣服。我妈虽然从来没离开过农村，但是她没干过农活，家务也不做。不操心的女人有一样好处，就是活得轻松，活得年轻。她换上新衣服，很像个样子，跟城里人也没啥差别。她不爱说话，忽闪着天真的大眼睛。别人说话她就安安静静地听，看上去心里蛮有数的样子。

我婆婆晚上去跳广场舞也带上她，大家都夸亲家母又年轻又好看。我妈也真是个人模子，她上辈子难不成是个跳舞的？百八十人的舞群，人乌泱乌泱的，我妈跳了两三天，就出了头，比人家跳三个月甚至跳三年的都好。跳着跳着，她从最后一排跳到第一排。领舞的也不领了，立在旁边看她跳。舞曲一响，我妈就不是她自己了，好像她是上天派下来专门跳舞的，多高难度的动作都不是个事儿。她好像完全变了一个人，顾盼生辉，嬉笑盈盈，完全没有了惯常的生涩。河岸上香风吹荡，杨柳摇曳，可那怎么比得了我妈的腰肢！它摇得比杨柳都柔软，比白云都飘逸。连我都吓到了，难不成我妈的春天来了？她怕是要开窍了。有一次，她跳得实在太起劲了，连着跳了两场也不休息。我过去喊她，她好像没听见似的，沉浸在音乐里。我去拉她，她对我打断她的舞蹈怒不可遏，狠狠地朝我手上打了一巴掌。那一巴掌，让我疼得差点跪倒。那是我第一次见她发怒，我吓坏了，赶紧逃到一边，迷迷糊糊地等着她跳完。

跳了一段时间广场舞，有一个人看上了我妈。他是小牛这个村的坐地户，比我妈大十来岁。老伴去世了，有一个女儿在别的城市生活。人家倒不嫌弃我妈带着儿子，通过我婆婆，常常带我妈她们去吃馆子。开始我妈也不知道他是什么意思。待明白了，就想拒绝。我婆婆笑着说，城里人都这样。人家也不吃你，你不吃白不吃。后来那人就直接请我妈了。我婆婆觉得这是一门好亲事，就竭力撮合，反复跟我说，你妈要是能嫁到城里来，你弟弟可不有着落了？咱们离得也近，互相还有个照应。

后来那人要带我妈到他家里去看看 。我妈不想去，但禁不住我婆婆可劲劝诱。我婆婆说："事情还是你说了算 ，你去看看他能缠住你?"那人住得离我们不远，也在村子刚刚开发的小区里面。两室一厅的房子，一个人住着，收拾得还挺干净。那人跟我婆婆说，他也没什么要求，一是看我妈长得有模样，带出去不丢人。二是能有个人做做饭说说话，比找个保姆强。

我妈勉强去了几次，每次回来都绷着脸说，累得骨头都散架了。我婆婆说，人家让你扛麻袋还是搬砖了？我妈脸上愁得能拧出水来，那倒是没有，我就是做不来饭。我婆婆说，嗐！那还算是事儿？我现教你。小葱炒鸡蛋，醋熘土豆丝，小白菜炖豆腐，肉丝青椒……先学会一样是一样吧。做饭对我妈可真不是个轻松活儿，再怎么教，不是咸了就是淡了，青菜弄得皮焦里头生。做顿饭手忙脚乱，把个厨房弄得跟个事故现场似的。

那人也算个好说话的，说做不好饭就不做吧，咱们天天买着吃，又不是没钱。他让我妈坐下聊天。那人让她坐哪儿她就坐哪儿，半天也没个动静，动都不动一下。她也不会聊个什么天，话都不知道该怎么说，人家问一句她嗯一声，拘束得像根木头。

那一段时间，我妈哪儿也不去了，吃完饭就打扮得干干净净的，坐在家里等着人家约她，好像那是一件必须要办的事儿似的。可是那人再也没约过我妈，他跟我婆婆说，你亲家空长了一副好皮囊，是不是脑子不够数？我婆婆便回来开导我妈，怕她心里不舒服。哪知道我妈得了婆婆的话，一下子松弛下来，就像解开了捆绑一身的绳子，高兴得跟个孩子似的。从此再不肯和人家见面了。

我妈是有可能改变身份，变成城里人的。但她错过了。其实错过了是我和婆婆的遗憾，她好像并不觉得。我用我的私房钱给我弟弟买了个车跑出租，虽然他挣的钱还不够自己花的，但毕竟是进了城。我妈害怕我婆婆再张罗着给她介绍男人，死活非要一个人回村里待着。村子里修了路，安了自来水，街道上还安了几盏高高的路灯。她一个人在家里，想吃吃，想睡睡，也蛮自在的。后来我又生了龙凤胎，可把我公公婆婆和小牛高兴坏了，天天笑得合不拢嘴。

我婆婆恨不得把我供起来。我给我妈和我弟弟花那点儿钱，她也根本不在意。

我妈现在独自一人住在村子里，她和村里的妇女们在一起，明显比在城里舒坦。我妈在城里见了世面，又学会了跳广场舞。跟大家伙儿说起来，人家都撺掇着她教跳舞。她从城里回来时我婆婆送了她一个小播放器，有好几十种广场舞曲。她就教村里的妇女们跳广场舞。我妈穿得洋气，身材越跳越苗条。村里的干部表扬她，说她丰富了乡村文化，还作为成绩上报到乡里。乡里书记、乡长带着人来观摩了，表扬了村里，奖励了一套音响，号召外村的人也来学习。

我妈可找到自己喜欢的事情做了，天天教人家跳舞，很快在乡里成了远近闻名的能人。乡里管文化的副乡长亲自到我们家，亲切地接见了我妈。副乡长要和我妈握手，我妈连忙把手背在身后，羞怯地说我不会，我不会。大家都笑起来。副乡长也笑了，他说，现在新农村建这么好，村里妇女要是都像你这样打扮得漂漂亮亮的，跳跳舞，唱唱歌，新农村建设可不就有新内涵、新发展、新气象了嘛！

后来县里要在我们村开现场会，说是乡村文化建设搞得扎实有效，值得在全县推广。乡里领导决定让我妈参加会议，代表村里发言。还专门安排一个人写好稿子，让我妈背下来。我妈高兴得不得了，她一辈子都没有这么兴奋过，天天拿着稿子，吃完饭就站在屋子后面的空地上，好像面对着无数听众。甚至有时候还学着电视上的女人把一只手扶在腰上，另一只手挥舞着，蛮像一个真正的女演员。

终于到了会议召开的时刻，我妈抹了粉底子和口红，换上了她最喜欢的衣服盛装出席。一进会场，看着西装革履的那么多人，都坐在下面，大眼瞪小眼地看着台上的人，心里就发了怵。当大会主持人宣布她发言时，她突然感觉胃疼，疼得浑身打哆嗦，然后扩展到全身疼，胳膊腿都动弹不得，嘴也好像打了胶似的。她眼睛一闭就倒在地上，任谁也喊不应她。到底也没发成言，闹了个大笑话。

从此之后，我妈的广场舞再也不跳了。

我妈越来越爱打牌。打牌不用说那么多，话越少越好。大家都喜欢跟她打牌。她一天能打十几个小时，端坐在那里，你不说走，她绝对不会中途退场。输了赢了都很淡定，一句怨言都没有，可谓宠辱不惊。如果初次见她，肯定以为她是个娴雅淑静、里里外外一把手、办事干脆利索的人。她也越来越懒，每天都去小馆子吃。经过了城市的历练，她确实比过去进步多了。过去她不会做饭，也不怎么会吃饭，填饱肚子就行。现在她会吃饭了，觉得小馆子真好，南甜北咸东辣西酸，什么都有，也花不了几个钱，简直太好了！日子就这样过下去，有什么可发愁的呢？

村子里信主信佛的人还是常常来找她。但在我母亲看来，那些信了主信了佛的人，生活过得大多都不如她。她们干了家里的活儿就去忙地里的活儿。吃得也很差，喝一碗面条也要祷告半天。辛苦不值得嘛！即使有儿女在城里打工，也很少给她们钱。如果有个没结婚的儿子，那简直就不是人过的日子了。过去娶媳妇，人家要十万块钱彩礼，农村人觉得比老天爷都大。现在娶媳妇可好，要修屋盖房，要买辆车，还得外加三斤六两一百元老头票。老天爷，即使是新崭崭的票子，也得十五六万哪！娶个媳妇累死爹娘，可不是闹着玩儿的！你想想，她们不信主，信谁？信了主，大家的苦乐都在一起比对着，上下也都差不了多少，比着比着就想通了，好歹也算有个安慰。

我妈觉得她在村里是过得比较好的。闺女常常寄钱回家，手里没缺过活便钱。亲家也答应了，等小牛自己的公司做大了，就让我弟弟跟着他，不用再开着车满世界找客人了。她还想什么呢？她越来越懒得动，竟然一天天胖起来，像一个羊脂球。有时候实在找不到打牌的人，她就满村子转。路过村文化广场，看着那些穿得花花绿绿跳广场舞的女人，她也会坐在路边的台阶上看半天。那里面很多都是她教会跳舞的，都是她的学生。她内心骄傲着，这些人没一个有她跳得好的，可跳得好又如何呢？什么都改变不了。想想自己，想想那些曾经风光的日子，想想她那次开会发言所遭到的羞辱，竟觉得世道混沌无常，恍若有隔世之感。

有一次，她在那里整整坐了一个下午。人家跳完走了，她还在那里看着空空荡荡的广场。起风了，开始风很小，她没怎么在意。可是后来越来越大，刮得垃圾尘土遮天蔽日。她害怕了，赶紧给我打电话，说：刮大风了……我说，你赶紧回家啊！她忽然抽泣起来：刮好大的风……

我想起奶奶，想起我爸，他们都是在风中死的。心里也莫名地难受起来，但没紧张。我觉得我母亲这么从容的人，是不会被风刮死的。不过也不好说，她这一辈子，虽然从来没有坚强过，但也从来没有如此软弱过。我说：快！赶紧回家，到家再给我打电话！

节日

清明前一天，他们约好先去城南的市场买点祭祀的东西——那个地方不知道什么时候就形成了一个祭品市场，黄表纸、白蜡烛、鞭炮、冥币，还有扎的各种衣服啊，马啊，家具啊，家电啊，什么都有。可能因为这里是城乡接合部，每到清明、中秋或者寒衣节，城里就有很多回不了老家的人，聚集在这里的十字路口附近，烧纸、磕头，遥祭家乡逝去的亲人。

雨从昨天晚上就淅淅沥沥开始下。早上还下了一阵大雨，天一直没放晴。开车走在路上，熙攘和喧嚣的世界被挡在车子外面。她看见远远近近的树叶都还滴着水，心里竟有一种莫名的温暖和感伤。在等红灯的时候，她闭上眼睛，捕捉着心里的某种情绪。

她停好车，刚刚从停车场走出来，就看见老公也从远处走来。她站在那里等他，待他挨近了，就挎住他的胳膊，一起朝市场深处走去。

老公去南方一个城市出差，也是刚刚从机场赶过来。他是一个律师，主要办理经济案件的诉讼，一年有大半年的时间在外头跑。

“今年这个开庭时间安排得还好，前年、去年都没回去看成爸，”老公愧疚地说，“想爸了。今年要给爸带点好烟好酒，好好跟他老人家说说话。”

“都是你们纵容的，让他吸烟喝酒，要不他怎么会去世那么早呢！”她半是认真、半是娇嗔地责怪道。

“唉！”他长叹了一口气，熟视无睹地看着远处的车流，“好像觉得没多长时间，爸已经走了六年多了。”

这话让她眼圈红了起来，眼睛潮潮的，模糊一片。

“刚好你回来，今天晚上可以参加我的诗歌朗诵会。省电台和电视台联合搞的。其中还有一首诗是去年清明节我专门写给爸的。”她说。

“嗯，我读过很多遍了。是真感人啊！”

说话间已经走到卖祭品的摊位前面了。她挑拣了黄表纸、冥币，还有几串元宝。在挑一小挂炮仗的时候她犹豫了一下。爸一生简单，也不甚喜欢热闹。正在这时，老公的电话响了。他听了一下，就到旁边去接了。

他回来的时候，她已经提着买好的一包东西站在那里等他。

“哎呀，真不凑巧，明天我几个同学要过来看我们。”他接过她手里的东西，一脸歉疚地看着她说。

“哪里的同学啊?”

“大学的，都是赶回来过清明的。”

“哦，”她拉着他的胳膊往后一闪，躲过一辆疾驰的电动车，“那你得好好招待他们，从全国各地大老远赶过来，见一次面不容易。跟大家解释一下，我就不参加了，因为已经跟老家那边说好了我们明天回。我就自己回去，把你的心意给爸捎到就行了。”

“好嘞，老婆!”

他们又到隔壁的水果店、鲜花店买了一些时鲜的水果和鲜花。往停车场走的时候，他说:“明天……她也来，你不会介意吧?”

“谁?”

“她。”

“嗯？嗯。”

“‘嗯’是什么意思啊我的诗人？”他听出她声音里的不快，摩挲着她的肩膀和背部，讨好地问。过去每当闹不愉快的时候，他就这样子摩挲她，很快她就会平静下来。但是这一次好像没奏效。

“‘嗯’就是‘嗯’，没什么意思。”

“亲爱的，‘没什么意思’是什么意思啊？”他讪笑道。

“我今天挺正常的，别惹我发火，别故意找碴儿！”她用力地甩开他的手，径直往前走去，走了几步，又回过头说，“本来我心里真没什么，但是看见你这鬼鬼祟祟的样子我就来气。现在我倒真想问问，她怎么又来了？”

“什么叫‘怎么又’啊？”

“怎么不是‘又’啊？”她站在路边，声音大了起来。

“哎哎哎，干吗那么大声儿啊？”这次他赶过去揽住她的腰，她没再挣脱，“她那次来至少是十年前的事儿了。你也知道，我急着出差，除了过去跟他们见面打了个招呼，饭都没陪她吃。”

他一直赔着笑脸，故作轻松地解释着。不过他越想轻松，心里越觉得发虚，堵得慌，说出的话没了根底，反而轻飘飘的。他不知道是哪里出了问题，事情怎么会弄成现在这个样子，一时间他别扭得像走错房间似的。

“咦？就因为没陪吃，遗憾到现在？”

“你看看你看看！你这不是没事找事吗？”他丢开她，语气也生硬起来。

“我没事找事？你说人家回老家过个清明，她老家也不在这里，跟着瞎掺和什么呢？不就是为了回来看看你？”

他一下笑了出来，说：“人家回来干吗，也没跟我说。是其他同学告诉我的。说不定她有自己的事情，咱操这闲心干吗啊？”

“不是操闲心，也别把她说那么无辜。后来她没联系过你？没写过信？没打过电话？没给你表白过？我看她这才是真正的没事找事！”

“是写过信，也打过电话。可是这些事儿不都是我主动告诉你的嘛！”他的语气尽量缓和。有几辆电动车过路口，他叉开两臂，侧着身子在前面护着她。

“那只不过以资在另外一个女人面前炫耀而已：看我的初恋，这么多年了还一直都在追我！”

等了半天他们也没过去这个路口。今天到这里来的车多，人也多，到处都熙熙攘攘的。不知道什么时候，天上又飘起了细雨。他一会儿看看天，一会儿看看她。

清明时节雨纷纷。

绿灯终于亮了，他护着她走过了路口，但是他没再往前走，站下来看着她，认真地说："你这就是胡搅蛮缠！" 看见她头都没抬不屑一顾的样子，他接着说："她是我的初恋没错，开始是我追她也没错，但是多少年过去了，我早就放下了，你也知道我早就放下了，何必说这些？"

她自顾自往前走了几步，看看周围没人，也停了下来："我怎么知道你早就放下了？那次你确实没陪她吃饭，可是你看你就这件破事儿，在我面前表白了多少次？你要是真放下了，天天絮叨这干吗？好像是我不让你见她、不让你陪她吃饭似的。"

"我也只是说说而已，况且，从内心讲，我不陪她也完全是为了照顾你的情绪。"

一瞬间，她被这句话气得脸色通红，也不再说话，扭头便走。一直走到停车的地方，待他上了车关了门，她才说："好啊好啊，贼不打三年自招！这是说说而已？你凭什么说不见她是为了照顾我的情绪？我有情绪吗？我只是想告诉你，你是一个男人，应该大大方方，像个大老爷们儿，拿得起放得下。别说是分手的前女友，就是有过三妻四妾，已经过去了，心里虚什么？有什么大不了的？可你呢？只要说起这事儿，你就扭扭捏捏的，好像有什么见不得人的事情掖着藏着，让我心里一直不舒坦！”

“你还没情绪？今天这叫什么呢？”他的脸也涨红了，“你还是一个诗人，说话还讲不讲一点逻辑？”

“我哪里还要什么逻辑？我连脸面都快没有了！每次你们同学聚会，说到她的时候，都对我讳莫如深，好像我欠着她什么似的。我倒成了一个外人了，照这样下去，我在这个家还有立足之地吗？”

前面有一辆车子过来，打着转向灯，在等她这个车位。她把窗玻璃摇下来，给人家摆摆手，意思是暂时不走。

待那辆车开走后，他说：“你越说越过分！是你没有立足之地还是我没立足之地？家里任何一样东西找不到了你都问我要，问我拿走了没有。天天让我提心吊胆，好像这不是个家，是个旅店，每一件东西都得做上记号。说实话，在这个家我过得就跟个贼似的！”

“你是个贼，那我呢？我在这个家算什么？衣服脱下来你就随手扔那里，它自己会洗干净吗？早上起来就吃饭，饭会自己做熟吗？每天你回到家里，都窗明几净的，它自己会打扫吗？孩子从小到大，你是洗过尿布还是参加过家长会？我不仅仅是你老婆，还是你的厨师、洗衣工、保姆和家庭教师!”

“在家里确实是这样。但你也不能赖我，是你不让我动手，说一个大男人做家务，让人家看不起。”他突然觉得有点莫名其妙的孤独，不得不抓紧靠背，尽量压抑着越来越激动的情绪，“可是家外呢？让你管过吗？甩手掌柜，两耳不闻窗外事，外面的事情你问过多少？风里雨里，黑天白日，让你操过一点心没有？天天趴屋子里写那些无病呻吟的破诗，是能吃还是能喝啊？”

她惊呆了，失神地看着他，好像看着一个陌生人。车子里安静得怕人。过了半天她才伤心地说：“我一直以为你爱我，爱我写的诗，原来这些在你心里竟是如此一钱不值!”

“就是！就是如此!”他扭头看着窗外，腮帮子气得一鼓一鼓的。

“那好吧!”她发动了车子，稳定了一会儿情绪才走。出了停车场，泪水突然涌了出来。她把车子停下，也没擦泪，扭头看着他说：“前年你说忙，没回去。去年你说忙，也没回去。今年还是忙！你每年都有借口，这还不说明你心里除了你的同学，除了她，哪还有我？哪还有我爸？”

他没听完这话，便拉开车门，甩上就走了。

她找出面巾纸擦了擦眼睛，看着他气鼓鼓地远去才重新启动车子。其实话刚刚说完，她就知道自己言重了。她知道他对同学的深厚感情，他在班上是最小的一个，大家都关心他，爱他，宠他。他也敬重他们，依恋他们。有一年，他的老班长出了车祸，他放下手头的工作，独自跑南方整整陪了他二十多天。

她也知道他对她父亲的敬爱。父亲做完肺癌手术之后，身体虚到极致，路都走不了。他开车载着他，背着他洗澡，背着他理发。父亲去世好久好久，他的情绪都没恢复过来。每次在父亲坟前，他都长跪不起，失声痛哭。

但是她对刚才说的话也不后悔。脱口而出之后，她觉得异常地轻松，就像了了一桩陈年心事。刚刚堆积起来的愤怒情绪，也慢慢消散了。她想起晚上的朗诵会，竟然有些莫名的激动与期待。

那天的诗歌朗诵会来了很多人，准备的座位一早就坐满了。后来的人都挤在过道和走廊里。朗诵到第四首，也就是她写怀念父亲那首诗的时候，她站在舞台边的幕布后，拼命地找他。她知道他会来。

终于，她在人群里看到了他。他站在一根柱子后面，灯光忽明忽暗地打在他脸上，能看到他脸上的泪光。在他们目光对视的那一刻，她扭过头去没再看他。她的身体微微发颤，不知道该怎么表达那一刻的心情。

中间休息的时候，她找到了他。他用欣赏的目光，深情地笑看着她。她也顽皮地笑看着他。

她说："朗诵会结束后，我想请几个朗诵的老师坐坐。麻烦律师先生您出一下场，给无病呻吟的人助助威？"

"当然，我的大诗人！"他笑起来还是那么性感，像个大老爷们儿，"我早已经安排好了，人多，订了两个大台。"

"我想，晚一天再去看咱爸吧，他老人家会理解的。我想陪陪你的同学，他们都是太好的好人！"

"好人难当啊，诗人！"

"好人不会像你，跟保姆兼家庭教师还计较！记住，一定要有她在场啊！"

"当然！当然诗人！"

李夏的夏天

小夏踩着十厘米高的凉拖走过马路中央。看到她的路人会有短暂的眩晕。小夏算是个美女，关键是她个子高，两条大长腿，明晃晃地白着。小夏也有点眩晕，她走得小心翼翼，像过一座浮桥。她给人展示的是神闲气定，一个端良的、气质优雅的女子。其实，这样妥帖的她，内心却早早慌张成一团麻线。她唯恐哪一脚踏空，就把自己跌回到三十年前。

三十年前，小夏四岁。

小夏四岁那年的一天，突然被大人扔在马路中央。古都开封那时的马路不很宽，车子也不多。走路和骑自行车的人都停下来围观，他们只看到扎小辫的单薄的小夏，马路上没有与小夏有关系的人，似乎也只有看热闹的大人与小孩。三十年前的开封人很冷漠，他们不关心一个小女孩，只关心这个小女孩有什么样的故事。那是夏天，太阳太烤人，小夏的汗水从稀薄的头发中滚滚而下，眼泪也无声地滚落，她只是过于羞愧。

小夏四岁就懂得了羞愧。

父母为什么离婚她一无所知，奶奶却把新仇旧恨一股脑儿算在小夏的头上。吃饭的时候骂她，睡觉的时候骂她，洗澡的时候骂她，梳头编辫的时候也骂她。那些积淀几千年的脏话，劈头盖脸地砸向小夏。小夏无处躲避，默默地忍受着这一切。时间久了，她倒是从骂声里感受到一种别样的温暖来，于是，她享受这一切。

三十多年前的开封城和别的城市一样，家长对孩子的态度是漠然的，爹娘就像爹娘，儿女就像儿女，壁垒森严。祖父母更是得煞有介事，一脸的无情。总之，孩子不甚金贵。

小夏被奶奶骂了六年，在奶奶的骂声里她茁壮成长，逐渐有了女孩儿的模样，衣服穿得干干净净，头发扎得整整齐齐，饭吃得饱，小脸儿红扑扑地舒展了。冬天里，奶奶会在被窝儿里暖她冻得冰凉的手脚，她一边划拉奶奶松弛的乳房一边哧哧地笑。奶奶就会恶狠狠地骂她，死丫头，你也会笑！

现在，小夏是到马路对面的文清茶社赴一个约会。进了门，她就看到了他。坐什么位置她是知道的，他们交往快五年了。男人比小夏小，不算太帅，也不够有钱。否则，他不会等她这么些年，小夏总是这样笑话他。

今天是小夏约了他来。小夏有件事情想要有个亲近的人商量，是关于她生身母亲的事。有关她的父亲母亲的事情，小夏的男朋友是知道的。小夏的男朋友叫陈明刚，他知道那是小夏一辈子的疼痛。陈明刚刚听说小夏身世的时候，吃惊不小。他想不来一个如此柔弱的女孩儿，上一辈子作了什么孽，要经受这么多的苦难。后来他跟小夏交往，有没有怜悯的成分，也很难说。反正他们俩交往五个年头了，要说跟明媒正娶的夫妻也没啥区别，但一直没有结婚。

其实，不结婚不是陈明刚的错，陈明刚很正式地求过婚，而且他多次向小夏保证，会永远对她好。小夏也不是不相信陈明刚，她是对自己缺少信心，以她的人生经历，她不相信幸福会来得这么容易。有次小夏跟陈明刚开玩笑，说，你知道永远到底有几里远？陈明刚是个老实人，他被小夏问住了，想了想说，不知道。小夏说，自己都不知道的事情，那就不要说。本来小夏只是无心逗他一句，被他认真地回答了，倒使小夏十分地沉重起来。今天或许是爱的，明天有可能就不爱了。人是会变的，山盟海誓都不起作用，小夏夸张地叹着气说。陈明刚绝望地看着她，更不知道该怎么往下接了。

小夏心里有一条长长的阴影，像一垄终年不化的冰，尤其是成长中经历的那些灰暗，让她连自己都不能把握。

小夏要商量的事情把陈明刚吓了一跳，陈明刚是个文弱书生，跟他的名字一点不匹配。陈明刚被茶呛到了，他弄了自己一身茶水。小夏扯了纸巾替他擦拭，她的动作是带有许多爱意的，像一个呵护备至的姐姐。陈明刚总是觉得小夏不够爱他，真的就像是他的大姐姐，而且，盛年的女人，却对性很冷淡，对他似乎也缺乏热络劲儿，就是那种文火慢炖型的。小夏说，慢一点，告诉你多少次了，水要慢慢喝，这样才对身体有益处。小夏是做美容养生的，她习惯以她掌握的养生学问教导周围的人。

你母亲，她配做母亲吗？她凭什么在三十年后，来认你这个女儿呢？陈明刚平时是个不容易激动的人，他对小夏言听计从。

小夏仍旧慢慢地说，我也想不通，她凭什么就让那边的人联系我呢？

陈明刚说，她把四岁的女儿抛弃，跑人家照顾别人的女儿，那一家的女儿才该服侍她！

说是中风，突然就偏瘫了。六十多岁的人，还应该结实着呢。小夏像是在自言自语，她沉浸在自己的思绪里。

报应，她连自己亲生的骨肉都恁狠心！

小夏苦笑了一下，我都快三十年没见过她了，走大街上怕是谁都认不得谁了。

两个人慢慢地说着，喝乏了一泡毛尖，苦茶已经淡出甜味。

陈明刚说，你绝不能心软，你一心软，这后面的日子可就丢不开了。

这样聊了一会儿，两个人下定了决心。小夏觉得心里通透了许多，突然涌出一阵幸福感。她孤身一人，遇到这样的事还能有个人商量，这让她满足。

分手的时候陈明刚说，老婆，今天去我那儿吧，想吃拌面了。

小夏看看自己的手，又看看陈明刚，抱歉地说，今天去不了，店里还有几位客人等着呢！

那好吧！陈明刚扫兴地说。

陈明刚是单亲家庭长大的孩子，他没见过自己的父亲。母亲说，父亲爱喝酒，酒把他的身体一点点折损，最后死于肝病。不知道是不是因为这个原因，陈明刚不爱喝酒，看见酒就晕。他的身体倒是蛮健康的。

即使俩人确定了恋爱关系，小夏也从不会在陈明刚面前撒娇，反倒是陈明刚有点儿娘娘地黏着小夏，要小夏为他洗头剪指甲，要小夏弄吃弄喝的。小夏觉得，陈明刚爱她，是不是因为恋母？两个人亲热时，陈明刚也总是在她身上嗅来嗅去，仿佛是一个寻找怀抱的儿童。他的这点依恋，让小夏也真的生出几分母爱。有时甚至会觉得自己比他幸运，无论如何自己是见过爹娘的。陈明刚是一个没爹的孩子，他的父亲只是相册里的一张照片。他是不是比自己更可怜？

小夏和陈明刚分开后没有再回店里，她给店里打了个电话，直接开车回自己家了。小夏的房子是分期付款，面积不大，也不算小，七十多平方米，装修很到位。做养生美容的，对环境的要求比较高，屋子里纤尘不染。小夏有洁癖，家里很少有人来，门口也只有她和陈明刚两个人的拖鞋。鞋子是陈明刚买的情人节礼物，一双大老虎和一双小老虎。柔软的布老虎，踏在实木地板上无声无息。小夏一边换鞋一边想，两室一厅的房子，一个人住很舒适，两个人住也很舒适，若是把母亲接来，再请一个看护，空间就过于狭小了。她被自己的想法吓了一跳，她为什么要把母亲接来？

不！

小夏在洗手时对着镜子决绝地说，她觉得镜子里的自己浑身冰凉。

小夏那时和奶奶生活在一起，她想妈妈。小小的年纪，她是藏了心机的，她竟然从大人的只言片语里，打听到母亲的新住址。

母亲给过她什么？她爱过她多少？小夏那时候还不懂这些，只是禁不住想她。

母亲又结婚了，嫁了一个丧妻的官员。小夏有一天逃了学，她候在母亲回家的路上，躲在肮脏的墙角处。天太热，她身上的灰土被汗水搅和成泥，变成了一个泥人。等了差不多一整天，妈妈终于从外面回来了。她的衣着比过去鲜亮了，人也比过去滋润。小夏冲过去抱住她的腿，喊了声妈妈。妈妈迟疑了一下，捂住了小夏的嘴。妈妈把她扯到街口的小卖部里，给她买了一包水果糖，稍稍犹豫一下，再添了一盒饼干。妈妈用手绢轻轻擦着她脸上的泥，说，你好好地跟着你奶奶，再也别找我了，被人看见，我的日子就不好过了！

说完，妈妈扭身走了，头都没回。

小夏盯着她的背影，那背影似乎抖动了一下，她哭了吗？也许是小夏自己的心在颤抖。

小夏抱着糖和饼干回到家，被奶奶暴打了一顿。奶奶恶狠狠地说，你要是再敢去找那个不要脸的贱货，我就再把你扔大街上，不要你了！

妈妈买的糖被奶奶撒了一院子，小夏在夜里一颗颗捡回来，藏在奶奶找不见的地方。小夏藏了糖，就像藏了一个秘密，想一想，心里又甜又疼的。她舍不得吃那糖，也不敢拿出来看。过了很久，趁奶奶不在时才去看，糖早被老鼠嗑了，只剩下一堆碎纸屑。小夏蹲在一堆糖纸前发了半天呆，却也并不十分难过。

小夏又去偷偷看过妈妈几次，她躲在暗处。妈妈不知道有一双眼睛盯着她看。有一瞬间她慌张了一下，或许是知道自己的孩子在那儿藏着。再后来，妈妈就搬家了。奶奶说，她是铁了心，怕你再去寻她，你就当她死了吧！小夏七岁时，最后一次偷偷看见过妈妈，此后就再无音信。

那天夜里小夏做了个梦，却是七岁那年的相见。妈妈在哭，她不让小夏看见她的眼泪。可是小夏知道她哭了。小夏一厢情愿地认为，妈妈的眼泪是为她流下的。小夏醒来后，发现自己的眼睛里还有泪水，她已经很多年不流眼泪了。

这么多年，小夏听得最多的一句话就是，没爹没娘的孩子。第一次去见陈明刚的妈妈，陈妈妈也是说，这可怜的，没爹娘的孩子！小夏那时笑着告诉她，我有爹妈，只是没在一起生活。

那时候，奶奶常说，死妮子你给我记住了，你没有妈，你妈死了！小夏的妈妈没有死，奶奶却在她十岁那年死了。她在厨房给小夏煮面，水在炉子上沸腾着，她倒在地上就死了。小夏眼睁睁地看着她倒在地上，手里握着大半包挂面。

奶奶被抬走后，小夏很饿，她趁大人们忙碌之际，把奶奶留下的挂面全部放在开水里煮了。白水煮面，她一口气吃了半锅，肚子圆圆的，让她感觉很安全。奶奶的尸体就放在堂屋里，没人守灵，也没人管她。她看着奶奶的尸体，也没觉得害怕。

小夏在奶奶死的那个晚上，吃饱了饭，蜷缩在奶奶的尸体前，睡得像一条狗。

埋葬奶奶的时候，小夏一滴眼泪都没掉，一双黑眼睛像枯井一样干着。她的继母指着她对人说，你看这狠劲儿，白眼狼！谁养也是喂不熟的狗，白瞎粮食。她的手指几乎戳到小夏的眼睛上。

父亲无奈地收留了小夏，他央求他的第二个老婆，添一只碗，就当我们养只猫狗吧，反正她已经能干活儿了。

小夏的父亲那时还不到四十岁，他和第二个女人结婚时，她带了一个女儿，两个人结婚后又生了一个女儿。生活的艰辛让他早早谢了顶，他总是疲累着，又总是穷着。在小夏眼里，他不是父亲，而是一个卑琐的穷男人，她对他没有感情。这个男人，也是一个没有感情的人，他每天全部的欲望，就是晚上的二两劣质白干。为了那一瞬间的快活，他对他的女人言听计从。喝了酒，他的眼睛才光亮起来，他才会对女人有点欲望。

小夏几乎承包了家中所有的活计，做饭洗碗洗衣服。洗继母的内裤，裆部大团浑黄黏稠的黏液，那种腥臭恶心的不明物让她呕吐不止。小夏在许多年里都不能想起那情景，她小小年纪胃口就坏掉了。那时候，小夏一直吃不胖，骨瘦如柴，有些食物总是让她反胃。

继母总是对邻居们说，你们看吧，这是老李的女儿，我待她只能这样好了，我一指头没打过她，打自己的女儿都不打她。确实，继母一次都没打过小夏，但她指使她的父亲打她。小夏放学回家稍晚一会儿，在路上和同学多说两句话，继母就会立刻叫来她的父亲。你自己看看吧，你自己的女儿你管，这么小的年纪就不学好，和男孩子叽叽歪歪说个没完，家都不要了啊！你再不管，早晚不得是个下三烂？父亲毫无预兆地冲出来，小夏来不及惊叫，就被父亲揪着耳朵扔出去老远。小夏个子矮，瘦得像根钉子，两只大耳朵支棱着，刚好可以让父亲下手。小夏在许多年里，有一只耳朵是听不见的。继母跟她说得最多的一句话就是，你聋吗？她真的聋。她无论在做着什么，继母吆喝一声，她一分钟内必须站到她眼前。小夏试着躲过，把自己隐藏在某个地方，稍微延迟一会儿。结果，她必定是有理由挨顿打的。

小夏还有个姑姑，虽然住得不是太远，但也很少见面。姑姑心里是心疼这个孩子的，有时在大街上碰见她，会给她买一根冰棍或者几颗糖。有一年过年，放寒假的前一天她到学校里看小夏，还给她发了两块钱的压岁钱。姑姑从贴身的口袋里摸出个鸡蛋给她吃。小夏伸手去接过来，还有着姑姑的体温。姑姑看着她的手，愣住了。小夏的手实在太难看了，手上皴得到处都是裂口。姑姑让她请了假，把她领回家去，用洗衣服的大铁盆子给她洗了个热水澡。小夏脱衣服的时候，姑姑问她为什么穿两个内裤。小夏说，两个都有洞，破的不是一个地方，穿在一起就不会露屁股了。姑姑哭了，但除了哭，她也无能为力，她家里也有三个孩子，日子也艰难得很。

小夏的姥姥姥爷还在，姥爷还是医院里的一个官。他们从来没去看过她。据说父亲跟母亲结婚的时候，他们坚决不同意，后来母亲跟家庭彻底闹翻了。小夏上小学时曾经跟着同学去过姥姥住的院子，房子很大。那个同学领着小夏对她姥姥说，她是小夏。姥姥并不算老，一个穿着体面的女人。她看看小夏，说，嗯，小夏啊！小夏站在那里，低头看着她的脚。都长这么高了啊！姥姥说了，便在她口袋里塞了一把糖果，拍了拍手说，赶紧回家去吧，晚了大人着急。

那个年代，孩子真的不金贵。离婚分家什么都争，唯独不争孩子。

小夏看不起自己的父亲，这个男人的腰板一辈子都没有挺直过。他称得起男人吗？有一天放学的路上，小夏偶然看见父亲躲在路边的树丛里，狂热而专注地吞一块猪头肉，好像吃慢一点有人会过来抢夺似的。吃完后，抓一把树叶子，使劲地擦拭手上的残留物，然后又把手埋在土里揉搓。他在偷吃，馋急了。若是被继母发现，肯定会是一场大闹，上一回吊的可能都是有的。小夏的眼泪汹涌地滚落。奶奶死她都没哭。她不恨这个男人了，她可怜他。

陈明刚算是小夏交往过的第三个男人，他是一家私企的财务总监，指靠工资吃饭。小夏喜欢干净的男人，她有洁癖。小夏有时候想，母亲那时候跟父亲离婚，是不是嫌弃父亲的脏污和邋遢。父亲一辈子都穿着混沌的、颜色不清不楚的衣服，白的都能穿成灰的。小夏为他洗过几年衣服，上心地搓洗干净了，但只要穿在他身上，永远是灰扑扑的。后来小夏才明白，父亲是真脏，脏到骨子里去了。

陈明刚可不是这样的，他每天早晨洗澡洗头发，他的头发永远都是飞扬的，如同阳光里壮硕的青草，散发着新鲜清香的气息。小夏第一眼就是被陈明刚的头发吸引住的，那飘飘荡荡的头发，让她的心跟着飘起来。陈明刚的衬衣挺括鲜艳，黑白分明。他的鞋子永远都是光亮的，纤尘不染。小夏说，男人可以穷，但不能脏。小夏又说，有钱的男人不一定都是洁净的，她宁可选择陈明刚这样洁净的男友。对她的话，陈明刚听着不受用，半玩笑半认真地抗议，李小夏你不要瞧不起人，我不穷，我将来一定挣大钱给你看！

每当这个时候，小夏就过来抚摸他的头发，说，挣了大钱，你谁都不会给看了。当然，陈明刚也不能算是穷人。他虽然不太富裕，但基本能过上体面的生活。

小夏高中没念完，她还未满十六岁，继母就通过关系把她安排到市里的招待所当服务员。管吃，一个月五百块钱工资。小夏做惯了家务，勤快又干净，做什么都做得妥妥当当的，领导们都满意她，一年到了就给她转了正。

小夏掰着手指数着对陈明刚说，那是九十年代初吧，那一年开封改造旧城，开始拆迁。我们家住的房子要拆，拆迁户不仅给钱还给房子。我们家分了两间门面，还分了一套单元房。继母忙着搬家，置换家具。小夏害怕家里钱不够用，就把她攒了一年的五千块钱都交给了继母。小夏的同学指着她的脸骂，你就是个猪！想想她对你什么样，罪你还没受够？五千块钱你自己租房子也够两年的房租了！

小夏眼睛憋得通红，最后眼泪还是流出来了。小夏说，我把钱给我后妈，好歹她会给我一张床，我还算个有家的人。我在世上就这几个亲人了，如果出来租房子，可真的就变成一个孤儿了。

小夏十七岁了，她还不够漂亮，但青春的天空是什么样的乌云都遮不住的。招待所里的会计比小夏大五岁，他喜欢小夏。有一次，他在没人的地方堵住小夏。他说，李小夏你做我女朋友吧。小夏看了看他，未置可否。从找朋友的角度来看，会计的条件不错，长得白白净净的，相貌齐整。关键是他家里的条件好，有靠山，否则会计也不会让他当。其间会计给小夏买过好几件衣服，小夏不要，小夏说，我不能要别人的东西，否则我爸会把我打死的。会计说，别把我当别人，你收下了就是我女朋友。那时的小夏，也不知哪来的那种勇气，说了一句二十年后处对象时的寻常话，你娶我，你有房子吗？会计当天就把小夏领到他的房子里去了。会计是独子，那一年拆迁他们家也分了两套房，一套父母住，一套给他做婚房。小夏太稀罕房子了，她做梦都想有个家。这个男人有房，而且又表现得这么疼她，她愿意嫁给他当媳妇。

看完房子，会计把她摁在床上又亲又摸。小夏说，我会怀孕吗？会计龇牙笑了，你晚上跟我在这儿睡，就会怀孕。小夏没敢和会计睡，她怕她爸打死她。

小夏回家，先把几个月的工资交给继母，然后趁着他们高兴，把会计的事跟父亲和继母说了。继母还没听完，就停住数钱，说，你烧了什么高香，还能找个这样的婆家？第二天，小夏就把会计领回了家。

会计殷勤，每一次去小夏家都不空手，大包小包地买。日子久了，继母对小夏也客气起来。小夏过了几个月欢乐的日子，她觉得她非常爱会计，很爱很爱。只要两个人单独在一起，会计也不闲着，总是亲她摸她。小夏长这么大，除了奶奶，没有人如此亲热过她，她的身体太需要抚慰了。她沉浸在这种幸福里不能自拔。

因为会计的出现，继母变了一个脸，闺女长闺女短的，仿佛小夏是她亲生的。小夏终于找到了家的感觉，这种热腾腾的家的感觉让她感动，她深夜里跪在床上给奶奶磕头，希望奶奶能保佑她，分享她的幸福。她盼着日子过得快一点，到了年龄她就跟会计结婚。

那年的春天，继母在外地当兵的女儿回来探亲，事情突然就发生了变化。

——每当讲起这一段，小夏就会长吁短叹，像是自言自语，又像是对陈明刚说，她们母女俩是怎么就能做到呢？没几天工夫，会计突然就对小夏不好了，他对小夏说，我喜欢上了你的妹妹。

小夏晚上躺在被窝儿里，用水果刀把手腕切了。是继母的女儿发现的。她们两个的小木床紧挨着，她在深夜里闻到了奇怪的甜腥味儿。月光透过没有窗帘的窗子照过来，她看见血从姐姐的被窝儿里滴答到地板上，黑漆漆的一摊。她尖叫一声，吓得差点晕过去。继母快速地跑过来，抱起小夏，拨通了急救电话。

小夏没有死。她跟陈明刚说这些故事的时候，不带任何情绪。

讲述别人的故事她总是会激动，而对自己的故事却无动于衷。小夏也从来不落眼泪，她讲到妹妹当时的尖叫，甚至还会笑，说，幸亏我那妹妹还懂点儿急救常识，否则即使医生赶到，我也没命了。要说，她救了我的命，我让给她一个男人也是应该的。我真是很感激她！

陈明刚将她搂在怀里说，小夏，你后妈说对了你一点，你真硬得起心肠！

小夏和女老乡小白合伙开了一间美容院，刚开始的时候还不错，这两年生意越来越不好做。小夏刚学美容的那会儿，很多有点身份地位的男人都会抽时间去做护理，一边和女孩子调情一边享乐。这几年上头管得严了，男人都不敢进会所了，免得横生枝节。后来小夏她们的美容院就改做专门护理女人，可这两年女人进美容院的也少起来，就是有，一般也不办卡，匆忙来做一次就不见了。小夏是个高级美容师，在深圳在香港都拿过资格证书，而且活儿好，熟客都是奔着她的手艺来的。店里也有美容师，手艺也都过得去，但她们偏点小夏亲自做。小夏那一双手，平日里也不见得多灵巧，但一摸到客人的肌肤，整个神经仿佛都被她掌控了，她的指肚上长了眼睛，用身体运力，指头准确地抚摸到每一个穴位。有些女客人常常开她玩笑说，什么样的男人被你摸一回，还不得着了魔，倾家荡产也得娶回家去！

小夏和陈明刚恋爱后，还真的在家给他做过几次护理。陈明刚说，就凭你这技术，一辈子我也逃不出你的魔爪！其实没有一次做完过，常常是做到一半，陈明刚就把她搂到床上去了。

小夏的合伙人小白长得不错，就是脾气急躁，没有耐心，不像是吃这碗饭的，还老是对小夏颐指气使。有些客人不知道内情，还以为她是小夏的老板，所以有些生客，也是点小夏去做。小夏整天忙得陀螺一样，小白却总是晚来早走，有时候坐一会儿看看没事，干脆就逛街去了。时间久了，陈明刚看不下去，问小夏，她凭什么对你这样？你干吗要跟她合伙？小夏温和地笑笑，说，大家都不容易，能聚在一起做生意也是缘分。我从小听惯了难听话，没个人呵斥着，还真不习惯。

陈明刚也只是在小夏面前发发牢骚，待见了小白，又装作没事人一样，只会在下面说，等我挣了大钱，就给你开一间大美容院！这话他说了五年，小夏只当笑话听。

小夏曾经跟陈明刚说过，当年她在深圳，是有人吐口要给她开美容院的。

小夏那一年闹自杀，在屋子里关了整整一个月。继母心虚，倒也好吃好喝地耐心伺候了一个月。小夏从屋子里出来，灰姑娘一下子变成了白雪公主。过了一个夏天，小姑娘成了大姑娘，像一朵花一样打开了。她几乎很少开口说话，气质神态什么都变了，两个眼珠子黑亮深邃。

会计再看到她，惊得眼珠子都快迸出来了。小夏则是熟视无睹。倒不是小夏还有什么不能放下，一来他现在是她妹妹的男朋友了，二来小夏是怜悯他，也更加看不起他，真正受到处罚的是这个负心男人。继母的女儿比继母更蛮横，母女俩吵架都能动手把对方脸皮抓破。她的那身女兵的军装，糊住了会计的眼睛。他仍旧在这个家里进进出出，仍旧大包小包买点心割肉。没有谁觉得有什么不妥，也没有谁觉得谁欠了谁。只是从那时开始，小夏再也不吃荤了。

生活又恢复了常态，平常人家的纠纷，闹得再大也大不到天上去。小夏收拾行李，说要去长沙学美容。街坊邻居出去的女孩子很多都是学这个的，现在混得都不错。做这个的，整个儿就像变了个人似的。

后来还是继母帮了她的忙。小夏能离开这个家走出去，让她松了口气。她劝说小夏别去长沙，学习还得一笔钱，然后急不可耐地跟一个远房亲戚联系上了。她的女亲戚在深圳开美容院，店里正好缺小姑娘。小夏当天就买了去深圳的票。

小夏走的那天，继母早早起来，准备了好多吃的，还带着女儿一直把她送到火车站。看着远去的列车，她撇了撇嘴，跟自己的女儿说，就是个做鸡的命，还拼命想当凤凰!

小夏在深圳做了四年，这中间还去香港学习了一年。客人见得多了，长了见识，倒是把自个儿的形象气质修炼得更加不同凡响。她不爱说话，就更增添了几分清冷的魅惑。那时候小夏还只是个小美容师，客人中有一个大老板却总是点她服务，为了她还特意请店里的全体姐妹去五星级酒店吃过一顿龙虾大餐。

有一次酒后，老板把小夏喊到包间里，很认真地对她说，你跟我走吧。

去哪里？懵懂的小夏一下子没明白过来。

我是香港人。我在内地给你买套房子，你给我生个孩子。老板也是个不善言辞的人，开门见山地说。

小夏的脸涨得通红，半天才回答说，我还是想自己工作。

老板说，想工作容易，我给你开一间美容院，你当老板，不用自己辛苦做。

小夏心动了，她的老板，也就是继母的亲戚，拼了一辈子，不就是开了一家美容院吗？

小夏想了好长一段时间，既没想明白为什么跟那老板走，也没想明白为什么不跟他走，但到底还是没跟他走。当然，也不是为着争一口气，她不觉得自己有哪口气需要争。

说起这事儿，小夏总是喜欢跟陈明刚开玩笑，说，年轻时候真不懂事啊，那时还不如跟人家做个妾，最坏的结果，还能落个房子和店！现在你看看，很多人混一辈子，连个房子都没混着。

陈明刚说，这容易，等着吧！

小夏认真地叹了口气，她觉得自己随口说出的玩笑话，仔细想想还真就是那么回事儿！

俩人说完亲热了一会儿，小夏起来给他做面。陈明刚喜欢看着小夏为他做面。其实小夏觉得自己做饭不是强项，但既然他喜欢，小夏也就想各种办法给他做面吃。小夏盛了一碗面，端到饭桌上放好。她减肥，自个儿不吃，看着他吃。看了一会儿才说，其实，我们这样不也挺好的吗，各人有各人的生活，聚在一起更亲热。不过，小夏顽皮地笑道，我不会死缠烂打，若是有合适的女人，你想结婚我不会拦你。

陈明刚当然清楚她的心思，她不是怕结婚而是怕离婚。开始那几年生活不稳定，她担心不能给孩子保障，不敢生。现在她又担心年龄大了，万一生不了孩子怎么办？不过说到底，还是怕他陈明刚变心。陈明刚把脸埋在面碗里嘟囔道，除了你，我谁都不娶！

小夏决定回开封一趟去看看妈妈。这件事她没有告诉陈明刚，她想一个人去。

穿衣装扮的事情上，小夏历来有主见，快四十岁的人了，除了要求自己精致，更重要的是得体。到了这个岁数的女人，再怎么显得年轻，穿十七八岁的少女装，总还是让人心惊。但是，去见那边的人，三十来年不曾谋面的亲生母亲，她还是犹疑了好久。过于漂亮华美不妥，刻意装简朴也不对。最后她还是决定让自己穿得漂亮一些，她不知道是赌的哪一口气。最后一次见她，自己穿得像个小叫花子，又破又脏。奶奶的死她也一定是知道的，但她从不曾过问小夏是生是死，是怎么活过来的。想到这些，小夏眼睛热热的。她要让她看看，再怎么艰难，她终究也还是活成个人样了。

情况倒是没有小夏想象的那般不堪，母亲和那家人的女儿生活在一起。她的丈夫死了几年了，她一直跟继女一起，住在丈夫留下的房子里。房子是单位的房改房，旧了点，面积倒不算小。这让小夏多少有点宽慰，她想，妈妈为这家人操持了半辈子，这老头儿留下的房子，总该是要让她住的。

那家人的女儿倒是很客气。她在机关工作，一看就是那种要面子的文化人。屋子里没有别的人，这女儿是接了小夏的电话，特意等在家里。小夏是第一次见她，据说是念了大学的，戴着金丝边眼镜。小夏觉得她不算漂亮，但也不算丑，中长的头发在后面轻轻地绾着，瘦瘦的，很文气的一个女人。小夏看她穿得素雅，灰白格子的棉布连衣裙，配了平底白色凉鞋，反倒觉得自己的奢华有点过了，鞋跟儿也过于高了点。这样会不会反而被人家看得档次低了？

来的时候自信满满，突然觉得心里没了底。小夏暗中敛了气，偷偷做了两次深呼吸，还是紧张，不知道该怎么面对。

母亲还是小夏记忆中的样子，虽然老了，但模样没有太大变化。她躺在床上，半张脸有些歪斜，因偏瘫造成的僵硬，让她看起来很怪异。但小夏发现她的眼睛在动，看看这个女儿，再看看另一个，像看着陌生人，表情固执地麻木着。

继女出去倒水了，也可能是故意留给小夏单独与母亲相处的时间。小夏更加紧张，很像小时候被人突然丢弃在大街上那种感觉。小夏僵在那里，呆呆地看着母亲。她看见有眼泪从母亲的眼角渗出，但依然是没有什么表情。小夏也不去替她擦拭，也不再看她。其实小夏给她买了很多东西，放在客厅没提进来，只是像背书一样地说，我带了三七粉，活血的，让人冲水给你喝。在眼角的余光里，她看见母亲的头微微动了动，也算回应。

她就僵硬地坐在那里，到底连声妈也没喊。

房间还算整洁，她也没受罪。小夏退出来时想到。

继女在客厅等她，她有事要说，这才是她打电话的目的吧！从头到尾都是她在说，小夏只是静静地听着，像对待一个做美容的客人。小夏已经找回了自信，她也知道自己眼下的分量。

……我们也是没办法，孩子读小学，每天都得接送。我先生去外地挂职了，很少回家。继女一桩一件地陈述着自己的困难。

……我老公也不容易，苦拼了这么多年，也就是想有个进步的机会。组织上规定了的，缺了挂职经历就不能提拔。我一个人确实忙不过来。继女看小夏没态度，继续说道。

为什么不请个保姆呢？小夏问。

保姆？继女苦笑了一下，像我们这种家庭，怎么请得起保姆？我爸在的时候——她突然脸红了起来，看了看小夏。唉！妈一天都不能断药，我们公职人员，就这么点工资，不像你们做生意的。反正条件就是这样，我尽量照顾。最担心的是，家里常常是她一个人。只是想告诉你一下，我们尽力了——她的脸又红了起来。条件就是这样，谁都不敢保证不出什么意外。我们告诉你，也是要你理解，万一有个三差两错的，我们也是尽了心的。

也不是想给你添麻烦，知道你也很难。可能看出小夏的表情，继女又刻意补充道。

穿着这一身衣服，小夏觉得自己坐在这里简直像个小偷，浑身都不自在。她执意要走，继女也不留饭。小夏有了一种如释重负的感觉。她觉得继女是个实在人，但坐在一起吃饭，两相都尴尬。而且她觉得继女对母亲也确实尽了心。她是一个有良心的人。

小夏开车离开那家，没有直接回郑州。她还要再去看看父亲，后备厢里有买给父亲的一箱老酒，她也是听客人说的，这个酒喝了不伤身体。给继母也买了几件衣服，虽说是小品牌，但都是纯棉的。

家还在老地方，除了更加衰败，几十年基本没啥变化。他们现在靠养老金生活，门面房也有点收入。继母的女儿接了妈的电话，也和会计一起赶了回来，提了大包小包的熟食。他们俩也早就下岗了，开了一个熟食店，生意勉强维持。会计看上去油腻腻的，一个中年小胖子，早早谢顶了。每一次看见他，小夏都在心中暗自庆幸，幸亏妹妹替她嫁了，否则一辈子都得陪着这样一个不干不净的人，一辈子都不会走出这开封城。

父亲和继母生的那个小妹妹念了地方大学，结了婚又离了，如今一个人在北京打工。继母说，亏得她没生孩子，有了还不得我替她养着？唉，养大你们几个，养孩子养得够够的。她这样说着，只拿眼睛盯着小夏。

父亲埋头在自己的酒杯里，那是小夏拿回来的酒，继母不好限他的量，任他猛喝。满盘子的猪头肉，父亲动都没动一下，小夏心里忽然难受起来。她夹了一块放到父亲碟子里。父亲看都没看，只是喝。

忽然，他趴在桌子上哭了。小夏看着他，又看看继母，一时间不知道该怎么办。父亲大着舌头，也不看她，说，爸亏欠你了！然后挣扎着想站起来，但没成功。大家慌乱地劝说，把他扶到旧沙发上靠了。父亲这些年喝醉了，总要车轱辘一样地说这话。继母说，只有儿女亏欠父母的，哪有父母亏欠儿女的？再不济我们给了她条命。

小夏想想，继母说的也有道理。看着父亲这样，她也不难过。不管怎么样，日子是比过去好了。而且这几年，父亲喝的酒都是她买的。父亲只管喝酒，也不夸她好。倒是继母常说，我们积了阴德，没有白养活你，三个女儿就你最孝顺！

看看父亲平静下来，继母忙不迭地换上小夏买的大团花的短袖，拍着手说，正合身，就数小夏会买衣服！妹妹龇牙笑着，翻了翻吊牌说，三百多呢，谁有钱都会买合适！有一股暖流从小夏心头流过，她也笑了，那是发自内心的。再不堪的家，在儿女心中也还是个家。小夏觉得心里安然，她很满足。

一大早起床，眼皮就突突地跳，这让一向遇事沉稳的李夏也多少有了些不安。还不到八点，太阳已经热辣得一团火一样。平日里总是麻利地洗漱，化个淡妆，换上昨晚就准备好的衣裳——小夏做什么事情都条理分明，第二天的事情晚上临睡前一定预备好，穿什么衣服，配哪双鞋子。今天不知道为什么，做什么都是犹犹疑疑的，画眉毛的时候手腕子抖了一下，眉尾下滑，半张脸瞬间拉了下来。她定定神，深呼吸，拿纸巾擦去。再画，仍然是不喜气。小夏真想洗了脸，打个电话不去上班了。这些日子她太累了，心累。很多时候，积极向上的样子是做给别人看的，她也是在鼓励自己，咬着牙坚持。奶奶说过，人不可以有霉相，否则会坏了运气。想到奶奶，小夏对着镜子里的自己微微笑了一下，把头发高高地绾了一个活髻子，淡淡打了一点粉底，涂了粉色的口红，眉毛也不画了，快速地换好了衣服，把化妆延误的时间找了回来。

小白已经先她到了，开始指挥着几个小姑娘整理内务。尺有所短寸有所长，人总是有点长处，小白管理员工自有她的一套。她没等小夏放下包，就要她过来查看电脑，说货品和账面对不上，错了几千块钱。小夏想都没想，随口说道，我经手的货品不会有差错的。一边说一边到更衣室换工作衣。小白跑到门口冲里面喊，你的意思是我的差错？小夏赶紧走了出来，说别着急，再仔细想想，一定是什么地方漏了。小白说，我就是奇怪，昨天是你负责关的店门，怎么就能少了几千块钱的货？

干活儿的小姑娘都停下手来，这话说得可有点过了。

这时候，小夏的VIP客户突然打电话进来，要小夏准备东西，她下午出差，上午过来做个脸。小夏去准备东西了，小白还在说，要是有摄像头调出来看看就好了。小夏气得脸都白了，想冲她喊叫几句，想想又算了，抓紧时间干活儿是正事。

小夏干完活儿已经快十一点了。小白切了西瓜，坐在吧台看韩剧，看小夏出来，也不搭理她，径直端了一碟子西瓜递给小夏。小夏看小白脸上的乌云散了，就问，东西找到了？小白说，前天王姐包的一个美白套，忘输入了，在本子上记着。小夏笑了笑，没有再说什么。知道她不会道歉，更不会认错，小夏懒得跟她计较。

小夏只是觉得浮躁，西瓜也吃不下去，捧着早晨泡的菊花水慢慢地喝。这当儿推门进来一个浓妆艳抹的女人。女人披着一头散发，看年龄并不大，人极瘦，却觉得是个胖子，因为她身体的各个部位都是大的，大个儿，大头大脸，大手大脚，肘关节和膝关节凸出得让人惊讶。小白赶着上去招呼，她的熟客少，拉拢生客却总有办法。

那女人听不进小白的甜言蜜语，只拿眼睛直勾勾地盯着她，随后又去看小夏。小白说，您不做美容？那女人不客气地说，不做！我是来找李夏的，你是吗？小白碰了个钉子，面对客人有气也不能撒，翻了个白眼就去吧台后面坐下，继续看她的电视剧。小夏连忙放下杯子站起来，问，您找我？那女人瞪她一眼，一屁股坐在沙发上，蹬脱了高跟鞋，盘起腿来。

小夏知道遇到了麻烦，赶紧走到她跟前。那女人故意抬高了声音，说，我不要你做任何服务，我只是想来告诉你，我叫戈红英，我怀孕了，怀的是陈明刚的孩子。这句话把小夏打了个趔趄，差点儿晕过去。她说不出话来，只是直直地望着这个恐怖的、从天而降的妖怪。小夏虽然生来就在风刀霜剑里长成，却有着公主般的矜持，关口上分明连一句狠话都不会说，只是惨白着一张脸，嘴唇都是抖的。小白从吧台冲出来，拿着笤帚像武器一样朝那女人挥着，大声吼着，早就看出陈明刚不是个东西，这品位可真够贱的，一看你这大颧骨，啥样的男人怕半年就得被克死！

那女人本也是过来放狠话，假装得厉害，被小白这样羞辱一下，突然就乱了方寸。连忙摇手说，你不要乱来，我是来找李夏说事儿的，跟你没关系吧？小白过去扯了她的衬衣领子将她拽起来，这是我的店，当然跟我有关系，滚出去！女人摇着手说，我们白领从来都是讲文明的，我们只是说理，你不要乱来，我肚子里有孩子。小白说，呸！你个勾引男人的贱货，还好意思说自己是白领？肚子里的孩子跟李夏有关系吗？那女人突然放声哭了起来，说，跟陈明刚有关系啊！小白扯着她，直接将她推出店外，回身又把那双硕大的女鞋拎出来，狠狠地摔在她身后，大声骂道，滚！跟陈明刚有关系干吗找我们李夏？再让我看见你，小心我花了你的脸！那女人灰了哭花的脸麻溜溜地消失了。

小夏还愣在那里。小白也不劝她，抱着肩膀瞪她。她在那个女人坐过的地方坐下来，一片一片用牙签插着吃完一盘西瓜。她笑着说，谢谢你啊小白，我还真不知道该怎么收拾人。只一会儿工夫，小夏看起来好像瘦了好多，脸色惨白得像一片白菜叶子。

晚上陈明刚来了，像是哭过。小夏看着他，觉得那情景有一种莫名其妙的熟悉感。不过那是在梦中，她多次遇到过这样的情景。那是会计抛弃她的时候，她常常做这样的梦。在梦中，会计哀求她，现在陈明刚把梦变成了现实。他一遍一遍地哀求道，小夏我给你跪下，你一定要原谅我！你会原谅我！小夏看看他，闭上了眼睛。陈明刚继续解释道，上个月公司聚会，大家都喝醉了，我真不知道自己干了什么，真的半分都不知道。做出这样的事，丢人，还不如死了好。

小夏已经缓过神来，脸上的表情看不出什么，她端着一杯红酒，头发胡乱地绾着，穿一件亚黄的真丝睡衣，皮肤牛奶一样丝滑白皙。酒精让她的眼神斜睨，不常见的邪性，竟有一股子新鲜奇异的魅惑。陈明刚像打量陌生人，觉得小夏开朗明净的面目，淡得无一点哀愁。这更让陈明刚害怕，他知道她，她心里一定痛到了极致。他突然想到了小夏的命运，想到她一辈子受的这许多罪。他突然发自内心地痛哭起来，说，小夏，我给你跪下！他真的跪下了。

小夏说，陈明刚，你是个男人，男儿膝下有黄金，上跪天地，下跪父母。你跪着我算什么呢？要是个真汉子，你就起来陪我喝酒。说着，她给陈明刚倒了杯酒。她越是这样沉着，陈明刚越是难过和害怕，发出一种可怕的声音，像孤狼一样绝望地号啕。小夏拉他起来，抚摸着他的脑袋说，别哭了，我李夏命不好，我不怪你。陈明刚就势抱着小夏，拼命地亲吻。他说，小夏，你不要我我就死。

那你就像个男人，喝酒！小夏把酒杯递给他。

陈明刚接过来，仰脖子灌了，瞬间脸像一块红布。那天晚上就是那样，小夏在微醉里被陈明刚纠缠着，她觉得前所未有地快乐。她觉得这都是命，她和陈明刚在一起五年都没有怀孕，那个女人只一次就有了孩子，这不是命吗？他们喝了很久，也疯狂了很久。在小夏看来，这是她今生今世第一次也是最后一次如此疯狂。而对于从不沾酒的陈明刚，这无异于炼狱。

陈明刚是第二天上午离开的，在半道上收到了小夏的语音信息。小夏用生硬的、陈明刚不曾听过的声音说，陈明刚，我们分手吧！

小夏把家里的门锁给换了，关了两天手机，但照常去店里工作。客人们并不知道发生了什么，她的表情上也看不出任何变化。小白照样大大咧咧地对她呼来喝去，更不去安慰她。其他一切照旧，生活还在继续。

到了第三天，陈明刚妈妈的电话打到店里来了，她说陈明刚吃了两瓶安眠药，正在医院抢救。

小夏慌忙放下手头的工作去看陈明刚。她觉得自己开不成车，就打了辆车。陈明刚还在睡，医生说已经脱离了危险。小夏握着他的手，五年来的点点滴滴放电影一样滑过，都是无尽的爱恋。小夏俯下身子，趴在陈明刚耳朵上，轻声说，傻子，等你醒来我们就结婚好了。小夏知道，陈明刚离不开她，而她，也离不开陈明刚。

那两天天气一团污糟，阴霾深重且小雨淅淅沥沥没完没了，闷热得像桑拿间，让人炽热上火。小夏却是因为陈明刚吃了安眠药而换了心情，觉得从未有过地轻松。她把屋子收拾干净，把自己也打理得水葱一样。她盘算着，等陈明刚睡醒就征求他的意见，婚后住在谁的房子让他定。陈明刚的妈妈独自一人拉扯大儿子，娶儿媳妇是要在一起生活的。房子小就小点，她小夏会是个孝顺的儿媳妇。她对陈明刚的爱，算是经受了一次考验，毕竟是有人为她寻死，这个世界再一次温暖了她。

母亲的继女是在晚饭时打来的电话，说家里没人时，母亲被痰呛到，人窒息了，现在已经进了医院抢救，医生让亲人签病危通知。

小夏在开封陪了母亲十八天。医生告诉说不行了，让家属准备后事。继女买好了送老的衣裳，小夏看了看，都是上好的布料，做工也很讲究，里里外外都齐备了，人家确实是用心的。小夏被感动着，对继女也格外客气。母亲昏迷之际，小夏跟继女各握着一只她的手，呼唤妈妈。妈妈这个称谓是如此地陌生，陌生到让她发出的声音颤抖到刺耳。小夏对继母从来都是顺从的，但几十年里，始终不喊她妈。原来在她心中，妈是到了最后用来相认专用的。是的，她的心里始终是留着妈妈的位置。她没有告诉过陈明刚，她很想念母亲。她在心中设计过一百种的相见方式，她相信母亲是爱她的，她的绝情也是被生活所迫，到最后，她肯定会给她一个合理的解释。现在母亲要死了，这解释不再需要。她拉住母亲的手，传达母女间最后的和解。她一遍一遍地喊，妈，妈妈！这一声声呼喊，纵然心中的委屈千回百转，在她死之前，总算是和解了。

可母亲却意外地活了过来，好像有股子劲儿撑着，有什么放不下的事情。她还有什么放不下的事情呢？但那股劲儿鼓舞着她，她一定要活下来。小夏那些天都是在医院度过的，她们轮番陪着。只有切身感受，小夏才明白伺候一个老人有多么不容易，更何况是一个生病的老人。母亲拉屎拉尿都没反应，稍微疏忽一点就拉在床上。有一次，她看见继女把母亲弄脏的被单从母亲身下小心地撤下来，那股难闻的味道差点把小夏熏晕，但继女一点都不嫌弃。这让小夏羞愧难当，赶紧过去帮助她。那一刻她突然觉得，不管自己遭受过多大的委屈，都可以原谅，毕竟世上还是好人多。

母亲的病情终于是稳定了。小夏回到郑州，没吃没喝倒头睡了一天一夜。她这十几天里，给陈明刚打过几次电话，他都关机。小夏不急，她觉得他们要有一辈子的时间待在一起，也不在乎这一朝一夕。小夏梦到了婚礼，她的主张，没有选择旅行结婚，而是举办传统仪式。虽然不大操大办，可一定得依照程式走，先拜天地爹娘，然后夫妻叩拜。小夏和陈明刚都是讲究的人，他们穿着漂亮的衣服，明朗朗的一对。继母穿着小夏给她买的体面衣裳，毫不客气地端坐，一脸尊容。倒是她的父亲，惶惑不安地畏缩在继母的旁边，仿佛小夏是人家的女儿。这一点他几十年似乎都不敢确定，小夏越是孝敬他，他就越加怀疑。小夏的婚礼是办给继母看的，这些年她靠自己的双手正直地生活，她没有学坏，更没有给老李家丢脸。她找了陈明刚，陈明刚也是个正派的好青年，靠学识挣钱吃饭，虽然不是大富大贵，在这个家庭里也算是出人头地的人物。小夏就是要端正地做给他们看，要给自己一个规矩的、没有任何闲言的成家仪式，她很在意。

小夏没有找到陈明刚，他早就出院了。电话依然关机，住处和单位都没他的影子。小夏的心都要从喉咙里跳出来了，她找到陈明刚家里，喊了好一会儿门才开。他妈一个人在屋子里看电视，江苏卫视的一档综艺节目。小夏记得陈明刚的妈妈从来不看综艺节目，她只看电视剧。小夏说，妈，明刚他在哪里？交往几年，这是第一次，她突然之间就称呼她妈了。陈妈妈给小夏倒了一杯凉白开，挥了挥手，面有愧色地说，孩子，可不敢这样叫我，称不起，还是喊我阿姨吧！小夏吃惊地问，妈，明刚他在哪儿？她继续唤她妈妈，一种不祥之感轰然而至，仿佛陈妈妈是一根稻草，她抓住这根稻草，明刚就会出现在她跟前。她要他回来，她要和他结婚！

陈明刚的妈妈被她喊得心慌，汗水不停地从灰白的发间流淌下来。她不敢直视小夏的眼睛，嗫嚅着说，明刚出门了，他说了，不让你再来找他。

小夏惊呆了，觉得似五雷轰顶。她傻傻地径直朝里屋走去。陈妈妈嘴里喊着小夏，却拦着不让进去。小夏不知道打哪儿来的一股子泼妇劲头，豁出去了，拼了命推开老人，大声喊道，我一定要见他的，陈明刚你出来啊！陈妈妈死死地拽住她，仿佛屋子里藏了宝贝，怕小夏抢了就走。

小夏终于还是进去了，她只朝屋子里看了一眼，就突然泄了气，蹲在地上大汗淋漓。陈明刚和戈红英的大幅照片挂在墙上，这明明就是他们的婚房。

陈妈妈站在小夏面前，伸出手试图去拉小夏。看看小夏的样子，就停住了。她也被汗水湿透了，大口喘着气说，小夏我求你了，我儿子对不起你。看在这几年我待你不薄的分儿上，你放过明刚吧。我老了，明刚也是三十六七岁的人了，该有一个孩子了，如果连个后代都没有，我死都不会死利落啊！

她说得这样悲情，而且句句在理。小夏无言以对，眼泪却汹涌澎湃地滚落下来。她也不擦，任它们扑簌簌地流到地板上。开始是啜泣，而后是恸哭，攒了三十多年的眼泪，像装在一个盒子里，现在闸门打开，一下子倾覆了。小夏的眼泪把陈妈妈也打动了，跟着她痛哭。她哭诉道，你这可怜的、苦命的孩子，我苦命的闺女！我知道你是个好孩子，我这几年里一直都盼着，你给我生个孙子，我来给你们带。只是咱们母女俩没这婆媳缘分。

然后，她突然止住了哭声，柔声劝道，小夏，你是个好孩子，你就放过明刚吧。我都快七十岁的人了，你就让我圆了做奶奶的愿望吧！

小夏不再哭了，她只觉得透心的凉意，让她一阵一阵发冷。她从陈明刚的家里走出来了。大街上明晃晃的阳光，让她觉得仿佛不是人间。她不知道该往哪里走，或者该往哪里藏。有一刻，她曾想到，要是脚下突然裂开一个大缝，让她一头栽进去就好了。她飘在马路上，羞愧难当。像当初她被丢在马路上一样，她怎么也想不通，如何又把自己过回到三十多年前了。

小白算了算，小夏把自己关在家里都快十天了。手机关机，小白试着敲了几次门，不曾听到任何动静。她有时买些青菜和水果放在门口，第二天再去，仍旧是放在门口。这一天是大暑，天热得火烤一样，小白再去敲门，依然是没有动静。小白害怕了，她报了警。警察带了开锁匠过来了，敲了敲门，小夏却从里面打开了锁头。警察看见屋里立着一个大美女，漂漂亮亮的，并无一丝憔悴。小夏化了淡妆，淡蓝色的修身长裙，白色的高跟凉拖，不见瘦，只是更显苗条。小白报警的时候，说是有人要自杀，哪有这样精致的自杀者？警察看着目瞪口呆的小白。小白只想找个地缝钻进去，只好一个劲儿地跟警察道歉。待警察走后，小白拧着小夏的耳朵骂了一声神经病，说，你在里面偷吃什么仙药呀，修得像仙儿一样？

小夏回到店里工作了，依然是温温柔柔地待人，文文静静地说话。小白常常讶异地望着这个合作伙伴，不知道她心里到底想的什么。也许小夏没有变化，有变化的是她小白，她觉得自己快疯掉了。

小夏让小白陪她去一趟家政公司，她准备请一个钟点工。小夏闭关期间，她的母亲又闹了一次病危。小夏说，她想好了，请一个钟点工，把妈妈接过来，白天让钟点工照看着，晚上自己带。小白一脸的狐疑，一个病人，再加上一个钟点工，你确定吗？小夏笑了说，确定！随后，她出了口长气，说，妈妈毕竟生养过我，她活着，有一口气，我在这个世界上就还多一个亲人。每天下班回家，可以喊一声妈妈，可以有人听我呼唤。说着说着，小夏心里陡然生出了一种奇异的陶醉感。她在心里暗暗地向自己和妈妈撒娇，妈妈，你把我丢了。现在我长大了，日子也好了，我得把你找回来。你老了，又病着，再也没有力气丢我了！

小夏那个月没来例假，女人伤心过度时，会出现月经不正常，做美容养生的小夏懂这个。她想等生活安定住，再凉快些，吃几服中药或许就好了。又过一段时间，是小白发现小夏的小肚子鼓鼓的，像塞了一只拳头。小白说，小夏你怀孕了吧？说着就用手去按她的肚子，硬硬的。小夏心里一惊，倒不是怕怀孕，她觉得自己根本不会怀孕，是不是肚子里长了瘤子？俩人把店里的事安排停当，就去医院检查了。满头白发的妇科女大夫说，孩子都快两个月了，年轻人真是糊涂啊！

小白陪小夏坐在店里吃西瓜，小白切瓜，小夏吃瓜。小白切几碟子，小夏就吃几碟子。小白不切了，小夏就停住不吃了。小白把刀插在西瓜皮上，拍了拍手说，做了吧，你一个人，带着个植物人一样的妈，再带个孩子可怎么活？小夏摇头，不能做，我都这么大年龄了，做了可能一辈子都生不出孩子了。小白说，糊涂！小夏说，这孩子也不容易，先是让我伤心，现在又让我惊吓。我还以为子宫里长了瘤子，命都保不住了，谁知道是这个傻妮子在里面做了窝！小白说，你怎么就知道是个女孩呢？小夏说，就是个女孩，我是她的妈妈，当然知道。小白叹了口气，不吭声了。小夏说，你还是她小姨呢，还不相信她乖巧啊？小白是生过孩子的，而且生的是男孩，她想一想，怀儿子是翻江倒海的反应，是没有人家的女孩乖巧，就咯咯地笑了。小白说，陈明刚你个王八蛋，作孽呀！小夏连忙制止她，这孩子是我一个人的，跟陈明刚没有任何关系。

小夏把妈妈接到郑州来了，她每天晚上下班都跟她说会儿话。她告诉妈妈，自己就要有孩子了，是个女儿。她希望妈妈祝福她的孩子平安。妈妈不会跟她聊，她的神情一如既往地僵硬麻木。

没有结婚，却怀了一个没有父亲的孩子，也许小夏正应了继母的话，到底成了一个坏女人。坏就坏吧，反正是活给自己看，管他呢！

小夏在这个夏季的末尾，生活态度前所未有地积极起来，她做好了当一个母亲的准备。孩子生出来，她要好好爱她，永远不离不弃。她甚至想好了，她把孩子抚养到十八岁，如果她那时一定要认自己的父亲，她是不会阻拦的。至于小白，她不想做小姨，她要做闺女的干妈。小白说，这孩子由我管，她要敢去找她那个不要脸的爹，我就掐死她！小夏轻轻地抚着肚子，咻咻地笑着说，好吧，你管！你管！

北去的河

刚刚走到出站口，他就看到了那块牌子。牌子上工工整整地写着“刘春生”仨字。才看到这几个字的时候他愣了一下，仿佛不认得似的。当意识到这是自己的名字时，不免红了脸。不值得哩！我是个啥啊，竟然写这么大仨字？活了半辈子，自己的名字还真没有被人这样认真地写过。

堂弟秋生和女儿雪雁站在牌子下面等他。秋生过来亲热地接下他手里的东西。女儿只是低着眼睛瞅地下，害羞似的不敢看他，直到他把一个小包袱递给她，她才慌乱地看了一眼爹。

秋生打头，三人往外走。他在后面看见秋生穿的衣服跟平时回老家穿的不一样。新崭崭的，式样还好看。别人从城里回老家，都是打扮得跟新姑爷似的。秋生回来老是穿一件屎黄色的夹克衫，一条灰不拉唧的裤子，很多年都没变过。那时他就想问问秋生，后来想想这事儿挺伤脸面的，就忍住了。

他带了三个大蛇皮袋子，秋生非要拿两个。他不让，自己拿了俩，秋生拎了一个，明显看出来秋生拎着很吃力。里面装的都是自家地里长出来的东西。一个袋子里装的花生，是大别山区特有的“小籽红”，皮薄肉厚，即使是最小的壳子里也都顶得满满的，像山里人一样厚实。这都是媳妇去刨的，天还没明透她就爬起来下地，连鸡鸭都忘了喂，惹得它们像一大群叫花子一样不依不饶地跟着，直到她把荷着的锄头顺下来砸过去，它们才悻悻地回了家。媳妇扛着花生从地里直接去了激流河，把花生洗好摊在石头上晾干，下半晌才回来。一个袋子里装的是莲藕，也是家乡的特产，谁给起了一个傻好听的名字，“三河白莲”。他们这个地方叫三河间，这三条河虽然都不大，可是走的路都不近，分别来自鄂豫皖三个省。他们门前这条向北流的河叫激流河。这里的莲藕也跟其他地方的不一样，洗好切开白生生的，可以当水果吃，既没渣也没丝。收白莲的季节，无论你到谁家里去串门，山里人都是端一盘子白莲出来待客，看着都让人心里水荡荡的。还有一个袋子里装的是野核桃，个头只有拇指肚那么大，砸开得用缝衣针挑着吃。这东西看着不起眼，但是特别养人。据说那时候徐海东和许世友他们在这一带打游击，腰里边缠着两个袋子，一个装子弹，一个装核桃。许世友许和尚说，子弹不能当核桃，娘的核桃能当子弹。据说他起急的时候，还真拿核桃把手下的一个连长砸了个狗趴。

说话间三人已经站在了一条扶梯前。他是在电视上认识这玩意儿的，上的时候他想着先用脚试一下，不过没容他停步，人流已经把他推上去了。他感到身子好像被人提起来，头蒙一下，已经到了地面上。这才发现原来人是在地下的，那么火车站台也是在地下了？怎么没感觉到呢？他是大睁着眼，看着火车在周围高楼大厦的左搂右抱下进的站。他想问问秋生，可是秋生只顾忙着赶路，根本没有说话的工夫。秋生带他们来到一个停车场，他看到灯光下汽车黑压压地停了一片，像霜打的棉花田，一眼望不到边。秋生找到一辆半新不旧的枣红车，把东西填在车屁股后头，过来招呼他们上车。

天已经黑了，北京的夜晚比白天还要明亮。坐在车上，秋生的话多了起来。他知道秋生的习惯，每次回家，他总是问长问短，从村东头唠到村西头，连刘二寡妇都不落下。秋生跟老家人亲啊！不过虽说是兄弟辈，可他比秋生大十几岁。秋生小时候，他常常背着他跑十几里山路去看电影。那时候秋生就爱跟他唠叨。后来他娶了媳妇，秋生上小学了，还常常窝在他们的炕窝里，早上起来小鸡鸡憋得跟拨火棍似的。媳妇老是逗他，说，秋生啊，你长大肯定比你哥尿得高！这是他们家乡的一句土话，谁尿得高就是谁出息大。果然，秋生一泡尿冲到了北京，还折了人家一个城里姑娘。

到了家门口，秋生按门铃的时候他才同女儿雪雁对了一下目光。雪雁很快又把头低下去。门开了，秋生的媳妇脸上挂满了笑，喊了一声大哥赶紧往后撤，让他们进去。他一只脚刚刚踏进去，雪雁就在后面拽住他，让他把鞋脱了换拖鞋。他愣在那里，来的时候啥都想到了，全身上下都换了新的，就是没想到还有人看他的脚。他是汗脚，袜子鞋都比人家费，袜子穿不了两水都得透底，所以每双袜子都被老婆打了补丁，哪能让人看！秋生看他迟疑，已经明白了，过来把他拉过去说，哪有这种规矩，来来来赶紧坐吧！他屁股刚挨着沙发，秋生媳妇已经把湿毛巾拿了过来。擦了手脸，一杯热茶又递到了手里。

喝了几口，他觉得不对头。看了看杯子里的茶，是秋生最爱喝的自己茶山上的茶，可是汤色不对，味道也不对。秋生看着他笑了，说，凑合着喝吧，这可不是咱山上的水泡出来的。他这才抬起头，打量了一下秋生的房子。客厅非常开阔，对面一整面墙都是书架，上面的书摆得满满当当的。秋生的媳妇在北京大学教书，没这一架子书怎么也说不过去。他坐的这个地方，是一圈沙发，中间摆着一个茶几，上面也摞着不少书。正对面是一台电视机，跟他们家的大小也差不多。屋子里看着齐整素净大方，像过日子的人家。他这边还没看完，那边秋生媳妇已经在厨房把饭菜准备停当，满满当当一大桌子，荤素稀稠搭配得甚是讲究。秋生拿过来一瓶茅台酒，是紫砂瓶装的，上面写着“15年”。他光听电视上说茅台酒一直在涨价，就问秋生：“听说茅台已经涨到六百多了？”秋生说：“那是官价，我认识人，打了折没那么多。”他吸了口气说：“这喝了多可惜！”秋生嬉笑道：“人死了，酒还没喝完那才叫可惜。”俩人边吃边喝，秋生媳妇不停地往他碗里夹菜，一会儿就酒足饭饱了。

吃完饭，重新又回到客厅。他看看秋生和秋生媳妇，俩人都没有说正事的意思。他有点着急，他有一肚子的话要跟他们说。他想等雪雁收拾完东西过来，就把这事儿摊开。谁知雪雁过来刚刚在他旁边坐下，外面就有人敲门，雪雁赶紧拉着他往里面一个屋子走去。这边的门还没关上，那边的人就进来了，说："刘司长，打扰……"后面半截话被女儿关在了门外。他吃了一惊，从来没听说过有"司长"这么个官，便小声问雪雁："你叔是个司长？"雪雁把灯打开，朝他点点头。他又问："司长有乡长官大没有？"雪雁说："应该没有，我叔才领七八个人。"他心里落了一层霜，有点寒凉，还有点难过。想想兄弟混这些年，才跟个村委会主任差不多，怪不得每次回去都那么寒酸。不过转念一想，毕竟秋生在首都人生地不熟的，手里能有七八个人使唤，也不至于被人欺负了，心里又松软一点。他边想边打量这间屋子，这一看又吃了一惊。挨着门的一面墙，垛得一堆一堆的，有烟酒饮料，还有各种花里胡哨说不上来的东西；对着门的一面墙是好几排衣架，上面密密麻麻地挂满了男男女女的服装，像服装店。他问雪雁这么多衣服是干啥用的。雪雁说，穿的。他在那一排一排的服装里，看到了秋生平时回家穿的那一套，心里咯噔一下，心想，莫非秋生回家去是装穷？仔细想想又不是，秋生可不小气。有一年回去，正赶上他盖房子，秋生偷偷地在他枕头底下塞了三千块钱。那时候这个钱可是个大数，农村人盖一栋最拽的房子也只是四五千块钱。又一年回去，赶上他买收割机，秋生二话不说又塞给他五千。秋生跟他的亲可是在骨头缝子里！所以秋生说让雪雁来帮他们照看家，他毫不犹豫答应了。别说雪雁在家闲着没事，就是正在上学，只要说是秋生用她，他也没有二话。雪雁这个孩子，脑袋瓜子不笨，学啥啥精，家里家外的活计她只要搭眼一看就能上手，拈针拿线，洗衣服做饭，样样让人看得起。可就是读书不成，一看书不是脑瓤子疼，就是打瞌睡，初中毕业就回家了。你说这跟着自己的叔叔在北京生活，是打着灯笼也难找的好事。而且秋生也说了，跟他们三五年，给她在北京安排个工作，再找个婆家，等他们老了也去北京。谁知人算不如天算，这眼看着好好的路子硬是不让走。他心里憋屈得简直像长满了铁藜草，不碰它它硌硬，碰它吧它疼。

正胡思乱想着，外面秋生喊他们出去。来人已经走了，重新坐下来，他的一肚子话又不知从何说起了。秋生说，哥，你累了吧？他说不累不累，一直坐在车上没动，咋会累？秋生说，你要是不累，我们俩出去走走。刚好我给你安排到隔壁的酒店住，咱俩走去那里吧！他连忙答应着，与弟媳告了别，又看了看雪雁，才跟着秋生走了出去。

北京的大街晚上也不安闲，跑反似的，满街筒子不是车就是人，真想不出半夜三更这些人出来溜达什么。秋生把手揽在他的腰上，他想起小时候带他去看电影的情节，心里有点热，也有点伤感。他说："秋生。"秋生说："哥。"他心里的热涌到了眼窝子里，那时候，秋生想趴在他肩膀上睡，他就这样喊他，怕他着凉。秋生也就这样答应着，嘴里的热气哈得他的脖颈子一热一凉的。转眼三十多年过去，什么都变了，可是秋生和他之间什么都没变，这个他心里透亮。

俩人又默默地走了一程子，他还是把憋在心里的话说了出来。他说："秋生，雪雁的事，我跟你嫂子商量好了。她愿意也罢，不愿意也罢，反正是不能让她回去。我这次来就是要彻底截埋了她的妄想！"秋生说："哥，女大不由人，孩子的事不能强迫。她执意回，就让她回；回去她觉得家好就待在家里。觉得家里不如这里，还让她回来。"他"切"了一声，然后重重地叹了口气，不过他的叹气声立即被这浩大而喧嚣的北京城给吸走了。秋生没听到。

刚到北京的时候，雪雁是真欢喜。每次打电话回去，都要跟她娘叨叨半天，在电话里领着她娘把个北京城踢腾个遍。可是过不多久，就开始闹情绪了，先是给娘诉苦，天太干，浑身像蛇蜕皮似的，一层一层往下掉。后来又说嗓子堵得难受，整天脖子像被人掐着喘不过气来。再后来，就直说了，想家，死活不在北京待了。她娘吓得不敢接她的电话，只要拿起话筒，嘴里就像噙个热芋头，嘟嘟哝哝的，光会说“小妹听话，小妹听话……”他躺在床上气得拿脚背踢她的屁股，说，你这老磨盘，东西都吃屁股上了？老婆把电话拿给他，他刚想骂几句狠话，可听到雪雁说：“妈，我什么都不要，就要你和我爸！就要咱们的家！”他的心一下子软得像个秋柿子，软塌塌的不成个形。

后来还是秋生给他打电话，秋生说，哥，你来一趟吧，咱说说雪雁的事儿。

接下来的几天，秋生安排人陪他到各旅游景点看看，并特别交代让雪雁陪着。雪雁说都看过了，不想去。他知道女儿这是躲着他，不过自己哪有心思看风景热闹？像被绑架似的转了两天，什么都看不进去。又加上天天吃不下睡不香，热火攻心，嗓子冒烟满嘴燎泡，解一次大便跟生个恐龙蛋似的。后来他死活不看了，跟秋生说，赶紧把正事说说，他要赶回去。秋生问：“什么正事？”他说：“雪雁的事嘛！”秋生说：“雪雁的事咱不是说过了？”他说：“那不能算！”

晚上秋生和媳妇把他和雪雁带到一个正宗的徽菜馆子里，要了一个包间，点了几个特色菜，又打开了一瓶“15年”，说要给他送行。酒喝到一半，他扭头问雪雁："你到底是咋想的？"雪雁吃惊地看着他，说："我想什么？"他说："跟着你叔这事儿！"雪雁扭头看了一下秋生他们俩，说："我叔没跟你说？我在这里待到年底，等童童放了假送他姥姥家，我就回去。"他这才想起这次来没见到孩子，也没打问一句，心里暗自惭愧，便问秋生："怎么没让我看看孩子？"秋生媳妇接口说："孩子送幼儿园，周末才能接回来。大哥，秋生打电话请你来，不是让你来做雪雁工作的，是想让你来看看这边的情况，好让你放心孩子在这里没受委屈……"

秋生连忙打断媳妇的话："你这可是自己杜撰的。我让哥来说雪雁的事是个借口，我是想陪哥说说话。"

他瞪着雪雁，指着秋生和他媳妇问道："这俩人是谁？"雪雁知道爹话里有话，迟疑了一下，低头嗫嚅道："我叔。我婶子。"他把筷子唰地一下扔在桌子上，怒声道："你还认得他们啊！他是你叔吗？你睁开眼看看他跟你爹有多大区别？"他突然哽咽起来，泪水夺眶而出，"虽然我没在跟前，我也知道他们会怎么待你！人不能没良心啊！你叔求我办过什么事儿？就让你跟随他们几天，你就受了天大的委屈？"

雪雁吓得扑在婶子的怀里哭起来。秋生赶忙把筷子捡起来递他手里，说：“哥，你错怪孩子了。”他仍然恨恨地瞪着雪雁：“我错怪她？这日子过得天天跟喝豆沫似的，她还想攀扯多高的枝子啊？”

秋生叹了口气，说：“哥，别说孩子，我都常常想啥都不干了，回咱们家种地去。在家里头过日子，快是个快，慢是个慢，心总有个落地的时候。哪像这里，天天急得跟赶黄昏集一样！”

他攥着筷子的手一直在发抖，一腔话语凝噎在喉头，捞摸不出半句来。他索性把头别向窗外，可是什么也看不见，只有屋子里几个人的影子映在窗玻璃上，像电压不稳时的电视屏幕。过了一会儿，秋生媳妇拉着雪雁站了起来，给他敬了一杯酒说：“大哥，你再跟孩子生气，就把秋生这次请你来的好意辜负了。秋生也常说，把雪雁留这儿就像把激流河里的鱼放在北京的鱼缸里，能养活吗？”

他是坐第二天晚上的火车走的。秋生和雪雁一直看着他过了进站口才走。他顺着台阶一级一级往下走，这才看清楚，不是站台在地下，而是整个车站都架在空中了。那么，那些大小车辆和成群的人，都是在上不着天下不着地的半空中行走了？这哪是个事儿嘛！

秋生给他买的是卧铺。他上了车倒头就睡，第二天早上醒来，火车已经驶进了大别山区。他在一个小站下了车，出了车站，从眼前的小山丘翻过去，再蹚过激流河就到家了。

秋毕竟深很了，激流河水也退得差不多了，留下一河床圆滚滚的石头埋在浅水里。他脱下鞋袜，把脚伸进河里，开始还有点凉，一会儿就适应了。他低头俯在水面上，痛痛快快地喝了个够，然后直起身子，深深地吸了口气。他觉得体内像打了个闪，有什么地方咔嚓一下，浑身像过电似的受用。突然之间他明白了，“家”并不是光指房子、床铺和锅灶，它是地土，是树木，是水，是气味儿。眼前漫山遍野的树、水、鸟、鱼，哪一样不是跟他熟混得像邻居一样?

他踩着卵石往前走，每走一步都要停一下。他停下的时候，一群小鱼崽儿就不管不顾地吻他的脚，麻酥酥的。卵石顶在脚心里的那种感觉，他说不上来，像生命，像死。他禁不住闭上眼睛，过了一会儿，他把腿提起来，脚已经泡得如一截白莲，竹篙似的滴着水。他又把脚猛地踩进水里，弄出很大的声音和水花。一只在岸边觅食的水鸟，吓得扑棱棱飞起来，一边飞一边扭头看他。他想起他的雪雁，这个让他越来越握不住的小毛丫头，有一天也会这样扑棱棱地飞走，禁不住摇了摇头，待水面清净了，才去寻探下一个落脚的卵石。

亲爱的，好大的雪

一

他们俩现在连说话都变得小心翼翼了。

事情怎么变成了这个样子，谁也说不清楚。其实夫妻之间的事儿，不说清楚自然有不说清楚的好处——要么你说得太煞有介事，那是没事找事；要么说得太轻描淡写，那是拿事不当事。不过总的说来，这种情况不是突然而至的，它有一个缓慢的生长过程，波浪式地前进，螺旋式地上升，然后在某一天就变了脸。

他们总是为一点点小事就争吵起来，有时候仅仅因为一句话。

有一天晚上他应酬完回来，看她正在津津有味地一边剥石榴一边看电视，就没话找话说，你怎么做个这样的头？散着没有盘起来好看。她眼睛在电视上，手在石榴上，都没停下来，连头都没扭，说，找个好看的去，反正我怎么样你都不入眼！他说，你看看，你现在说话就像劈木柴，一斧子两瓣儿。她把刚刚剥开的石榴扔在茶几上，石榴子儿四散飞迸。但她还是没扭头，慢声细气地说，是我看看还是你看看啊？我浑身还有一点让你满意的地方吗？他扭头进了卫生间，狠狠地撞上了门。还有一次，俩人出去散步，本来有说有笑的。在路上遇到她的一个朋友，她站在那里跟人家聊了几句。他打个招呼没停下来，一直往前走。她追上来说，你这是什么意思啊你？他说，我没什么意思啊，怕站在那里一来影响你们说话，二来影响市容。她说，我怎么听着这话这么痞子气啊？真是个小男人！

后来他选择了沉默，但沉默不是金，是哑炮，火药还在，爆炸的能量还在。而她呢，发了火又后悔起来，但是越是后悔越不想沟通，这让她更窝火，不知不觉就为下一次发火留下了茬口。长此以往，她的脸色越来越差，本来就不爱说笑，这下周围的人更不敢惹她了。

在他们大吵一架之后，他回到母亲那里住了几天。几天后的晚上，他主动给她发了信息。他在信息里说，老婆，我们重新开始吧！我多希望我们还能像过去那样，还是一个完美的整体啊！一会儿，她的信息就回过来了：怎么说话啊你？什么是重新开始？我们结束过吗？什么一个完美的整体？在这个家难道谁还是个独立体吗？吵闹也是自家夫妻，没有事什么话都不说也是一个整体！

那天晚上他看着这五个大大的问号和一个感叹号，换了三次茶叶。

接到中学同学聚会的通知时，她还在为前几天的事情生气，所以一口就回绝了。昨天女儿从北京回来过周末，三口人高高兴兴地去吃火锅。她和女儿各自点了自己喜欢吃的菜，然后把菜单拿给他点。他接过来看都没看就放下了，说笑道，在咱们家，何时轮到我点菜了？一听这话，她气得把餐巾扔在桌子上，正待抢白他几句，女儿说，爸，妈，这饭你们还让不让吃了？三口人闷着头吃，俩人心底的火窝得比锅底的火还大，好在有女儿在，都忍住了。回到家里，女儿一个人待在客厅看电视。她回主卧，在卧室门口喊道，孩儿，今儿跟妈妈睡啊！

他和女儿道了晚安，一头扎进书房里关上门。一会儿女儿就喊叫起来，爸！爸！这么大烟气，是不是书房着火要打火警啊？

刚开始，通知聚会的电话是王琦打来的，这让她有点吃惊。但是吃惊之后，是一片空白。她说，哦，怎么是你？这冷淡的语气，估计让对方也吃了一惊。电话里只有嗞嗞啦啦的电流声，电锯一样拉着两个人的心。后来对方语焉不详地说了一句什么，她把电话挂了。正式通知的电话是杨妮打来的。杨妮是她最要好的闺蜜。杨妮说，赵钰，后天是夏老师的周年，大家想为他搞个公祭，你不参加合适吗？

她想起那个单薄的人，和他单薄的笑容——他的笑是如此地脆弱，好像用手一抹就能抹掉似的。白净面皮，矮，瘦，影子一样从门外飘进来，像皮影戏里的人物站在讲台上。他是班主任，也是语文课老师。她是班里的语文课代表，夏老师最得意的学生。

现在，她的作品常常出现在语文课本里。那个教课本的人像一本被看完的书永远合上了。

车子出了城区，视野立马就开阔了。正是深秋，庄稼已收割完毕，广袤的土地裸露在秋阳之下。那时她有了一点小小的振奋，瞬间的，小小的。随后，她不由自主长长地叹了一口气。最近她经常这样叹气。她扭开交通电台，一首歌没听完就关了。里面吼的尽是死，爱，永远，哭。不过这些吼让她触摸到一个问题，而且非常纠结。

她想，我为什么不能哭一通呢？

她还真没想过这个问题，她忙得好像连哭的问题都忘记了。刚刚恋爱那阵子她多爱哭啊！现在不哭了，成熟了还是麻木了？超过一辆车之后，她想，不会哭不但是一个问题，还是一种流行病。

二

杨妮在高速公路出站口接她。她坐的是老公的专车。杨妮上了她的车后，司机还在后面跟着她们。杨妮拿出手机拨通后对着话筒说了声，弟，回去吧！她常常嘲笑杨妮，看见谁都跟自己的亲人似的。可这就是杨妮。

她说，咱们去哪儿啊，我又不知道路。杨妮说，有我呢！

杨妮这几年明显变了。怎么说呢？用文学的语言表达出来就是，变得不是杨妮了；用哲学的语言表达出来则是，变得更是杨妮了。胖了，是那种扎实的胖，富态而不扎眼。这种胖是真功夫，是一种修为，它是经意的、细致的、经营出来的胖。上学那阵子，杨妮黑瘦，显老。她白胖，显嫩。现在，杨妮黑胖，并不显老；她白瘦，明显能看出来杨妮对岁月的招架。

杨妮的另一个变化，就是显得特别自信。过去杨妮屁颠屁颠地跟着她，上个厕所都要打报告。谈恋爱那阵子，自己拿不定主意，老是问她，行不行行不行啊？你点个头嘛！直到她点了头，她才纵身跃入婚姻的汪洋里，水花压得非常漂亮，很小，一直都很小。世事荏苒，现在杨妮很少征求她的意见了，即使问她，也是有了选择之后的通气——她老公是政协副主席，这个套路她驾轻就熟——这样那样，没问题吧？

没问题。能有什么问题！

倒是她有很多事情拿不定主意的时候，老是去问杨妮了。比如她和老公生气之后，有时候横在心里实在过不去，就打电话给杨妮。杨妮的答复也充满着政治协商的高度智慧：

求同存异吧。你们俩啊，狗皮袜子没反正！

于是她就想，本来嘛！气就慢慢消了。

可是，这一次却是杨妮先问她的。杨妮说：你们俩最近看来不妙吧！

她想用一句话轻松地搪塞过去，可是觉得嘴唇是木的，舌头比嘴还大。唉——！她叹了口气。

杨妮扭过头看她。她没回应她。杨妮就一直看她，杨妮说，王琦回来了。

她说，知道了。

杨妮指了一下路，又扭过头盯着她看。

她嗔道，杨妮！

她们没有去聚会的地点。杨妮安排先去洗头，然后喝茶，到吃饭的时候再赶过去不迟，免得说那些无用的闲话。这正中她意，同学聚会，本来就是一个形式，而且是一个固定的形式——她非常讨厌的形式，讨厌透了——那不过就是一个秀场，秀爱情，秀幸福，秀权力。像这一次聚会，整个过程她都能想得出来——今晚聚餐一定会笑，明天公祭肯定会哭——不过一想出来，她反而觉得挺有意思的。如果下面的日子，你明明知道有个笑在那儿等着你，到时候你就得笑；然后又是一个哭等着你，到时候你就得哭，这人生的况味，可就深了去了。

洗头的人多，女老板看见杨妮过来，热乎乎地上来招呼。杨妮说，来个大包。女老板领着她们一直往里走，顶头有个装修非常豪华的房间，大得几乎可以踢足球。杨妮说，这是专门给市领导留的。一会儿女老板领过来六七个姑娘，都是给她们服务的，茶水、水果、点心排着队往里送。她知道，这不是杨妮故意做给她看的，这就是杨妮日常的生活和她的生活态度。

杨妮这个人，怎么说呢，就像她自己树立的人生目标那样，碰见什么生活，就过什么生活。她找这个老公也是她们的同学，是杨妮经过她赵钰同意后定下的。他是个书呆子，医科大学毕业后回到了市里，成了一名骨科专家，他的断肢再植手术在省内外名气很大。他一心钻研业务，政治上不追求进步，可也因祸得福。因为不是党员，区里换届必须有一个党外副区长，市里选来选去把帽子扣在了他头上。干了不到两年，市里换届，选政协副主席，又找到了他。据说根据他的年龄优势，下届省政协换届他也是副主席人选。人的命天注定，这话过去从杨妮嘴里吐出来像一粒果核，现在则似一颗假牙了——过去是听天由命，现在是呼风唤雨。

为她们服务的姑娘有好几个杨妮都认识，再加上杨妮很会逗她们说话，所以气氛相当融洽。有个乡下来的姑娘，过不了几分钟就会把杯子给她们端过来，说，您喝匪（水）吧！杨妮就学着她说，俺不喝匪，俺喝西瓜鸡（汁）。大伙儿大笑，她想，粗俗，有什么可笑的？杨妮继续逗那个姑娘说，咱不喝匪了，你讲个故细（事）吧！那姑娘扭捏了一会儿，然后说，俺给你们讲个真实的事吧。杨妮一边把瓜子皮顶在舌头上吐出来，一边笑着鼓励她，讲！她说，俺和俺男朋友（旁边的姑娘都起哄，都结婚那么长时间了，还是男朋友啊！）都在这里打工，一个月才聚一次，也没地方去，就去快捷酒店开钟点房。每次刷牙，一次性牙膏都挤不出来。开始他用牙咬开，后来有经验了，就带一把小刀子捅开。有一次，他忘记带小刀了，刚好服务员过来，他就问她，你们这牙膏怎么挤不出来啊？服务员把牙膏盖子翻过来刺了一下，一挤就出来了。我男朋友说，你看这城里人多刁吧，弄个牙膏就能把我们捉弄死！你们想想，俺这乡下人没见过世面，在城里咋会不缩头缩脑哩？

又是大笑。她也禁不住笑了，这一笑，让她的心慢慢地松动了。她想，在这生活中，只要想笑，可笑的事情还是有的。

不过她的思想就地又转了个圈，她想，很多事情要是可气，还真气不过来。

比如——她在脑子里想找一个让她可气的事情，可是竟然一件都没有。原来，那生气只是一种情绪，而已。

三

她们赶过去的时候，人差不多都到齐了。主持人是她们班的模范夫妻杨晋和罗婷，俩人都在电视台工作。看见她们俩过来，杨晋说，下面，我们以热烈的掌声欢迎真正的模范夫妻出场。这是拿她们俩开涮，上学的时候同学们都说，夫妻都没你们俩好，所以有人就这么喊她们。她找了个位子坐下，杨妮则绕场一周，跟每一个从外面回来的同学握手寒暄。回到她跟前的时候，杨妮说，刚才看见王琦了，还问你呢，说你怎么看着那么不高兴。她说，我什么时候高兴过？杨妮说，何必呢，同学聚会，也要过得去嘛！她看着杨妮，突然觉得心里一阵凄惶，是啊，都要过得去。可是，她跟谁过不去了？除了……她想起了自己的老公，她觉得她不是跟他过不去。这哪叫过不去？他是她的，她也是他的，他们是“将咱两个一齐打碎，用水调和，我泥中有你，你泥中有我”的关系，即使再生气也不是过不去，或者反过来说，再生气也会过得去。

夫妻之间，如果连这点担当都没有，那还叫夫妻啊。她自己劝自己说。

扩音器响了起来，主持人宣布今天的活动程序。先是喝酒吃饭，然后各自表演节目，然后是卡拉OK……没有什么东西让她觉得新鲜。烦。刚刚开始吃喝，杨妮便要带着她给大家敬一圈酒。她说，有意思吗？杨妮说，那什么有意思？她又说，有用吗？杨妮说，那什么有用？无用之用不也是用嘛！她瞪了杨妮一眼，站起来夺过酒瓶，倒一杯喝了下去，说，走！我先喝为敬！这让杨妮非常吃惊，杨妮说，你动着哪根筋了？她说，你不是让我过得去嘛，我理解你说的过得去，就是每个人不倒个酒就过不去，不对吗？杨妮小心地跟着她，终于走到王琦面前。王琦离很远就站了起来，故意装出诚惶诚恐的样子，两手捧着杯子说，其他人的酒我都免了，我梦中情人的酒，说什么都得喝了。杨妮急得边朝他使眼色，边抢白道，再胡扯掌嘴！

王琦大着舌头说，怎么了，经常在梦里出现的人，就是梦中情人嘛！

杨妮过去拧住他的耳朵说，不贫会死啊你？

王琦摆脱掉杨妮的手，问她道，卖油郎最近怎么样啊？

卖油郎是她对老公的称谓。他是她大学同学，毕业后分配到中石油工作，别人问起来她总是调侃地说，卖油郎。但是这话从王琦嘴里说出来，她觉得特别地刺耳。

他还能怎么样呢？再大的范儿还不得在王司长手下捡点残羹剩饭吃！

王琦喝大了，没听出来她的愤怒，仍然大着舌头说，今后有什么需要国家发改委办的，找我！

找你——？想说句难听的，可到底扭头走开了，脸憋得通红。

跟两个同学碰过酒后，她觉得心里的气并没有撒出来，又转回去，隔着一张桌子说，王司长，我见过比官大的人，也见过比人大的官，可惜你是后者！

看见这个场面，杨晋赶紧过来打圆场，把她拉到一边。杨晋说，赵钰，我们俩还有故事你忘了没有？

我们？故事？她诧异。

对，我们。我们的故事。如果给这个故事起个名字，就叫大约在冬季吧！

她也对刚才的失态有点后悔，就顺着说，哪年的冬季？我怎么一点印象都没有？杨晋说，你忘了，你喜欢下雪。那年冬天下大雪，和王晓我们几个，从沙河里沿着冰去上学，到了河中间，冰突然裂了。那个清脆的声音，现在我想起来都后怕，当时把我们都吓傻了。你还记得陈永梅吧，站在那里放声大哭。现在她在加拿大那地界儿，不知道还敢不敢沿冰?

哎呀！她的声音夸张得自己都觉得过了，她说，我想起来了，幸亏一个老人让我们都趴下，不然后果不堪设想。

杨晋说，不是不堪设想，而是我们都喂鱼了，用什么去想啊?

罗婷插话说，那是，估计那些鱼吃了你们的眼珠子，头上跟安个探照灯似的。

杨妮说，还说呢，还有一年冬季你忘记了?那时候我们还上幼儿园，放学后我们三个去玩冰，衣服都弄湿了，害怕，不敢回家，把衣服脱下来放在人家窗台上晒，身上冻得跟胡萝卜似的。

忘了。都忘了。她还记得哪个冬季呢?回到座位上，她恍惚得厉害。她还想起了这样一个冬季，那年下了一冬的雪，每天她和老公站在阳台上看雪。都知道她喜欢下雪，她更喜欢被老公从后面抱着的感觉。在纷纷扬扬的雪花里，屋子里是纷纷扬扬的情绪。快春节的时候，天终于放晴了，老公开车带着她和孩子一起回老家过春节。走到半路上，孩子要下来解手。他们把她放在路边，由于路边的雪没化完，孩子还没站稳就滑了下去，一下子就埋进了雪窝里。老公二话没说就跳了下去，那雪有齐腰深。他抱着孩子，滑得怎么都上不来。她在上面急得哭，后来老公说，你把围巾拴在树上，先把孩子拉上去……等他们三口人紧紧地抱在一起的时候，中午已经过去了。他们找到一个路边火锅店。红红的炭火生起来，温暖着一家人。他们吃得满面红光，鼻梁上沁着汗珠，那一时刻，幸福不期而至。幸福来得是如此容易，幸福是多么简单啊！那时她想。

到唱卡拉OK的时候，她已经觉得晕晕乎乎的了。过去在这样的场合里，她从来没凑过热闹，只喜欢一个人静静地待在角落里听，一次也没在人面前唱过歌。她张不开嘴，一想起来就紧张。杨晋和罗婷先开了个头，《夫妻双双把家还》。李梦杰唱了个难度最大的，《死了都要爱》。杨妮唱了《酒干倘卖无》，这是她最拿手的。她一边听，一边想着心事，周围这些事情跟她无关，她只是个看客。麦克响了起来，是王琦。王琦说，首先，我先给赵钰道歉，因为赵钰是我最敬重的人！这么多年，一直是。其次，如果赵钰接受我的道歉，请为我们唱一首歌！掌声四起，她觉得浑身燥热，手心里汗津津的。杨妮过去把她拉起来，说，唱吧唱吧，大家都等着呢！

唱！借着酒劲她豁出去了。她点了一首老歌，《恰似你的温柔》。音乐响起来，她觉得腿都是软的，脖子像被谁掐住了似的。

善解人意的杨妮过来揽住她的腰，跟她用一个话筒帮她把歌声托起来：

某年某月的某一天，

日子像一张破碎的脸……

她觉得有一种凉凉的东西，从头皮顺着脊背滑了下去，让她既紧张又受用。然后她全身都潜到了歌声里，其他什么都感觉不到了。她好像来到了一个大海边。海风习习，浪花翻卷，一只海鸥在蓝天下舒展着翅膀。沙滩那么白，顺着她的视线一直白了过去。她的双脚插在海水里，那么温暖，那么舒畅。她被打开了，彻底地打开了。

难以开口道再见，

就让一切走远。

这不是件容易的事，

我们却都没有哭泣。

让它淡淡地来，

让它好好地去……

整个大厅塞满了她的歌声，她能听到看到自己的声音，像一个精灵，贴着她的身体翻飞。她多想让自己旋转起来啊，就那么转着，转着，永远不要停下来。周围一张张熟悉的笑脸像画片似的一闪而过，都那么真实，那么诚恳。

到如今年复一年，

我不能停止怀念，

怀念你，怀念从前……

掌声之后，她还呆呆地站在那里，一副意犹未尽的样子。杨妮把她搀回到座位上，抱住了她。杨妮看着她的泪眼说，我看见王琦哭了。

四

晚上她住在杨妮家里。她刚刚洗完澡，杨妮过来敲门。她开开门，看见杨妮只穿了一件睡衣，头上还包着毛巾就跑过来了。我还跟你睡吧！她在她面前永远没有距离，想跟你说说话。

有什么说的啊，烦人！她笑骂道，指着墙上挂的各个时期的照片，和一台旧手风琴，我看着你屋子里的摆设正在笑呢，你恨不得把尿布片都存放着，那些陈芝麻烂谷子你留着它们干吗啊？

看你说的，杨妮说，那都是我的历史，你想想我们这一辈子有多少东西可以扔掉？我哪像你整天丢三落四喜新厌旧，到老了什么都不留，恨不得把老公都扔掉。

你说对了，她把头发用梳子拢起来，到老了我就剩我自己，赤条条来去无牵挂。

杨妮斜躺在床上，一只胳膊支着头，看她在梳妆台前化妆。看了一会儿，她说，你过去可是什么都不抹的嘛。她说，现在也是，只是抹些护肤的，老了。她边说边把一张面膜贴在脸上，然后看着镜子里自己白乎乎的脸，摸了一把右边脖子里的皱纹，又摸左边的，然后手就捂在那里，比较着。

杨妮叹了一口气说，你们俩真的没事？

她说，当然！没等杨妮说话，她又找补了一句，那还用说！

杨妮又叹道，唉！看着你们，我羡慕得要死。

矫情！她扭过头看着杨妮。

杨妮说，真的，你们的爱情都有四季。可我只有一季，春季；或者说，四季如春。

还嘚瑟死你哩！她用手拍打着敷着面膜的脸。

多不公平嘛！杨妮翻身趴到床这头，用手指拨弄着她的睡裤，上帝给我们四季，可是我只有一季。我们这一辈子，连架都没吵过，不可怕吗？

她想起了她最近作品里的一个人物，她叫亚米。亚米善良，老实，单薄，她倚靠着婚姻，那是她的命，却又要拼命寻找她自己，两样都不想丢。她痛苦，这痛苦是被她生生拿捏出来的，但是她觉得这就是人生的意义。

然后她坐在杨妮旁边，仰着头，想了一会儿，忽然笑了。

杨妮说，你笑什么？

她说，这人啊，就是贱。

杨妮说，那是，因为贱才是人，动物根本不会犯贱。

她说，我说的不是这个意思。

杨妮说，那你说的什么意思？

她停顿了半天，说，我说的意思就是，当你找它的意思的时候，它就没意思了。

贱！杨妮没说完，自己先笑了。她也笑得面膜都翘了起来。

你这样对待王琦太不公平了，杨妮说，他这次专门从北京回来，就是想跟你和解的。他给我说了好几次，过去是对你太过分了。

有什么过分的？她把面膜刺啦一下撕下来，扔在垃圾桶里。都过去这么多年了，我连想都没想起过，真的。

不过话又说回来，杨妮说，要是那时候你们真成了，说不定你会比现在幸福。王琦虽然爱虚荣，爱显摆，可是他真实，还是热心肠。他是个过日子的人。

杨妮！她吃惊地瞪着杨妮，好像是第一次认识她，我告诉你吧，就是现在让我再选择一次，我还是要我老公，我就是为他量身定做的！

五

第二天，公祭夏老师。他们早上在宾馆吃完饭，还没在院子里集合完，就看见过来了很多人，大家都戴着小白花，还有几个人捧着白色的花束。杨妮过去问杨晋是怎么回事，杨晋说，这都是听说公祭夏老师，大家自发来的。有他教过的学生，也有很多是学生家长。

她心里一阵热。

那个单薄的人，他单薄的笑容，看来怎么抹都抹不去。

公祭活动不得不推迟到下午，因为还有很多人要从外地赶过来，把杨晋的电话都打爆了。参加完活动，已经下午五点多了。杨妮本来想再留她住一个晚上，她回去还有四个多小时的车程。她执意要走，车上了高速，她收到了王琦的信息。他在信息里说，你什么都没变。

她把车靠在路边，回复道：是啊！如果不算卖油郎的太太的话！

他又发：这么多年了你还恨我？我是专门回来给你道歉的，对不起！

她没再回，把他的手机号码拉入黑名单，然后给杨妮打了个电话。

她说，我们小时候背那个绕口令：公鸡头，母鸡头，不在这头在那头，你还记得不？

杨妮说，你又发什么神经啊？

她说，我昨天晚上说的“意思”，就是这个意思。

杨妮说，叫你说着了，说透了还真没意思！

正是昼短夜长的季节，走了不多久，天就完全黑下来了。月亮出来了，刚刚出来的时候，是个昏黄的圆盘，像被谁用手贴上去的那么不真实。又过了一会儿，小了，也亮了。她把车速降下来，把车灯调成近光。来时的风景已经不见了，整个大地在月光的笼罩下，变得更加肃穆。她脑子里突然跳出“白茫茫大地一片真干净”这句话来，但是完全变了意思，是千里冰封万里雪飘那样的白。那一刻她有点走神，她想象着今晚回家的场景。跟老公分别两天了，他肯定会在客厅看着电视等她。他是因为等她才看电视的，平时除了新闻他几乎什么都不看。她透彻地洗了个澡，出来浑身还冒着热气。她让老公把家里所有的灯都关掉，整个房间充满了月光。她过去拉着老公的手来到阳台上。月凉如水，银光四泻，夜色如魅。老公在后面轻轻地揽住她的腰，她把头往后靠，往后靠，一直抵到老公的下巴上。她感到他在用下巴摩挲她的头发，听见他在她的耳边轻声说道，亲爱的，好大的雪！

停车场在小区的外面，到她家还有一段距离。从能看见她家的楼开始，她就热切地寻找着灯光，可是前面看不到。到了楼下，她又绕到了后面，还是黑灯瞎火。她掏出手机，本来想打老公的手机，临时又变了主意。她拨了家里的号，还没发射出去，又把手机合上了。

到了门口，她掏出钥匙开门，突然觉得手腕有点发软。她把手搁在门把手上，就那么短短的一会儿，她觉得浑身的热气都被那冰凉的金属给吸走了。

冬天已经到门槛了。

树上的家

屋子里的光线一下子暗下来了。虽然住在十六层，但只要太阳一落下去，暮色马上就塞满了屋子。他们呆呆地坐着，最后大家都没什么可说的了，好像是专门在等夜晚的来临。

母亲一双昏黄的眼睛看着他，她心中的焦虑并没有因为夜晚的来临而得到舒缓，脑子里反而是一片茫然。自从他脱离了母体，跟母亲的关系好像越来越具有了象征意义，就像打了一个对过儿：小时候他想什么母亲一眼就能看出来，但母亲的心思他看不出来；现在母亲想什么他一眼就能看出来，但是他的心思，母亲是看不出来了。

此刻的母亲，一边认真地整理着怀抱的沙发垫上的褶皱，一边努力地倾听着外面走廊里的声音。她只是一个普通的母亲，因为普通而心事重重——她一辈子都是如此。其实，谁家都有一个忧心忡忡的母亲。

他的二姐坐在母亲的旁边，表情比他们还凝重。这是她表示担忧的唯一方法，在他们家，女孩子是不被允许对男孩子指指点点说什么的。

坐在沙发上，除了能看见窗外的一小片天空，其他什么都看不见。天气不好，天空也是没有颜色的。一群乌鸦飞过去飞过来，密密匝匝的，像风刮落的叶子。

昨天晚上他给母亲打电话，说了离婚的事儿，母亲沉吟了半天没吭气。他想不到母亲这么快就赶来了。她跟二姐住在另外一个城市，离这里二百多公里。

他们家三个女孩，两个男孩。三个女孩都是姐姐，她们之中，大姐夫癌症去世了，大姐去了深圳跟着自己的儿子生活。三姐跟着老板去了国外。二姐离婚后把母亲接过去一起生活。弟弟在广州跟人合伙开了一个羽毛球网站，也过三十了，一直没有结婚。

他们离婚的事儿，要说闹腾的时间也不长——说是闹腾也不是很准确，其实一次也没闹过，只是这件事的过程有点折腾。第一次俩人去街道办事处，人家说离婚证正准备换新版本，现在离婚暂停。第二次去，人家又说正赶上开人大、政协两会，这是全国人民政治生活中的一件大事，又没办成。他是中石油属下的一个区域业务主管，在自己的辖区马不停蹄，专门抽时间回来办这事儿也不容易。

走廊上终于响起了杂沓的脚步声。母亲听到声音正是朝着这个房间来的。果然，有钥匙开门的声音。门一打开，先跑进来的是孩子，后面跟着他的妻子和保姆。

母亲坐着只是欠了欠身子，姐姐站了起来。互相看见，自然是一番寒暄。姐姐喊了孩子的名字，隆隆，隆隆。孩子看见这么多人，愣了一下，然后认出了奶奶和姑姑，欢快地跑到姑姑跟前，扑进她的怀里。孩子不怎么喜欢奶奶，奶奶从来不碰孩子，家里的孩子都不怎么喜欢她。大家都换上了一副久别重逢的欣喜面容。姐姐把给孩子带的礼物拿了出来，除了各种各样吃的东西，还给孩子买了一套木头拼装的智能玩具：树上的家。

孩子吵着要把玩具打开，被妈妈阻止了。已经快到吃饭时间了，她们忙活了一阵子，终于把饭端了上来，都是家常饭菜。母亲牙口不好，虽然全部换了假牙，但还是不能吃硬东西，专门给她炒了一份鸡蛋火腿肠。妻子就着米粥只吃了几根青菜就放下不吃了。姐姐说，你就吃这么一点会行？妻子笑了笑，擦擦嘴站了起来。他看了看母亲，又看了看姐姐，笑着说现在都流行骨感身材。姐姐一边吃一边还照顾着孩子吃。孩子吃着跑着，她就在后面跟着哄着。母亲不时停止咀嚼，看着他。他就故意吃得刺溜刺溜地响，想借此调节一下气氛。

饭才刚刚吃完，就有人敲门。保姆打开门，外面站着一家三口。他们是来上晚钢琴课的。妻子在音乐学院教钢琴，课外收了不少学生，业余时间都是按分钟计算的。妻子赶着热情地跟他们打着招呼。他们进来的时候，男人怀里还抱着一台“天龙”迷你组合音响，说是才从日本回来，顺便给赵老师捎了一套。不知为什么，男人故意把“赵老师”仨字说得很重。妻子谦让了几句，就没再说什么，带着那个女人和孩子进了书房。不一会儿，钢琴声就像打铁一样乒乒乓乓地从闭着的房门里漏了出来。他陪男人坐在客厅的沙发上没话找话说。男人穿着洗得泛白的浅蓝色外套，底下是一条咖啡色裤子，赤脚蹬着一双看起来好像没有鞋底的休闲鞋。他明白，这一身打扮看起来平凡朴素，其实非常有格调。男人一边把热情的目光打在他脸上，趁他不注意迅速地扫视着周围的环境，一边说着时下的话题。不知怎么的，话题就转到了他的业务上，说在中国，国企这个行当不好干，风险太大。他笑了笑说，在中国哪个行当风险不大啊？这句话非常智慧，很轻巧地就把敏感问题绕过去了，莫谈国事，这是他的原则。那男人也笑了，他笑起来很纯很孩子气，两个眼睛弯弯的。保养得很好的皮肤，在灯光下灼灼其华。

一时找不到话题，俩人就闷头吸烟，把目光投在电视上，看郭德纲张着阔嘴瞪着贼亮的小眼睛取笑天下。看到高兴处，俩人都不免相互看着会心一笑。他俩互相都知道对方，但又互不了解。这个男人原来在省政府驻香港办事处当副主任，混了几年之后，突然辞职下海开起了房地产开发公司。业务做得不错，每次他从外地回来，出了机场就能看见他们公司的广告牌子，从机场一直延伸到市区。他对官场和商场，只是与自己的业务有交集的地方才去做些了解，其他一概不闻不问。他想，天下之事，自有肉食者谋之，也自有大嘴者吐之，我又何间焉！

在那边，姐姐帮助保姆刚刚收拾完，隆隆就吵闹着要打开姑姑带来的礼物。他们去了卧室，一会儿孩子嘎嘎的笑声就传了过来。这孩子的性格有点像他小姨，快意恩仇没心没肺，屁大点事儿就会高兴得嘎嘎嘎地笑，或者哇哇哇地哭，也不管周围有没有人。果然，过了不大一会儿，他的哭声就传了出来。他向男人抱歉地笑笑，走了进去。原来是姐姐带来的玩具不知怎么的把说明书弄丢了，“树上的家”怎么拼都拼不到一起。要么把房子拼好了装不到树上，要么装到树上了平衡掌握不好，总是倒下来跌得粉碎。他蹲下来，拿起那一堆建筑材料看了半天，也不得要领，摆弄了几次也没个头绪。想想把人家客人独自扔在那里也不合适，只好安排姐姐和母亲先带孩子出去溜一圈儿，等钢琴课上完了再好好收拾。孩子恋恋不舍地放下“房子”，跟着奶奶和姑姑走了出去。他站在卧房门口，看见那男人在发短信，一边发还一边微笑着，就识趣地踱到阳台上。楼下就是街道，虽然他们住的是行政区，但是街上依然流淌着红灯绿酒笑语笙歌，世界因为忙碌而美丽。他的心情有点说不清的惆怅，但是惆怅得没有一点情致。这时他听见脚下有窸窸窣窣的声音，低头看了，原来是老婆给孩子养在盆子里的两只绿毛龟在沿着塑料盆漫游。他拣了一点龟食扔给它们。它们自顾自地走着，连看都没看一眼。在他低头的时候，看见花盆里的花也都蔫了，就顺手从卧室的卫生间里接了点自来水浇了。

再回到客厅里，那边的信息已经发完了。男人朝他笑了一下，仍然注目在电视上。刚好这时钢琴课上完了，那边母女二人站在门口等着男人。男人把半截烟在烟灰缸里摁灭，又拿着烟灰缸往垃圾桶里倒，被他拦住了。男人又朝他笑了一下，笑容依然那么好看。

屋子里只剩下了俩人，一时间气氛有点尴尬。他灵机一动，拿着那个烟灰缸识趣地去了卫生间，算是救了场子。等他听到屋子里重新充满了人声，才走了出来。

孩子端着一大杯冰激凌，边吃边嘟嘟囔囔地给奶奶姑姑讲着什么。奶奶表情夸张地听着，她的心事太大了，怎样努力表情都不合身。姑姑边听边笑着夸奖孩子，这越发让他的讲解夸张起来，他在扬起胳膊比画一个东西有多大的时候，不小心把冰激凌桶甩了出去。冰激凌桶掉下来落在客厅中间的一小块白色地毯上，流出来的东西像个蛋黄躺在蛋白上，这又惹得他大笑起来。姑姑赶紧去收拾。

孩子忘记了冰激凌，扯着爸爸的手要他去装“树上的家”。他带着孩子往卧室走去，到了门口，孩子回过头来喊妈妈也去。妈妈答应着也跟了过来，三口人都蹲在地下。他把零件一个一个地靠墙根儿摆好，仔细地计算一下它们各自的构造和位置，先试着把树装起来，然后把房子拼好往上装，还是不行。树上有一根枝条要从房子中间穿过，两个成品根本无法往一起对接。于是他把房子拆掉，一样一样地往树上装，这就需要妻子的配合。看到他的表情，妻子侧过身子来，一只手扶着树身，一只手帮他拿着建筑材料。他小心地寻找着材料之间的连接点，很快就把“树上的家”装好了。他拍了一下手，累得一屁股坐到地下，想，这装个房子跟盖个房子也差不了多少，除了不能操之过急，也不能阴差阳错，哪怕错一个榫都会前功尽弃。

孩子看着房子，眼里放着光，说，爸爸妈妈，我们什么时候也在树上安个家吧！妻子听见这话，立即站了起来，低着头去了卫生间。他看着妻子关上卫生间的门，然后摸着孩子的头说，好！咱们也在树上安个家。孩子看看树，又看看他，转身跑到阳台上，把自己的绿毛乌龟端到了房子旁边。

妻子已经洗了脸出来了。他看了看表，已经快九点了，还要送母亲和姐姐去宾馆。他让孩子跟奶奶姑姑道了晚安，就带着她们往楼下走。下楼的时候，姐姐递给他一张湿巾，说，看你的脸上，赶紧擦擦。他这才发现自己不知道什么时候流了泪。出了院子，母亲走在他们俩中间，一直没有说话。宾馆就在他们家楼下不远，很快就到了。他到前台要了钥匙，大家仍一言不发地乘电梯往上走。到了房间，他本来想陪母亲再坐一会儿，母亲执意赶他走，让他回去陪陪孩子。他站在房间中间，犹豫着。姐姐说走吧走吧，你明天还得出差呢。他低头就往外面走，姐姐出来送他，被他阻止了。但她还是跟在身后，到了电梯口，他回头看见母亲还在门口看着他，就赶紧扭过头去。在等电梯的当口，姐姐说，这事儿不该告诉母亲，她心里已经装不下这些东西了；昨天晚上她哭了一夜，跟我说，我怎么去见你爸爸？他死的时候让我照顾好你们几个，看看你们现在一个个都过的什么日子……他没待姐姐说完就关了电梯。电梯一直向下，中间没停，他舒了口气，甚至有了一点小小的侥幸。

回到家，孩子已经睡了。对于他们两个来说，这将是一个不眠之夜。从相遇到分手，他们的不眠之夜掐指算算并不少，开始是因为激动，然后是因为烦恼，而今天这个不眠之夜，仅仅是为了解脱。

天快亮的时候他才迷糊了一会儿，等他睁开眼已经七点多了，他赶紧爬起来洗了一把脸。按照头天晚上的安排，保姆已经提前做好了早餐。上午办完离婚手续，老婆还要赶往学院去上课，他还要赶上午的飞机去乌鲁木齐。他们俩默默地吃着，谁也没有说话。很快就吃完了，还不到八点，孩子去学前班还得一段时间。他把自己的行李从书房里搬出来，然后到了妻子的房间，吻了吻熟睡的孩子。孩子的脸形像他，眉目像他妻子。他看了有几分钟，然后才小心地迈过昨天晚上三个人共同建好的“树上的家”，走了出去。

黄河故事

一

如果不是为了给父亲寻找墓地，我觉得在很长的时间内我也不会再回郑州。如果不回郑州的话，我们家庭发生的那段历史，我是没有时间也没有心情讲出来的。但是话又说回来，试图忘掉历史的人，恰恰都是有故事的人。

至于为什么要寻找墓地安葬我的父亲，说起来真让人难以启齿。他死去几十年了，骨灰却一直在殡仪馆的架子上放着，积满尘土。而那些尘土，大部分却是别人骨灰的扬尘。我常常觉得上帝是个最好的小说家，他曾写出世界上最短，也是最精彩的小说：“你必汗流满面才得糊口，直到你归了土，因为你是从土而出的。你本是尘土，仍要归于尘土。”归根结底，这也是我们要安葬父亲的动因，他一直没有被埋到土里。对于一个死去的人来说，没有埋到土里就等于没死完，没死透，没死彻底，只是一个游魂野鬼罢了。

我到深圳已经二十多年了，后来我又把母亲和妹妹接来深圳，她们也在这里十年多了，而我父亲的骨灰还留在郑州。每到清明或者春节，我和妹妹便依着老家的习俗，买点黄表纸，到楼下西侧的十字路口烧一烧，算是对往生者和活着的人都有个交代。火燃起来，明明灭灭地映红我们姐妹俩的脸。时间过滤了悲伤，更何况我们本来就不十分悲伤。我们有时还会一边烧一边说起别的事情，有时候还会笑起来。行道树上的火焰花偶尔有一两朵跌下来，轻微的一声响，像是一声轻轻的叹息。花开得正盛，在夜晚的灯光下更是红得决绝。深圳的花从冬天一直开到夏天，我们总是分不清木棉树、凤凰花和火焰木的区别，都是一路的红。但这火焰花开在树上像是正在燃烧的火焰，白天一路看过去，一簇簇火苗此起彼伏，甚是壮观。

火焰花下，适合我们搞这个仪式。也红火，也清爽。母亲从不参与，但也从不干涉，她对此没有态度。

最近几年过春节，深圳都是这种阴不阴晴不晴温不暾的天气，好像对过年有着深刻的成见，非要闹情绪似的，让人一天到晚心里堵得像是塞满东西的屋子。我百无聊赖，睡得晚，起得也晚。那天早上起来下到一楼，看见母亲和妹妹还坐在客厅里有一搭没一搭地说话。昨天是阴历二十四。二十四，扫房子。打扫屋子时拿下来的全家福照片被母亲拿在手中擦拭。从侧面看起来，她像一架根雕。她很瘦，干而硬，又爱穿黑衣服。两只树根一样的手拿着相框，让人有一种硌得慌的感觉。她就是这样，以自己的形象、语言和作为，始终与世界拉开距离，至少是以这姿态与我拉开距离。

我没理她们，把面包片从冰箱里拿出来放进吐司炉里，然后拿了一只马克杯去接咖啡，自己随便弄点东西胡乱吃吃。每天早上我都起得晚，而我母亲和妹妹总是六点多起床，七点多就吃完早饭了。她们俩还保留着内地的生活习惯，早睡早起。岂止是把内地的生活习惯带到了深圳，我看她们是把郑州带到了深圳，蒸馒头，喝胡辣汤，吃水煎包，擀面条，熬稀饭，而且顿顿离不了醋和大蒜。搬到深圳这些年了，除了在小区附近转转，连深圳的著名景点都还没看完。对于我母亲来说，什么著名的景点都赶不上流经家门口的那条河。不过那可不是什么小河，母亲总是操着一口地道的郑州话对人家说，黄河，知道不？俺们家在黄河边，俺们是吃黄河水长大的。

“这过完年啊——”母亲看着那张照片，嘴张张合合，往照片上哈气。我看着她夸张的样子，很想笑，对自己的亲生女儿，没有必要这般表演吧？的确，就这两年她像换了个人，会说起父亲。过去许多年里，她是从来不提我父亲的，我们当着她的面也从不说起父亲的任何事情。在我们家里，好像父亲这个人是从来不曾存在过似的。“你得回郑州一趟，人家一直打电话，说殡仪馆又要搬迁了。还得给你爸再挪个地方。”

“回郑州？”我端着咖啡，挨着妹妹坐在她斜对面，“你呢？”

“我们不回！”

我问的是她，她回答的是“我们”。我母亲这些年就是如此，她敢于替我妹妹的一切做主。而且，现在只要说让她回郑州，她就好像遭受多大惊吓似的。

“那好吧！本来我也想回去一趟，趁着把我那套老房子处理了算了，现在郑州的房价正高。”

“别。你先问一下你弟弟，看他要不要。”她跟我说话从来就不容分说，“再一个说了，我老了也得有个停尸的地方吧？”

“好。”我嘴上答应着，心里却暗自好笑。我弟弟又不在郑州，也很少回郑州住，他在郑州买个房子干什么呢？我的眼睛像透视镜一样，对她那点小心思门儿清。她是想让我把那房子留下来，却又不肯说，她在我面前是需要维持尊严的。我并不缺那一两百万元，我是故意说卖房子的事儿给她听。既然她不开口讲出来，我就没必要让她过于遂心如意。

“还有，”她停下手里的活儿，用右手食指重重地敲打着桌面，严肃地看着我和妹妹，“你们姐弟几个商量商量，让你爸这样挪过来挪过去终究也不是个办法。不行的话，在黄河北邙山给他买块墓地安葬了算了。人不就是这回事儿？不入土就不算安葬。你爸死了几十年没安葬，他不闹腾才怪！入土为安。”

我妹妹好像才突然睡醒似的，从手机上抬起头，看看她，又看看我。估计刚才我们说的什么她都没怎么听，但只管伸个懒腰站起来说：“好！我没意见。”

对母亲的话，我却一下子没有意识过来，端着咖啡杯子的手在唇边停住了。自从我爸死后，几十年来她第一次这样郑重其事地主动说起安葬他的事儿。不知道为什么，我的心突然有点发紧，手心里汗津津的，说不清楚是疼痛、伤心，还是恼怒。

“我打电话问过了，一块差不多的墓地二十多万，你们看看怎么办吧！”

我一边抿着咖啡，一边拿眼睛盯着她。我知道她这话是说给我听的，这钱弄到最后还是得我出。于是我想了一下说：“妈，普通墓地二十多万，只能用二十年；好点的墓地五十多万，宽展，而且可以终身使用。你不是不想让我爸挪来挪去吗？再者说，还有你，百年后我爸身边可给你留个位置？”

我这样说的时候，眼睛一直没从她脸上挪开。她先是像被蝎子蜇了一样立起来，想说什么，又似乎感觉到我不怀好意，叹了口气重重地坐下来说：“百年之后是以后的事，我死了，自己又不当家。你们把我埋在那个……他身边，可不是我自己要求去的！”

她差点脱口说出“饿死鬼”三个字，过去她老是这样称呼我死去的父亲。

“那就这么定了？”

“好吧。那就买好的，五十多万的！”母亲说。

“妈，要不这样，”我笑着对她说，“要是二十多万呢，我自己拿了就算了。这五十多万，你看我们姐弟五个，一人拿十万，剩下的钱，包括安葬的各种开销全都由我包了。这样大家都尽点孝心，你觉得怎么样?”

她看看我，又看看我妹妹，好像没听懂似的，一脸迷茫的神情。

“不过我大姐二姐还有弟弟，你得先一个一个给他们打电话说一下。我这次回去好跟他们商量事儿。”

她终于弄明白我的意思了，估计心里有点恼怒，把镜框来来回回翻了几遍，然后面朝下，咣当一声扣在桌子上，说:“好吧!”

那是我们家唯一的一张全家福，我弟弟周岁那年照的，弟弟还被母亲抱在怀里。那个相框里父亲的照片，也是他留在世上唯一的一张。他表情别扭得好像走错了门似的，目光迟疑地看着镜头，一只眼大，一只眼小。

深圳这座城市，说到底也就几十年的工夫，可她平地起高楼，活生生长成一副王者之相，现代化的高楼大厦，大块的绿地，原生的和移植过来的古树，虎踞龙盘。生机勃勃的现世存在，会让人忽略她的历史。

我刚来深圳时，是一名工地上的建设者。那时我刚刚初中毕业，一个瘦骨伶仃的毛丫头。唯有的，是我眼睛里的那份倔强。我离家闯世界时的弱小，母亲可能早就忘了。可我怎么能忘得了呢？

灶王爷赏饭，从承包公司的餐厅开始，我慢慢起家，是这座新兴的城市成就了我。她包容、接纳、充满机遇，她给了我这样的打拼者一个广阔的生长空间。有时我关了灯躺在黑夜的床上，隔了窗去看外面灯火璀璨的一座城，偶尔一两声隐约的汽笛的回响，有恍若隔世之感。一切都是安稳的，踏实的，充满秩序的。我的屋子，纯天然的木质地板。我的床，我身边睡着了的丈夫。我以为我已经彻底忘了自己是他乡之人，忘了自己的过去。就像身处的这座城市一样，忘了她的历史。

刚开始做餐饮的时候，我的餐馆有几个拿手菜在附近名声传开了，生意还不错。后来我将粤菜、豫菜和其他一些地方菜融合，尽可能满足全国各地各种人的口味。名气渐大，不仅扩大餐馆，开了分店，又与人合开了一家快餐公司。

我有做菜的天赋。我们姐弟几个后来都开饭店，估计跟我父亲有很大关系。对此，我母亲是不甘心的，至少表面上死不认账。要说几个孩子也都挣钱，但开饭店挣的钱让母亲非常不屑。虽然她未必听说过“君子远庖厨”的圣人之言，但靠吃都能活一辈子，养活一家人，到底是个啥世道呢？这是母亲心里的疼痛。她羡慕我们的老邻居周四常，孩子个个有出息，不是县长就是局长，逢年过节家里跟赶集似的不断人，还都拎着大包小包的。我们家可好，不管谁回来都是浑身油渍麻花的，头发里都有一股哈喇子味儿。

有时候我想呛她几句，想想又忍了。她抱怨的时候，从来不觉得自己住在深圳的高端小区，而且这些都是靠开饭店换来的。我，也就是她的亲生女儿，如今是多么耀眼！我是深圳几家最大的餐饮集团公司的老板之一。

我真的天生就是该吃这碗饭的，来深圳做餐饮业不几年，生意就做得风生水起，在周围的佛山、珠海、东莞都开了分公司。我做生意实在，舍得下本，而且保证食材新鲜地道。宁可利润少一点，薄利多销，也绝对保证质量。我的盒饭业务几乎包揽了半个城的学校、医院和工厂。

那时深圳的房子还不贵，我买了一套复式花园洋房，三层，楼顶还带个大花园。那年妹妹离婚后来深圳住几天想散散心，看到我过得这样舒适，非要闹着到深圳来跟着我，说是要换个环境。我说，咱妈又离不开你，你过来她怎么办？

小妹说："那肯定让咱妈也搬过来啊，你房子这么大，空着多不好！房子圈不住人气儿可不行。刚好你公司这也缺人手，用自己人不比用别人强？”

我权衡了一番，与我老公商量，可否让我母亲和妹妹来深圳与我们同住？我老公是个热情对待所有亲戚朋友的家伙，他哪会有不同意的可能。与其说是商量，不如说是想给老公打一下预防针，“你要有所准备，我妈可不是个一般的妈。”我说完定睛看他，我想让他明白跟我母亲共同生活的艰难。我老公不说什么，只是轻松地笑笑。从那张单纯得一目了然的脸上，我知道一切对他都不能构成什么问题。

就这么简单，我妹妹辞了职，开始当然是瞒着我母亲。她们就此搬到了我这里。千里迢迢，离乡背井，我们俩都不曾想到，母亲这回竟然这样顺当。她们在这里一住就是十多年，母亲虽然嘴上抱怨各种不如意，却从来不提回郑州的事儿。

眨眼之间就过完了年，年后这一段时间是餐饮业的淡季。我把公司的工作给合作伙伴和妹妹——她在我公司做财务总监——安排妥当，就从深圳回了郑州。

在高铁快进入河南境的时候，我不禁想起当初让她们来深圳时的情景。开始妹妹跟母亲说这事儿，母亲像被烫了一下，差点跳起来。她说，那地方又热又潮，人还不卫生，老鼠长虫都吃，太恶心了！

妹妹说："家里有空调，热了你不用出门。况且也没人逼咱吃老鼠长虫不是？你想吃啥咱们自己弄。"

"反正我是不去！"母亲说。

我妹妹威胁她说："你要是不去，就自己留在郑州好了，我去！"

我妹是幺妹，只有她和我弟弟敢跟母亲当面顶嘴。

母亲看着她，长长地叹了口气，犹豫了半天才说道："现在的你姐，可不是小时候的她。她要是发起脾气来，还不把我们俩给吃了？"

妹妹吃惊地问她："你乱说！我姐还会发脾气？你这是听谁说的？"

"不用听谁说！"母亲说。

妹妹说："妈，别老是挑剔我姐了。你有我姐这样的闺女，真是你的福气。看看你吃的用的，有谁对你这么好？"

"她有你对我一成好，也算我没白养活她！"母亲恨恨地说。

妹妹打电话笑着跟我讲起这个，我也在电话里把它当成笑话来听。我嘴上笑着，心里却有无限的酸楚。

我那些年是怎么过来的？

我做什么工作？我住什么房子？我结婚嫁了一个什么样的男

人？谁关心过？特别是我母亲。我总是设想，哪怕哪一天家中接到我死在外面的消息，她肯定也会一如既往地活。我在她心中的分量，并不比我父亲更重一点。

不过，我母亲能主动跟我妹妹说起我的脾气，我真有点吃惊。不是她以死相威胁、反复叮嘱我那件事情在任何时候、对任何人都不要说出去的吗？事情已经过去很久了，不管是我还是我母亲，都应该守口如瓶才是。所以这一辈子，这事儿绝对不会从我嘴里说出去。即使她说了，我也绝不会承认。

我故作轻松地说："我的脾气怎么了？别说我没脾气，即使有脾气，也绝对不敢在她面前发啊！"

"那是，谁都会，就你不会！"妹妹说。

说到最后，妹妹的声音却有点哽咽了。妹妹说："三姐，我知道你的委屈。咱们姐弟几个，你对咱妈最好，对咱们家贡献也最大。"

我说："胡说什么呢？哪里有什么委屈！而且早就过去了。"

很多东西，的确已经过去了，甚至从来就没人记得，比如我受到的冷落和伤害。

也或许一切都没过去，但我们谁都不愿意去触碰，那太危险了。

比如我父亲的死。

正月初十那天，我正在郑州丹尼斯进口超市买东西——去大姐家得给小孩们买点儿吃的。走到款台拿出手机刷钱的时候，我看到有妹妹的几个未接电话，还有她给我发的微信，说母亲突然晕倒送医院了，是被急救车接走的。我顷刻之间急出一头汗，超市里太闹腾，我顾不得结账，放下东西就匆忙往外走。我想到春节前刚刚给她体检过身体，除了胆固醇有点高，其他各项指标都正常。医生还开玩笑，说再活二十年都没问题，怎么会出这种状况呢？她的身体按说不应该有大问题呀！除了这个，我还吃惊自己会如此地紧张，心里默念了几声菩萨保佑。

走到超市外面给妹妹打了电话。在电话里，妹妹的声音显得很轻松，依然是像往日那样没心没肺的口气。她说，姐，你不用急着回来了。医生已经全面检查过了，没大问题，说是一过性的黑蒙，主要是脑部供血不足引起的。

我松了一口气，说："你快吓死我了，也不再发信息说一下。不过这距她上次犯病快二十年了，那次是二〇〇〇年的阴历七月二十六。"

"咦?"妹妹吃惊地说道,"我真服了你了姐,对妈最孝顺的真是你,连她生病的日子你都记那么清楚!"

之所以记得这个日子,是因为孝顺吗?也许是,也许不是。说是,事到临头我还是这么恐惧,怕她有个闪失;说不是,毕竟那是我自己的日子。

我打了一个哆嗦,被自己的心思吓了一跳。

因为,这个日子我到死都记得,它与我母亲当时犯病的时间只是重合而已。但我发誓,我们家没人记得,包括我母亲也不会记得。

每年的这个日子,我都是当成自己的生日来过。

二

我跑了一个多小时也没找到殡仪馆。新开的道路横七竖八,连导航都常常弄错。周围布满了盖好的和正在盖的高楼大厦。世界在破坏中得以重建,但的确福祸相依,看是对活着的还是死去的人而言。死者为大,宜静不宜动。

每个城市都有自己的生长逻辑,但也习惯于模式克隆。有时候从郑东新区走过,我觉得自己好像并没有离开深圳,从建筑到周围的绿化，看不出来有什么差别。

绕了半天找不到方向，我只好停车向路边的一个老人问路。老人去掉头上的草帽，一张黢黑苍老的脸，我竟然认出他是过去我们村里的一个人，但是叫什么名字已经记不得了。我下了车，向他问好。他狐疑地看了我半天。我说出我父亲的名字。他看着我，擦了好几下眼睛，好像要哭的样子。估计他是沙眼，当地人叫风流眼，遇风流泪。他说他不愿意搬离这个村子，但是房子都拆完了，他就在工地上给人家帮忙，干点力所能及的零活儿。他虽然没我母亲年龄大，但也很老了，应该像我母亲一样，住在某个孩子家里享清福。

他朝右前方的一个地方指了指说，咱们村里死了的都在那挺着。"挺着"就是躺着的意思。我的父亲也在那个几乎看不到的地方挺着吗？我仔细看才看到一片灰砖建筑，它被灰头土脸地夹在几条道路中间，只是因为有一个在顶端抹了白漆的烟囱，才能让人勉强认出它来。这个建了不到十年的建筑，又面临着拆迁，它将成为饥不择食的城市胃口里的一粒齑粉。

我们那儿过去是郑州郊区比较偏远的村庄，不过村子靠近黄河，与我们紧邻的圃田，曾经出过一个叫列子的名人。这里在公元前四百多年之前就被称作郑国，但郑国长得啥样，早已面目皆非了。不消说黄河水频繁泛滥，造了被毁，毁了再造。就是改革开放后，我们原来居住的村庄也早已经被那只巨大的城市之胃吞没了，舔得干干净净，没有留下任何痕迹。不过圃田竟然还有遗存，列子当年隐居修炼的那座屋子还在，据说已经申报了非物质文化遗产。列子在当地的传说颇多，除了是什么思想家、哲学家、文学家、教育家，还是养生专家，非常会吃。连庄子都夸他会轻功，能“御风而行”。这个传说跟当地人的会吃不知道有没有关系，据说国宴师傅很多都是来自这个地方。

如今，高速公路从此穿行而过，那些在这片土地上种植、恋爱、争吵和繁衍的人们不知所终。现在这里已经规划成一个市内森林公园，城区还在不断地扩充。他们模仿别的城市，将一些不知从哪里弄的古树移植过来，在这里生长得从容而傲慢，好像它们几百年前就住在这里似的。倒是我这个土生土长的当地人，举目萧然，无所凭依。

跟老人告别的时候，他问：“你妈还在不？”

我说：“还在。身体还好着呢！”

“嗯。”他把草帽戴上，低头摆弄着手里的扫帚，“你姐可是发大财了。你们姐弟几个都发财了。唉，”他目光犹疑了一下又说，“那又能咋样呢？你爸死了恁多年了。你妈倒是享福了。你爸死的时候，还是我们几个人跑了几十里从河下沿抬回来的。”

他估计并没闹清楚我是我父母的哪个孩子。

“我爸的尸体那时候是怎么发现的呢?”我抓住仅有的一点机会，想跟他聊几句我爸。可他不再搭理我，只顾低头扫他的地去了，顷刻间我们之间沙尘横飞。

在城市的驱赶下，父亲的骨灰也搬迁了好几次。现在没地方去，只好暂时寄存在殡仪馆的骨灰堂里，跟无数素不相识的人挤挤挨挨相依为命。这已经是他的第三个栖息之地了。父亲命苦，生前没有过几天安生日子，死后也颠沛流离，不得安宁。更可悲的是，写着他名字的骨灰盒里，装的也许根本就不是他的骨灰，甚至也不是某一个人的骨灰，而是很多人的骨灰。这事儿细想起来真的很恐怖，幸亏我父亲性格好，没有什么仇人——在第二次搬家的时候，运骨灰的卡车在道路上发生了侧翻，所有的骨灰都撒了出来。当时殡仪馆严密封锁消息，很多年后我们才从别人口中得知。但大家都像我们一样，把这视为无稽之谈，更没人去殡仪馆闹事，都宁愿相信自己亲人的骨灰没有问题。

何止如此呢？父亲的死，到现在还是一个未解之谜。不过也说不定，也许根本没有什么谜。但是，在他死的前几天到底发生了什么？没有人告诉我们，母亲更是守口如瓶。虽然当时甚至其后很长时间，村里还有人在背后指指点点，说是我母亲逼死了父亲。但毕竟只是胡乱猜测，拿不到台面上。况且他堂堂七尺男儿，怎么可能会被一个比他矮一头的女人逼死？也太说不过去了。我只记得之前几天，母亲曾经跟父亲在食品站闹过一场，但那绝不至于让父亲轻生。况且那件事情过去之后，母亲回家并没有再跟父亲继续闹腾，甚至提都没再提，父母两个的生活也没有任何反常。

我父母一共生了我们姐弟五个，前面我们三个姊妹像下饺子似的来到人世间。从我记事起，我就知道我们家是母亲当家，满屋满院都是母亲。父亲像是一个影子，悄没声儿地回来，悄没声儿地走。母亲每天忙忙碌碌，忙完地里忙家里。可是父亲像个没事人一样，不是谁家有个红白喜事去帮人家做菜，吃一顿饱饭心满意足地回来，就是跟着一群人去打兔子钓鱼，好像他是这个家里的过客。

等添了我弟弟和最小的妹妹，家里的日子更不好过了，经常是吃了上顿找下顿。父亲虽然不干什么活儿，但饭量很大，估计很多时候都吃不饱。有时候他站起来去盛第二碗饭，母亲就会看着自己的饭碗，恶狠狠地小声骂道："贪吃鬼！"母亲生气时的脸很黑，骂人的时候更黑，又穿一身蓝黑衣服，像一团沾满墨汁的废纸堆在那里。有时候她骂完，把碗咣当一声搁在桌子上，两只手扳着自己的一只腿，斜欠着身子坐在那里生气。她也不光生父亲的气，也生自己的气，生一堆儿女的气。我母亲这一辈子，大部分时间似乎都在生气。她觉得这个世界上的一切，都跟她的想法格格不入。

我虽然小，也明白母亲骂的这句话是什么意思。每当她这样骂父亲的时候，我们吃完各自碗里的东西，也不敢再去盛饭了。这倒成了一件体面事，母亲老是拿这事儿在外面夸自家的孩子懂事，说，我们家要是饭做少了，根本吃不完，孩子们那个懂事啊，你让我，我让你，谁都不肯吃；做多了反而不够吃，孩子们抢着吃。

在家里，母亲倒是很少当着我们的面数叨父亲，有时候他们吵架也是回到自己屋子里，关着门吵。只是有一次中午，除了干菜和一点玉米面，母亲实在找不到更多做饭的东西。而父亲却从人家的宴席上吃得油汪汪地回来。母亲气得把水瓢都摔碎了，当着我们的面口不择言地数叨起父亲来，说：“只有地痞流氓二流子才光顾着自己那张嘴，一人吃饱全家都不饿了吗？”

我父亲有时也会带一些剩饭菜回来，香气诱人。如果不被我母亲看到也就罢了，我们几个狼吞虎咽地吃一顿。若是被我母亲迎面碰到，她就会一把夺过来扔在地上："连要饭的都不会吃人家的剩嘴头子！"

父亲也不辩解，闷声不响地回到屋子里，坐在凳子上抽耳朵上夹回来的那支烟，他不会抽烟，总被那明明灭灭的火和一团雾气弄得挤眉弄眼的。要么就面无表情地看着地下，很像在煞有介事地思考人生重大问题。

我们趁母亲转身的工夫，狼一样地抢食地上的食物。这更加让母亲恼羞成怒，她过去用脚踩，把馒头踢飞，然后逮着谁，迎面就是一巴掌。大的哭小的跳，场面甚是壮观，很像武打片里的一场群殴戏。

由此，我母亲更加仇视我父亲，所有的混乱不堪都是他带给这个家的。母亲需要稳定，需要长卑有序的尊严和面子，需要家有个家的样子。而父亲就是破坏秩序的始作俑者。

上学之后才听村里的老辈人说，我爷爷和我姥爷是世交。爷爷是个远近闻名的老中医，写一手好字，开的药方都被人当字帖用。姥爷家境富裕，是三村五里闻名遐迩的乡绅，也写得一手好书法。两个人到一起，就是写字、下棋、喝酒。据说我爷爷最佩服的人就是我姥爷，说他人仗义，事儿做得公道。要是没有我姥爷主持公道，村子早就乱得没有章法了。

母亲从未说起过他们，父亲也没说过。只是有一次我大姐入团要填表，问起姥爷和爷爷来。我正在纳鞋底子的母亲突然抬起头来，显出一脸的自豪。她说："你姥爷，真没白活！"后来听我二姨说，枪毙我姥爷的时候，正在上中学的母亲就穿着上白下蓝的学生装，站在离她爹很近的地方。枪响之后，血沫子顺着风扑了我母亲满脸满身，她眼睛都没眨一下。

"你爷爷也没白活！他跟你们姥爷一样都是体面人。"过了一会儿，她又补充道，"你姥爷拄着拐棍儿往村里一站，那没有不听他说话的。再大的事儿，他只要站那儿三说两说，什么事儿都摆平了。"

父亲出走的那天夜里，天气非常恶劣，外面电闪雷鸣，风雨交加。我们早早就上了床。半夜里我们突然被他们房间发生的激烈争吵弄醒了，然后就听见有什么东西被打碎了，还有我弟弟惊恐的哭声。我们姊妹四个的房间与父母的隔一间堂屋，他们住东屋，我们住西屋，弟弟跟着他们睡。

大约半个小时后，他们房间里安静了下来。除了听见外面的风声雨声，屋子里静得吓人，仿佛能听见我们几个的心跳。不过没有一个人说话，也没有一个人起来看看。刚开始的时候，被惊醒的小妹吓得想哭。大姐在她脸上狠狠拧了一把，她缩进被窝里再也没敢出声。

第二天早上我们才发现父亲不在。第三天，第四天，天气转晴了，万里无云，世事一派祥和。但我们再也没见到父亲。

母亲依然忙里忙外，操持着一家人的吃喝。我们没有一个人问起过他，好像家里压根儿就没有这个人似的。

第五天早上，我们还在梦里，就被母亲一个一个从被窝里拽起来。她让我们立马穿上衣服，往我们每人头上和腰里勒上一条白布。她冲我们喊："都出去哭吧，你们爹死了！"

二姐听了，坐在床上哭了起来。母亲一把把她拽起来吼道："哭什么？要哭去后面好好哭！"

她的声音听起来，有好大的怒气。

那时我刚从二姨家回到这个家不久，心里根本不知道害怕。我们跟着母亲，来到屋后的院子里，看到院子中间的席子上躺着一具巨大的尸体，被水泡得像一头牛，浑身散发着腐臭的气味，头肿胀得像一个粪筐那么大。这怎么会是我们清秀瘦弱的父亲呢？我犹犹豫豫地站在那里。母亲不由分说便把我按跪下，然后就号啕起来。我们扭头看着母亲，她移开捂在脸上的手巾，拿眼睛狠狠地剜我们，我们只好也学她的样子，跟着号哭起来。

二姐只是默默地流泪。

在我们村子里，我们这个姓氏是一门很小的人家，没人出头管事儿，再加之父亲又是横死，所以也没举办什么葬礼。我们哭了一场，就把父亲草草送到火葬场了。

事后听母亲跟村上的人说，黄河水那么凶险，哪一年不淹死一堆人？父亲是趁下大雨到黄河捞鱼，被大水卷走了。再后来，母亲说起这事儿的时候，总是会在后面加上几句："摔死的都是会骑马的，淹死的都是会浮水的。许是饿死鬼托生的，怎么那么贪吃呢？"

此次之后，再说起父亲，她都喊他"饿死鬼"。

我那时候懵懵懂懂的，听了母亲这话，真觉得父亲是自己找死。他太贪吃了，下那么大的雨去打什么鱼呢？除了二姐，本来我们几个跟父亲也没多少感情，他死了也就死了，过去了也就过去了。我们甚至还有点庆幸，家里的空气应该不会再那么紧张了吧？

几十年后，母亲给父亲选择了黄河边的邙山墓地。母亲说，你爸活着的时候喜欢去北边的黄河打鱼，就葬在那里。我也觉得那个地方不错，人家的广告语就是“生在苏杭，葬在北邙”。虽然那个北邙说的是洛阳，但是邙山东西狭长，黄河边的邙山的确也属于北邙。

我找了好几个老同学，他们还都在管事儿的位置上，但是价格怎么也压不下来，五十万已经是最少的了。对于快速发展的城市来说，墓地本来就是稀缺资源，而邙山墓地更是寸土寸金。

母亲想把父亲安置在这里，不知道考虑了多长时间，肯定不是突发奇想，但也不会谋划很久，她是个心里存不住事儿的人——只有父亲的事情除外，那是她的黑匣子，也许父亲根本就没什么事儿。那到底是什么事情促使母亲做出给父亲买墓地这个决定的呢？她是突然想到还是悟到了生命中的某种东西？

那天我给母亲打电话，问她给大姐二姐和弟弟说了没有。我说虽然我的房子可以卖两百来万，但一下子也出不了手。这几年生意上连续投资，手上也没闲钱啊。母亲不耐烦地说：“打了！都打了！”

其实，开始我就知道让我们姐弟几个每人都拿钱的想法几乎是不可能实现的。我母亲就是想要我主动说出来，所有的费用我一个人出。这话我早憋在喉咙口了，不吐出来，是不想让她觉得太随便，谁的钱也不是大风刮来的，况且各自是一家人，我可以在姊妹们困难时帮他们一把，但每次把责任都推给我，显然令我不快。要是我遇着困难，他们帮不帮我，就难说了。

但是出乎意料的是，现在母亲的态度突然转变了，立场似乎很鲜明。她斩钉截铁地给我说:“我也想通了，这不是谁拿不拿的事儿，不是谁钱多谁钱少的事儿，而是你们几个，都得对你爸尽尽孝心!”

“你爸好歹也是一辈子，你们现在吃香的喝辣的，都这么好，做儿女的不尽一点孝，良心上过得去吗?”

我天！这是我母亲吗？是从她口里说出来的话吗？一辈子否定自己丈夫，否定得完全彻底，几乎可以说是一无是处。她这是怎么了？这话从她口中一说出来，我在电话这头差点笑出声。可想想又有点沉重起来，无论如何，不管她是怎样想的，现在她能对我父亲说这样的话，做这样的事儿，至少对我们这些孩子的感情算是一点弥补、一点安慰吧——那感情的缺口虽然随着岁月的流逝曾经模糊过，但只要认真打量，它依然在那里，从来没有消失过。

三

现在郑州老家这里只剩下了大姐一家人。弟弟随弟媳一家搬去了开封，母亲和小妹又跟我去了深圳。原来二姐和二姐夫住在辖区的东南角，他们在那里开了一家小饭店，主要卖卤肉、羊肉汤等地方小吃。二姐的卤肉店在附近很有名气，她会做生意，也很会做人。由于她的卤肉卖不完其他小店就没有生意，所以她每天卤多少肉是定量的，去得晚了就没了。她之所以这样做，主要是想给同行留足生存空间。后来二姐查出淋巴癌，为了看病方便，他们卖掉饭店和住房，搬到市人民医院附近去了。那儿离火车站也比较近。

大姐住的地方早已经由村庄变成了社区，是村子拆迁之后就地安置的。大姐夫在村里人缘好，大小也是个村干部，所以他们家分了临街的三层楼。大姐和大姐夫开的也是饭店，店面比二姐的要大得多。当初大姐执意要起个“大饭店”的招牌，大姐夫不同意，说二妹开个小饭店，我们起个大饭店的名字，自己不说什么，人家外人会看笑话。但大姐执意这样做，后来虽然生意做得很红火，但她的口碑还是赶不上二姐。二姐把饭店卖掉搬走跟这有没有关系，也未可知。二姐就是这种性格，酸辣苦甜都搁在自己心里，从来不抱怨什么。

陆续有了孙子辈之后，大姐忙不过来，大姐夫也不想干了，就把一楼二楼的饭店承包给人家。他们一家住在三楼。说实在的，有这么多年的积累，他们的日子过得轻松又殷实。

大姐和大姐夫都是二婚。要说也不算，反正也没办结婚手续就在一起过了。他们的婚姻认真说起来，绕的圈子还真不小。大姐现在嫁的这个人，我可以喊他姐夫，也可以喊他表哥。表哥的母亲是我二姨。二姨是母亲的堂妹。

曾经有那么几年时间，我被二姨抱养过。那时父亲还活着，不知道什么原因，那年夏天我患痢疾，长达一个多月治不好。家里也确实困难，拿不出更多的钱给我看病，再加上当时农村的医疗条件有限，几片包治百病的小药片，却怎么也治不了我的病。拉了几十天，开始还会跑厕所靠墙根儿，慢慢地裤子都提不上了。医生束手无策，父母更是一筹莫展，到最后也就不再抱着我去医院了。父亲自己也想了很多办法，给我弄来一些药草，一样一样地熬了喝。我喝进去多少吐出来多少，终是没有用处。后来他干脆天天躲出去，不敢面对我，害怕看见我那难受的样子。母亲也不知道听谁说了，狗翻肠子人拉稀，这病没得治，就直接把我扔到灶火后边草灰堆里，随便拉去，反正也不用洗。她后来从不提这事儿。要说也没啥大惊小怪的，乡下小孩子命糙，哪个病了不是拖拖就好了？要是好不了，那也没办法，拖好了是病，拖不好了是命。说白了，其实是等我自生自灭。这样拖着拖着我真的就气息奄奄了。我不吃饭，也不再说话。我妈便在我们家西屋地上铺了一张席子，把我放在上面，就等着我咽气了。

不知道我二姨怎么听说了这件事儿，那天天还未明，她就拉着二姨父来到我们家。一看见蜷成一团的我瘦得没了人形，二姨抱着我大哭道："我的儿，你妈这是让你等死啊！"也许她是菩萨派来救我的，我已经两天没睁眼了。她的眼泪滴在我脸上，我奇迹般地睁开了眼睛，眼巴巴地看着她。二姨是个从不会说重话的人，那天和我妈呛呛了半晌："就是个猫狗也不能看着她死吧？"我妈说："你说得轻简，这都多少时候了？药也没少吃，钱也花干了。换你伺候她一个多月试试看！她自己不吃不喝，谁有本事救活她？"

二姨闻听此言，抱着我蹲在地上放声大哭。二姨父把我从二姨怀里接过来，抱着我头也不回地就回了他家。他们没有闺女，只有一个儿子，就是上面我这个表哥。二姨天天没日没夜地把我搂在怀里不松手，熬一锅小米汤放在跟前，喂了吐，吐了再喂，愣是把我从死神手里夺了回来。

我的病奇迹般地慢慢好转了。待能吃点其他东西，我二姨父就用一垛麦秸换了一只奶羊，一天一大碗鲜羊奶。家里养了两只母鸡，鸡下蛋的时候，二姨就让我蹲在鸡窝旁等着。带着体温的鸡蛋热乎乎地握在我的小手心里，快乐得眩晕。我奔过去交给二姨，全家人都舍不得吃，全都给我攒着。

我二姨不知道从哪儿得了个偏方，说鸡蛋囫囵着隔水干蒸，治痢疾。我吃的时候，表哥就在旁边看着。我让他，他就说不爱吃鸡蛋，可我分明听到他吞咽唾沫的声音。一个秋天过去，我吃胖了也长高了，最重要的是，我脸上有了笑颜。可能就是那些有爱的日子，奠定了我此后人生的信念。我每天几乎是贪婪地窝在二姨的怀里，这是我梦想中母亲的暖。而我自己的亲娘，自从我记事起就没有抱过我，还整天说我是块木头。我夜晚做梦都能梦见我母亲用一根指头戳着我的头说："无情无义，整天木个脸，好像谁都欠她二斗米钱。"

在二姨家的几年，是我过得最幸福的时光，后来我也一直把那里当成自己的家。我还学会了撒娇，晚上躺在二姨的怀里，我娇羞地说："我会听二姨二姨父的话，好好念书。等我长大有本事了，买好多好多鸡蛋，给你们吃。"我第一次说出这样矫情的话，不敢看二姨的眼睛，我知道二姨会笑得嘴都合不拢。可是她的眼泪哗哗地淌，把我的头发都弄湿了一大片。

"我苦命的儿！"二姨用指头梳着我的头发，心疼地叹息道。

我把二姨父抱我回去的那一天当成是我的新生。农历七月二十六。我母亲第一次晕倒也是在那一天。我一直有点奇怪，为什么母亲正赶上那一天生病？莫非冥冥之中真有什么神奇的力量吗？

表哥和我大姐是同班同学，在学校里两个人非常好，谁若有点儿稀罕的东西，都偷偷带给对方。但当着别人的面，两个人从不说话，一开口就脸红。这事儿被同学们看出端倪，开始起哄，喊他俩两口子。二人也算是青梅竹马，情投意合。这事不知怎的传到我母亲耳朵里了，她跑到我二姨家大闹了一场。我母亲不喜欢二姨的儿子，说他没有汉子气，太懦弱。她连带着把二姨二姨父数叨得恨不得找个地缝钻进去，她跳着脚说，你们得管好自家儿子，他再招惹大妞，我闹得让他上不了学！

二姨小声回嘴道："骂过来骂过去，那不是你的外甥啊？"

“我不认这个外甥！从小就瘪犊子一样！”母亲瞟了一眼二姨夫道。

其实二姨也不喜欢我大姐，她觉得我大姐太能了，也太自私，大的不睬小的不让，吃屎都得占个尖儿。所以二姨索性借着这个事儿，先托人给我表哥定了一门亲，好歹将这事儿平息了。

还是我大姐先结的婚。男方家庭条件不错，爹是邮电上的一个小头目，妈在卫生院工作，是有头脸人家的孩子。我母亲最看好的就是男孩的汉子气，高大威猛，坐像一座钟，走路一阵风。我母亲高兴得合不拢嘴地说：“敢做敢当，一看就带种！”

但结了婚不久，俩人就开始打闹。我姐脾气逞强惯了，处处要压人家一头。那个男的也是个火暴脾气。结婚没几天就开始斗，男人索性不进家，在外头整夜玩。不回来就不回来，我姐丝毫也不会示弱。男人从外面打一夜的牌回来，看看锅里没个热乎饭。鞋上一脚泥，直接要进屋睡觉。我姐拦着劈头盖脸地吵道：“邋遢死算了！我刚刚拖完地，你就不会爱惜点儿？”他闻听此言，穿着鞋跳到婚床上，边蹦边用被子褥子蹭他的鞋子。“我看你是皮痒欠揍，你算个鸟毛，这还是不是俺家？”我姐气得当下就扔下手里的活儿，回了娘家。

日子还得过，儿子不争气父母遭难，我姐一次次跑，他爸妈一次次带着他来我家把我姐接回去。这还不算什么，过些日子，我姐发现他不只是爱打牌，他爱赌成性。于是屡屡阻拦他，把他惹急了劈头盖脸就是一顿暴打。我大姐挺着大肚子，青紫着半拉脸哭着回娘家，说："妈，这就是你相中的男子汉，真带种！"我妈说："他爹娘不管吗？"我大姐哭着说："谁敢管他？说轻了，摔盆子打碗；说重了，电视机随手就砸了。"

我母亲不羞不恼地听着："看这样，儿子赌钱也不是一天半天了，他爹娘不管就是帮凶。有人生没人养的，你咋就恁好欺负？"

我大姐哪是个省油的灯？打不过儿子骂爹娘，打也打了，骂也骂了。开始他父母还管，后来干脆躲开不问了。一家人早已经麻木了。

我妈说："不急。你现在还没有说话的地儿，等你肚子里的孩子落地，你还不是想说啥说啥，想咋说咋说！"

半年后，我大姐果真生了一个大胖儿子。我妈仗势冲到人家家里找事儿，人家一家人慌着讨好，滚烫的鸡蛋茶堆尖儿捧上一大碗，这是当地最大的礼节。热脸蹭个冷屁股，我母亲推开家里人，当着人家爹妈的面训斥那男的："你要想当爹，就要有个当爹的样子！不好好过日子还不如早点离了算了，孩子我们带走！”

那男的还没说话，公公婆婆早就慌作一团，恨不得和儿子一起要跪下来磕头求饶。

“我们会管好孩子，他再不学好我就拿砖头拍死他。”那当爹的说。

我妈这一闹，再加上得了个大胖儿子，男的着实老实了一阵子。我妈还挺得意的，教导我姐道：“这管男人啊，得看火候。你看关键时候我一出面，他就老实了吧？”

哪知话还没落地儿，要赌债的来家把门堵了。他在外面又输了十几万。堵门的说，不还钱就剁手。

我母亲得了信儿，没等我姐回来求救，就央着村里的一群人过去了，把一家人堵到屋里，问他们怎么办？

那男的知道这回祸惹大了，扑通跪在我母亲面前。

“站起来！”我母亲厉声说道，“大老爷们儿能随便跪吗！”

那男的跪着没动。我母亲对我姐说：“抱着孩子跟我回家吧！”

那男的从怀里掏出一把刀来，把自己的左手放在地上，用右手举刀把左手小指剁掉了。

一家人鬼哭狼嚎地扑到一起，妈妈捂着儿子的手说：“钱我们替他还，我们还。”

到关键时候，爹妈还是心疼自己的儿子，舍不得打舍不得骂了。

我母亲看这情形，心早已经凉到底了。这样纵容着，还能有个好？她看着他血淋淋的手，丝毫不为所动。“离婚。”

那边的母亲哭号着说：“他年轻不懂事，再给他一些时间，他会改的。”

我母亲说：“摊上你们这样护犊子的爹妈，他这赌怕是戒不了的，没救了。”

我母亲这样说，好像她很懂。其实她真的见过，她小时候见她爹料理过赌徒，开始都是指天发誓，最后个个都家财散尽。赌真是改不了的。

我母亲说完，就带着众人把我大姐和孩子接回了娘家。

对方花那么多钱娶个媳妇，又得了个孙子，末了落个人财两空，毕竟心里过不去。三番五次来求情。男人长得确实排场，事到临头还会办事，今天买新衣服，明天买金戒指，说话求饶像换了个人似的。不知底细的真觉得我母亲不懂事，心也忒狠。我姐有点动心了，她说：“妈……”我母亲挥手截住她说：“这事儿啊，长痛不如短痛。你是不知道利害。话我先撂这儿，你要还跟他过，今后他把你娘儿俩卖了也别再踩我的门了！”

拉拉扯扯，拖了一年多才把婚给离了。

这边大姐结婚不久，那边我表哥也结了婚。他们婚礼的时候我去了。女方长得比我大姐好看多了，人也温柔。结婚后两个人过得还不错，生了个女儿，我二姨给带着。那几年时兴到南方打工，男的女的都出去打工。表哥恋家，又担心二姨二姨父的身体，不愿意到南方去，就在郑州随便找些零活儿做。表嫂跟着人家去了东莞，开始在工厂，后来做保洁，再后来我表哥都闹不清楚她做什么工作了。头几年一年还回来一两趟，给我二姨放下一点钱，大人小孩都买些吃的穿的。后来过年也不回来了。再回来就是要求办离婚，家产一分不要，女儿也不要，只要一张纸带走就行了。

表哥刚离了婚，我姐就带着儿子搬他家去了。大姐的儿子那会儿正是会说囫囵话的时候，忽闪着一双星星一样的大眼睛。见了我二姨二姨父就喊爷爷奶奶，又忙不迭地去拉妹妹的手。二姨二姨父又喜又忧，吓得一整夜睡不着觉，怕我母亲去闹。我二姨买了点心果子，要去找我母亲商量，临出门被我大姐拦下了。我大姐说，不去，不用说，越说事越稠。

大姐又说，这回由不得她做主。

结果我母亲一句话都没说，认了。真是愣的怕横的，横的怕不要命的。

我大姐和我表哥两个人虽然重新组织了家庭，但也没再认真去办结婚手续。法律上说是不允许近亲结婚，怕后代有遗传病。但他们还是坚持生了个儿子，很聪明，也很健康。

从那以后我们再见了表哥，都喊大姐夫。

我到大姐家的时候还不到十点，坐下唠了一会儿家常。大姐身边放着一堆儿童衣服，好像是刚刚洗过的，她在一件一件地拆衣服领子上的标牌。我也有这个毛病，女儿的新衣服先剪标牌，小孩子皮肤嫩，标牌摩擦怕孩子不舒服。几次我伸手想帮她，都被她拒绝了。后来她对大姐夫说，你带着三妹出去转转，她很久没回来了，看看咱们这里的变化。大姐夫迟疑一下，说，咱们一起去吧，今天三妹回来，我们别做饭了，到下面饭店吃算了。

大姐瞪了他一眼，说，去吧，我做饭！饭店的饭有啥吃头儿，你还没吃够咋的？

大姐夫没再说话，带着我出了门。只要他身边没有其他人，我依旧喊他哥。我说哥，不用开车，咱就在附近随便走走吧！他说，好。然后就自顾自低着头，带着我向村子西边的新区走去。路两边种着香樟和银杏，都是很名贵的树种。树坑里看着是嫩绿的草，修剪得非常平整，用脚踩一下，却发现是塑料垫子。一棵棵排列整齐的塑料草苗种在垫子上，做得很逼真。新区刚刚建成，一派新气象，从道路到房屋都是新崭崭的，但是看起来满不是那么回事儿。不过要真挑毛病，又说不上来什么，就像看到那树坑里的塑料草坪一样，光鲜，却形容不出心里是什么滋味儿。说到底，是找不到家的感觉了，这也许就是我，包括我母亲和妹妹不愿意回来的原因吧。

我表哥打小就性子腼腆，也不善言辞。我妈一辈子就看不上老实巴交的人。可我了解他，他跟我二姨父一样，心里特别实诚，就是说不出来。以我大姐的泼辣性子，那会儿怎么会喜欢上他？或者说他们怎么会相互喜欢？这也真是让人想不到。各花对各眼，世上的事儿确实不好说。

我被养在他们家的时候，表哥特别疼我，不用我二姨和二姨父交代，他处处让着我。你能感觉他发自内心对我的接纳，好像我从来就是他自己家的妹妹。那时因为我瘦小，觉得他好高大。现在他明显变老了，不但头发全白了，眉毛胡子也星星点点地白着，背也有点驼了。他对着我笑的时候，我突然有种想哭的感觉。想起有一年下大雪，他去学校接我。他嫌我穿得单薄，不由分说就把自己的棉袄脱下来裹在我身上。路上的沟坎被大雪封平了，我不小心踏进一个坑里，半截身子都被埋进去了。他将我拽出来，顺势提起来扛在肩上往家走。大雪漫天，天地间晃动着我们兄妹俩，那情景我一辈子也忘不掉。我踢腾着要下来，怕他累着。他反而跑起来。不知触碰到哪根神经，我咯咯咯咯笑起来。他不知我为什么笑，却也跟着笑起来，越笑越止不住。他把我放下来，我们俩索性一边打着雪仗，一边大喊大叫大笑着往家跑。我表哥一向讷言，仿佛是被压抑得太久，需要来一次宣泄。毕竟是两个小孩子啊，生活的困窘过早让我们成熟到沉默。我们就那样疯着，笑着，闹着跑了一路。他笑起来的样子很生动，与平日里闷闷的模样大不一样，像是两个人。他只穿一件单褂子，却大汗蒸腾，头顶上都冒出烟来。那时他多健壮啊！

想着这些，我扭头去看他的脸。他要是笑的时候，模样仍是周正好看。而他却闷着，无端地露出几分悲苦。

我说："哥，你还好吧？"

"挺好的呀！"他回过头来，又那样看着我笑了笑。

"咱家那闺女现在咋样？"

“去找她妈去了，在那边成了家。偶尔回来一趟，看看奶奶。”

他看看我。

“只要孩子过得好就行。”我也看看他。

可能是天有点冷，他笑了一下，嘴巴略微有点僵硬。

“哥！”我站下来，也希望他站下来，说几句话，或者拉拉他的胳膊。可他还是低着头慢慢往前走。

我心里有说不出来的难受，眼睛湿润了。

我们回到家的时候，大姐已经做好饭了，一个肉丝炒红辣椒，一个木耳海米炒白菜丝。主食是一盘素煎包，底子炕得焦黄。还有一盆紫菜蛋花汤，黑黑黄黄的热汤上，细细地撒着一撮青蒜苗末儿，看颜色就觉得好喝。我们家的人都天生的好厨艺，再怎么简单的饭菜，也能做得像模像样。但说实话，招待远方的客人的确有点太寒酸了。

大姐夫看看菜，看看我，又看看大姐。大姐解下围裙扔在椅背上，用手捶着腰说：“我们眼下比不得三妹，山珍海味人家顿顿吃。小户人家就这样，从小就在一个锅里捞稀稠，她啥不知道？”

我连忙说是是是，我现在吃得很少，减肥呢。

大姐夫拍了一下手说：“哎呀，忘了！早上我起来专门给三妹买的她爱吃的烧鸡和合记牛肉还在冰箱里呢!”

我心里一热。大姐却有点嗔怒地瞪他一眼说:“那你还不赶紧拿出来?”

我也好几年没回来了。大姐虽然也比过去老了,但她吃得胖,看起来满面红光,好像跟大姐夫不是一代人。吃饭的时候,大姐跟我郑重地说起父亲墓地的事儿,她说母亲已经给她打过电话了,让她出十万块钱。

我故作轻松地说:“要说这事儿早就应该办了,老是让咱爸挪来挪去,连个固定的地儿都没有,也不合适。”

“这事儿是不是你的主意?”大姐瞪着我问。她跟母亲一样,从小到大就用这种口气跟我和二姐说话。

大姐夫低头给我夹了两块牛肉,又给我盛了一碗汤。虽然他没抬头,但我知道他在小心地听着。

“不是谁的主意,关键是这事儿应该办了。”我也明显感觉到大姐的话里有情绪,便努力显出不在乎的样子,“妈跟我和小妹商量,我们都同意了。”

“反正我是拿不出来这么多钱!”大姐忽然涨红了脸,眼里竟然涌出了泪来。她把筷子拍在桌子上,索性捂着脸哽咽着哭了起来,

“我们比不得你，十万块钱跟拔根毫毛一样。老大老二生孩子的生孩子，上学的上学。都是些造粪机器，睁开眼睛就只管要钱，四处都是用钱的地儿。我和你姐夫都不干了，你们觉得我会屙钱啊？”

“大姐。”我看着她，一时不知道说什么好。她用“你们”这个词儿，更是让我觉得刺心，好像我们是合着伙儿来勒索她似的。什么时候母亲被划到我的阵营里来了？我和母亲，能是“我们”吗？

“三妹轻易不回来，你不会好好说话啊？”大姐夫想劝她。

“你出去！”她不容分说地尖声向大姐夫吼道，然后用手指了指门口。

我怕大姐夫尴尬，说：“您先出去吧姐夫，没事，我跟大姐说说话。”

大姐夫出去了。大姐从座位上站起来，又一屁股坐在沙发上。她忘记了沙发上都是孩子的衣服，又像烧着了似的跳起来，换到另一个沙发上，用手拍着沙发扶手说：“用钱的时候才想起来我是她闺女了？那时候咱弟弟卖房子，卖给人家要十六万，卖给我，她非撺掇着要十七万。你想想，我还是她亲闺女吗？”

大姐说的这事儿确实是母亲干的，当时弟弟在开封开饭店正缺钱，准备把这里的老房子卖了，对外要价是十六万。大姐知道了想要，来跟母亲说，意思是看能否再便宜点儿。母亲不晓得大姐知道底价，好像还很偏向大姐似的，把价格说到十七万。大姐气得脸都白了，房子也没买。虽然当时一万块钱不是个小数目，但事情已经过去这么多年了，她还在为这事较着劲。

“还有你！”她忽然用手点着我，对我怒目而视，“你这样干，有意思吗？你以为我不知道是吧？”

“我？”我一脸无辜地看着她，“我怎么了？”

“你怎么了？你知道为什么从小到大我和妈都不喜欢你吗？你心里藏的东西太深！你明知道这个事儿办不成，至少不是这么办的。是我、你二姐还是咱弟弟谁会拿出十万块钱来？可你为什么还非要撺掇母亲给我们都打电话呢？你这就是为了看她的笑话！你就是想证明给她看：这事儿都靠不住，最后还得靠你！这个家都得靠你！”

我的头好像受到重重一击，有点眩晕的感觉。她说的也不完全是错的，开始我的确就是想让母亲看看每个孩子的态度。她一辈子说一不二，也该清醒清醒了，该让她为她的自负难受一下。但后来也的确是母亲的态度变了，她说让儿女各自尽孝心，也是事实。我满脸委屈地说：“大姐，这事儿真不是我提议的，是咱妈说让每个儿女都为爸尽点孝心。你别想多了。”

大姐的口气也慢慢缓和了下来，但吐出来的话却更狠：“三妹，你用顺从来抵抗她，你用孝顺来折磨她，你以为我们都看不懂是吧？你这样做不嫌累吗？她都多大岁数的人了，你还要她，不放过她？再说了，”她冷笑一声，“她现在想要我们对咱爸尽孝心了，当时你们小不知道，可我能不清楚父亲是受了什么样的羞辱才跑去投河的吗？她就是这样指着父亲的头，”大姐的指头几乎戳到我脸上，“她那天说，你要是有一点囊气，就扎河里死了算了！”

她看着我惊愕的表情，放缓了语气：“当然，她也没想让父亲真的去死，只是图骂着痛快。可父亲却真的死了。父亲死了，死得那样难看，她落了一滴眼泪吗？家里死一只羊都比父亲死了更让她伤心！”

她一口气说了这么多，突然就安静了，似乎也痛快了一下。

我心中波浪滔天，恨不得放声大哭一场。但我脸上依然平静。我说：“大姐，我记得父亲出走那天我们几个挤在一张铺上睡觉，你是看见了还是亲耳听到了妈那样骂过爸？”

大姐脸红起来：“还用亲眼所见吗？全镇子里的人都知道。”

可能大姐夫听见屋子里声音小了，他推门进来了。我把大姐重新拉到餐桌边，把她的筷子捡起来擦了擦递给她，笑着安慰她说：“大姐，这事儿咱们几个还要商量着来。如果你现在真拿不出钱来，我先替你出了。”她不说话，大姐夫也不敢说话。我继续说，“现在我就是这样想的，就是想着把父亲的墓地买了，赶紧结束这件事儿。本来我已经考虑好了，这次回来处理我的房子，反正卖房子的钱我也用不着，就先给咱爸买块墓地，等你们以后宽裕了再说！”

“你们想买你们买，别说替我垫上的事儿！”大姐的火一下子又蹿了上来，“咱爸活半辈子就是个笑话！他还没让咱们家人的脸丢尽？好意思去占几十万一块的墓地？人死了就是死了，埋啥样他还能知道咋的？况且这能改变他带给咱们家的耻辱吗？”

“大姐！”我的情绪再也控制不住了，站了起来。她怎么可以这样说自己的父亲？过去我是没忘记，但也没记住什么。“咱爸已经死几十年了，他是什么样都不重要了，重要的是他给了我们几个生命。你只记着他带给我们的耻辱？你倒说说，咱爸到底带给咱们家什么耻辱了？”

“那还用说？”她的嘴张了张，却并没说出什么来。

大姐夫连忙把我拉坐下，用乞求的目光看着我。我心一软，真的有点可怜他，于是就不再说什么了。

大姐一直没再动筷子，我和大姐夫也没动。屋子里的空气像凝固了似的，浓得化不开，让人喘不过气来。又坐了一会儿，我站起来，从行李箱里掏出一堆给新生儿买的礼物，还有红包装着的两万块钱，放在客厅的桌子上。本来还想说点儿什么，但脑子里一片空白。

我甩上门，直接从楼梯走了下去。快到一楼的时候，大姐夫才气喘吁吁地撵了下来。我莫名其妙地对大姐夫说："哥，过日子不是靠忍的，她要一直难为你，该打就得打。男人不能软弱，软过了头就是窝囊，别像咱爸!"我哭了，大姐夫也流泪了。

四

关于父亲，我只听二姨只言片语地说起过。那时她已经是胃癌后期了。我负担了全部治疗费用。可她做了胃切除手术后，受不了化疗的折磨，坚决拒绝继续治疗，回到家里养病。

人常常就是这样，你对他非常好的人，他未必会还报你的好；而对你有恩的人，你也未必会报答得了人家的恩情。我觉得我对二姨就是这样，除了每年打几个电话，回到郑州的时候去看看她。所谓看看她，无非就是给一点钱，拼命让她接受，几乎就是强迫了，为着让自己安心。我曾想接她到深圳跟我住，我母亲坚决反对："她又不是没有儿子，你接她来算什么？再说了，还有你二姨父，总不见得他也跟着来。"我母亲的话说得咄咄逼人。这倒不是阻止我接她来的原因，我主要是害怕她过来，母亲那脾气，会让她整天心不落地。其实我心里很清楚，二姨那样责己的人，她哪肯就真的来呢？

我从来没有专门为二姨回来过，更没有在家陪伴过她。我不能放弃最后陪她的机会了。我丢下手头的工作，专门从深圳赶回来陪她，不管需要多长时间。

她已经消瘦得不成样子了，但精神还算好，经常断断续续地跟我聊过去的事情，我姥爷，我母亲。"你妈这一辈子，也不容易。"我二姨一辈子都不会说自己的好，更不会说别人的不好。

我给二姨熬小米粥，做手擀面，炖鸡蛋羹，就像我小时候她喂我一样喂她。她吃不了几口，只是神情快乐了一点。她催我回深圳，却拉着我的手一刻不肯松开。她依赖我，就像个小女孩。她没有闺女，我大姐肯定是指望不上。我哥有时回来看看，也只是看看，待不了多长时间，我姐的电话就会追过来。

我二姨父比我妈小好几岁，却也老得不成样子了。虽然身体没什么大毛病，但也说不上好，不是这儿疼就是那儿痒。他费力地照顾老伴儿，老两口儿相依为命。我真担心，我二姨不在了他怎么办呢？想想他那时候一口气抱着我走了十几里路，气都不带喘的。人，没几年好日子，就像二姨说的那样。

傍晚会有一段安静的时光，太阳落下去了，天还很亮。我扶二姨坐到院子里的躺椅上，看着倦鸟归巢，天一点一点地暗下来。啪的一声，一片梧桐叶子落下来，像是一头栽倒在地上。有一种锐疼刺进身体的某一处。隔壁邻居家有小孩在哭，是个口齿伶俐的女孩，估计也就五六岁的样子。她的哭闹里带着娇嗔，正是拥有全世界的年纪，那般理直气壮。我想到了我的女儿，她也是这样。哭起来无凭无据无法无天，感情竟然可以宣泄到如此畅快，哪是我们可以想象的啊！她们这一代人，生出来就含着金钥匙，享受万般宠爱。不过，总有那么一天她也会像我一样，坐在老人跟前，眼睁睁地看着亲人们一个个离开，却又无能为力。

我握着二姨的手，一个关节一个关节轻轻摩挲，有时候我们不知道怎么的就说起了我父亲。我没有打断她，也没有专门问过父亲的事情。我在她的叙述里慢慢地、小心翼翼地还原我的父亲，真害怕稍微多用一点力，父亲就消失了。但后来我发现，其实我的努力完全是徒劳的。在二姨的嘴里，我的父亲是一个矛盾体。有时候他是那样善良，踩死个蚂蚁都心疼，对人和气，甚至还有些儒雅。有时候他又是那么懒惰、颓废，让人哀其不幸怒其不争。在我母亲眼里，这些都还不是最重要的，母亲最恨的是他贪吃。听不得别人家里来客，他会在人家门前转几遍，生着法子也要去帮厨。那时正逢困难时期，谁家也不想多管一个人的饭。虽然他总能用简单的食材做出蛮像样的饭菜，但他不请自来还是让人家觉得是个笑话。遇到谁家有红白喜事，他就更不把自己当外人，不等请就提着菜刀找上门去。我大姐所说的耻辱，估计就是这个形象的父亲吧。除此之外，我还真不知道父亲曾经给我们家带来过什么耻辱。

其实，每个人都经不起认真打量，谁都有不堪的时候。只是，父亲遇到母亲，就像油遇到了水，妖怪遇到了孙悟空，她总是让我父亲现形。我有时候会走神，觉得现在的大姐夫，就好似当年的父亲。好端端一个体面男人，愣被大姐弄得一脸困顿。幸亏现在过的是好日子，吃穿用度不用忧心，大姐夫还不至于像父亲那样被羞辱。

“唉，你爸啊！”二姨说起我爸时候的表情，有时候看起来有些过于认真，反而让我觉得很陌生。她说的每句话也像是经过深思熟虑，字斟句酌的，这更是让我心里疑窦重重，好像她故意在回避着什么。所以她说的时候，我一字不落地听着，总是沉默以对，等她慢慢地表达完，生怕漏掉一个细节。“他算是生错了地儿，一辈子没跟人红过脸，也从来没听他说过别人的不是！”

“村里人都说他是个热心人，待人又得体！”二姨父补充道。

而有时候她又会说：“你爸确实是狗屎扶不上墙，也指望不上他。你妈一个人拉扯一大家子也真够苦的。如果不是他太那个，你想想你妈会那样对他吗？”

我问二姨关于我父亲留下食谱的事儿。这事儿过去在镇子远近传得神乎其神，说我爷爷家曾经有一本秘传的食谱，传给了我父亲。我父亲又传给了我二姐。父亲活着的时候私下教过的几个徒弟开了饭店，都说是我父亲秘传的手艺。而且我家姐弟几个都开饭馆，也都有几个拿手菜。

二姨父说：“怪了，我整天和他在一起，从来没听说你爸留下过什么食谱，更没听说他教过任何一个徒弟。”

我记得我曾经就这事儿问过我二姐。我二姐说，父亲死前确实到学校给她送过一个本子，那本子上也确实写的都是做菜的事儿，是父亲自己写的。但她没有仔细看，父亲死后她珍藏着，有一天却发现本子不翼而飞。

一直到二姨去世后，她说的父亲“那个”，我才多少明白一点是什么意思。在我拼缀起来有关父母的图景里，父母这桩婚姻，两个当事人都不大愿意，完全是我爷爷强行拉郎配一手造成的。

我父亲生于中医世家，家庭条件优裕，从小到大都是衣来伸手饭来张口，没受过任何委屈。可我父亲除了会念书，其他心思全用在吃上了，常常偷我爷爷的药材炖鸡煮鸭。他卤的猪头肉能香一条街，做年食也样样在行。开始我爷爷看他聪明，对他寄予厚望。后来看他只在意庖厨，非常失望。但他打也打了，骂也骂了，儿子却终是不上进，最后索性由他去了。好在那时候爷爷家丰衣足食，也不在乎父亲糟蹋一点食材和药材。父亲尽着性子痛痛快快当了几年“少爷厨子”。

而我母亲虽然是个女孩子，但从小就被我姥爷送进了学校，成为县中为数不多的女学生。她学校未念到毕业，解放了，我姥爷被当作恶霸镇压。说起我姥爷，他的故事可以拍一部电影，肯定还得是加长版的。他出身优裕，自幼聪慧过人，过目不忘，完全可以考个好功名。但他志不在此，特别喜欢《东周列国志》里的人物，义字当先。他在乡里更爱出头逞强，喜欢当老大，仗着家里有钱，既喜欢仗义疏财，也热衷于抑富济贫。有人对他感激涕零，也有人对他恨之入骨。我姥爷被枪毙那一天，传说跪了一街筒子人，求政府手下留情，都是受过他恩惠的人。

我母亲自小就随父亲的性子，敢作敢为，倒也是个自立自强的主儿。父亲被镇压，她一点也不觉得羞愧，竟然指挥着愿意帮忙的人给父亲办理了丧事，像送别一个正常人一样，丧礼办得有鼻子有眼。平日里出出进进，她腰板挺得直直的，小小年纪，家里家外都能独当一面。在全镇子上，也算是响当当的女汉子。我爷爷为此格外看好她，这桩婚事是过去爷爷和姥爷商量过的，所以尽管两个当事人都不满意，爷爷还是拿当年和我姥爷的约定镇着他们，逼迫他们结了婚。大概在我爷爷的世界观里，说过一次的话，就是诺言。

按照当时的形势，我爷爷的家财和他在当地的影响，也足以被划个地主富农。好在上天眷顾他，让他在我姥爷被枪毙后不多久竟然无疾而终。我父母结婚的时候，家里的财产大部分都被充了公，只给他们留下了两间破房子和必要的生活用具。

开始母亲还把对未来的希望寄托在父亲身上，想着他出身大家，见过世面，应该有主见，有魄力，两个人齐心协力挑起生活的担子，没有什么过不去的。她哪里会想到，父亲眼高手低，说起来头头是道，干起事情来百无一用。所以家里的事情，渐渐地都要由母亲来做主。

后来我大姐出生，家里的日子过得更加紧巴。刚好有一个机会，外地的几个客商要去武汉贩药材，不知道怎么打听到我父亲懂这个，就找到他让他帮帮忙，一起去一趟武汉。母亲想着这是个好机会，就把自己千辛万苦攒的一点钱拿出来，把自己的金戒指都卖了，让他跟着人家去武汉长长见识。

临行前，母亲一夜未睡，帮他收拾路上用的东西。缝了一条腰带，把钱夹在里面。

天还未亮，母亲就擀好面条，把我父亲喊起床。

面条里放了细细的姜丝、葱花、麻油，还卧了几个荷包蛋。

“人家说这面越拉扯越长，”母亲用少有的温柔口气说，“人在外面，得想着家里。一定多长个心眼儿，不能光顾吃喝。要把人家的生意照顾好，咱们自己也赚点儿。”

“这你就放心吧！”父亲胸有成竹地说。

吃过饭，母亲提着包袱，一直把父亲送到路口，看着他和那几个客商会合，直到看不见他们人影了才回去。

还是十几岁的时候，我父亲曾经跟着他的父亲、我的爷爷去过武汉。我姥爷那一次也去了，他们是到武汉三镇拜访湖北的几个朋友，在那里好住了几日，天天吃香喝辣，坐着朋友的汽车到处游逛。那真是一个光怪陆离的世界，景美人美，吃的也美。尤其是武汉的小吃，让父亲乐不思蜀，大饱了口福。

父亲跟着那帮客商搭火车走到汉口已经是第二天傍晚了，他们草草吃了碗面就找地儿休息，准备第二天一早去药材市场。毕竟人家是来贩药材，不是来海吃胡喝的。但父亲被心里的馋虫勾着，哪里睡得着？看看一帮人睡了，他自己又溜到江边的小吃摊上一家一家地品味。吃到高兴处，也学旁边的人买了米酒大碗来喝。谁知道那酒喝着好喝，但后劲大，等他想站起来的时候，已经醉得东倒西歪了。好不容易找到住宿的旅馆，天已经快大亮了。他倒在床上昏睡了三天三夜。同去的人喊他不醒，见他不是个做事的人，也不再管他，把他身上的钱财洗劫一空，一去不回头。按后来母亲的说法，人家没把他扔长江里喂鱼，已经算是万幸了。

三天后父亲才醒来，看看身无分文的自己，一时间没了主意。后来他把自己身上值钱的东西都抵给旅馆才得以脱身，靠沿途要饭走回来的。母亲看见他蓬头垢面、衣衫不整地回来，只道是他被人偷了，不但没责怪他，反而还千方百计安慰他说，你不知道外面的险恶，第一次出去没经验，慢慢就学会小心了。

二姐和我出生后，家里的日子更难了。母亲找到我舅舅借了点钱，安排父亲去城里买一台缝纫机。她在城里上学的时候跟人学过一点缝纫，想把这个手艺捡起来挣点钱补贴家用。谁知道他去城里转了一圈，买了一辆三轮车回来了。

母亲看他煞有介事地骑着三轮车回来，样子看起来很是滑稽可笑，就耐着性子问他："让你去买缝纫机，你怎么买个这东西回来？"

"这东西？这东西好啊！"父亲从三轮车上跳下来，像得胜回朝的将军，一边轻轻抚摸着三轮车座子，一边眉飞色舞地跟母亲说，"我去供销社问了，缝纫机要票，没有票人家不卖。这个不要票，这多好啊！多实用啊！给人拉点东西，既不用什么手艺，又自由自在，而且男女都能干。缝纫机就你自己能用，我不能在家闲着吧？"

母亲不但没生气，还就着这事儿，逢人便夸奖他有眼光，有头脑。

开始一段还真不错，给人家拉货送东西挣了点钱。每天见了钱，都完好地交给母亲。可巧有一天，他给饭铺子送菜，卸货的时候看见大厨正在做菜。他一时技痒，讪笑着凑过去说："老弟，要不我帮你干一会儿?"

大厨斜睨他一眼，说："老兄，还是好好送货吧！这活儿哪是你干的?"

父亲便去找掌柜的。掌柜的也听说过我爸，只知道他过去老是去人家里帮忙，但没听说他在饭店做过。便对我爸说："老兄，今天不行，这可开不得玩笑，外面好几桌客人等着上菜呢!"

父亲说："不误事的。不误事的。"说罢就去菜案边站着。大厨正想看看他的笑话，便把刀顺过来，刀把子递给我父亲。

我父亲接过刀，神情立马肃穆起来。他挽了挽袖子，并未急着下手，而是一边用磨刀棍细细地磨着刀，一边认真地看着面前点菜的单子，仔细盘算了一下，才开始切菜。也未见他有大动作，只见菜刀贴着案板，像小鸡啄食似的不停地动着。不一会儿工夫，他面前就规规整整摆满了肉丝、肉丁、肉片和花红柳绿的各种配菜。案上的东西准备齐了之后，他才开始开火、架锅、烧油。在父亲的操持下，一时之间只见勺子翻飞，碗盘叮当。平时蔫不拉唧的父亲，好像突然间换了一个人，简直像个音乐演奏家，把各种乐器调拨得如行云流水，荡气回肠。一会儿便让老板和大厨看傻了。

“我的天!”老板以掌击手，兴奋地喊道。

没多长时间，客人的菜全部做好了。菜案干干净净，锅灶也利利落落。这让掌柜的和大厨看得心服口服，半天才回过神来。掌柜的本来就是个二把刀，靠糊弄过路的赚几个钱。找的大厨也是一般的厨子，只能应付个粗茶淡饭而已。

“今天真是开眼了，想不到咱这里还有这样的高手!”掌柜的不住嘴地赞叹道，“人家多少有点手艺都去考厨师了，您咋没去呢?”

父亲就不能听到人家表扬他做菜好，这是他最高兴的事儿。他乘兴把大厨喊到跟前，把做菜的方法和火候一一讲给他，让他照着做。掌柜的也高兴，觉得我父亲实诚。待客人走了之后，让他拣拿手的做了几个菜，跟大厨三个人在外面坐了。

掌柜的说：“今天算是遇到高人了。不知道能不能请大哥委屈到我这小铺子里，算给小弟我帮帮忙?”

大厨也在旁边，不住口地喊我父亲：“师父，师父。”

我父亲说：“很抱歉，这个我做不了。”他知道如果要跟母亲提到这个，母亲肯定会跟他拼命。

“价钱您只管提。”掌柜的说。

“不是钱的问题。”父亲说。

掌柜的无奈，只好劝我爸喝酒。三个人喝干了两瓶烧酒。父亲喝了酒，仍和上次一样，头晕眼黑。掌柜的要找人送他，他大咧咧地说没事儿。两个人把他扶到三轮车上，他走了不多远，便一头栽到沟里，肋骨立时断了两根。

家里没钱，母亲只好把三轮车卖了，卖车的钱还不够治病的。母亲虽然脾气不好，但大事上总还是明白事理，人都这样了，她反而不再苛责，尽心给父亲治病。特别对于父亲喝酒，虽然坏了两次事儿，但母亲并没有过分责怪他。她觉得一个男人不吸烟，再不喝酒，就更没一点汉子气了。她偶尔说起我姥爷，一顿喝一斤酒，一点醉态都没有，说话滴水不漏，那叫一个威风!

但是出两次事以后，父亲再也滴酒不沾。他知道自己吼不住那一口。

看着他一个大男人整天无所事事，母亲暗自着急。想着他自小背过汤头歌，多少也懂点医术，于是就去托了镇上的一个人，让给他找点事干。这个人曾经是她爹的跑腿儿，和她家的人关系很好。过去她爹也常常带他在家里吃饭。她爹被镇压了，这个人却因为在政府里有关系，被树成受欺压的劳苦大众的典型，后来竟然当了干部。但他人倒不坏，当了干部之后对我们家还是比较宽容的，至少没有落井下石。我母亲去求他，他二话没说，就安排我父亲到镇上一个兽医站当临时工。要说这真是有点乱点鸳鸯谱，兽医跟人医毕竟是两码事。好在我父亲还懂点中草药，安排到兽医站，如果他愿意好好干，也说不定真的能干好。

但他去了不到半年就被开除回来了，还背了三十块钱的罚款。那时候的三十块钱，够一个家庭吃一年半载的。事情的经过是这样的：有个生产队的一头驴生病，已经病得走不成路了，用拖拉机拉到兽医站。那天刚好我父亲值班，看了看这头驴后，他说已经没有治疗的价值了。不知道他是想展示一下自己的手艺还是可惜这头驴，他提议大伙儿凑点钱把驴买下来。五块钱买了一头病驴，杀了之后他配了煮肉的汤料，然后亲自下手卤了一锅驴肉。兽医站的人每人都分了一份儿。

后来不知为什么被镇上知道了，说是破坏人民公社生产资料，要追究兽医站的责任。兽医站的领导把责任一股脑儿推在我父亲一个人头上。他被开除不说，还罚了三十块钱。

不过他那次出事儿以后，卤煮驴肉便成为镇子上的一道名吃，一直到现在都经久不衰。再一个就是我父亲会做饭的名声也传出去了。

为了这件事，我母亲大病了一场，好久都没迈出过家门。身体好了之后，她性格像变了个人似的，脾气暴躁得简直像一个炮仗，遇火就着，对父亲再也没有任何温情。从此之后，我们家再也没人敢在她面前说到吃的话题。没人在后面督促着，父亲也不再出门找事儿干了，天天浑浑噩噩混日子。后来发展到母亲在家里不管怎么对待他，他都跟木头人一样，装作没听见。

父亲死后，有一次母亲跟二姨哭诉道："如果他能出去拼一拼，就是把家里所有东西都输干，我也不会责怪他一句，他也不枉活一场！"

二姨说："人各有命，就像你说的，我嫁一个杀猪的，不照样得过日子吗？"

说起二姨父，母亲总是不屑一顾，她觉得好歹我爸也是个少爷出身。"不过，他一个大男人，天天在家里混吃等死，活着就是丢人。就这你还说我家的孩子教育得好，教育得好。好什么好？不都跟他一样，一窝子饿死鬼托生的！"

我二姨父在我二姨病逝后的第七天死于心肺衰竭。我回到深圳还没来得及喘气，又飞回了郑州，帮表哥处理后事。

在我母亲嘴里，二姨父一辈子都只是个杀猪的，是个没丁点儿出息的人。可这个杀猪匠和我二姨恩爱一辈子——可能也称不上恩爱吧，平淡夫妻，一辈子没吵过嘴，但也没爱得死去活来过；从没大富大贵过，可也从不缺衣少食，相依相伴过了一生。二姨缺少我母亲的志向，从不巴望自己的丈夫或者儿子能出人头地。他们两个相依为命，都活到八十多岁。

对于他们的去世，母亲并未表示过多伤心，该做什么还做什么。只是说到二姨的时候，她会说："要说不该啊，她比我身体好嘛！"或者说："她这一辈子，过得也不值。"对二姨父的死，她没有任何态度，问都没问过，自然没人知道她心里是怎么想的。我想，她不至于对食品站那档子事儿还耿耿于怀吧？

五

二姐是在孤独中长大的孩子，在我们家，她虽然比我处境好一些，但也不怎么讨母亲喜欢。为什么唯独我们俩不讨母亲喜欢呢？虽然我们从来没在一起说起过这个事儿，但是各自心里都有数。二姐贪吃，而且性子懒散。这是母亲最受不了的。至于我，母亲说得更难听，她说我从长相到性格，特别像我父亲。有一次忘记因为什么事儿，她跟大姐说起我。她说，你三妹要是再长了胡子，活脱脱就是你爸又从黄河滩爬回来了！

在我们家，二姐长得最漂亮，就是不爱说话，是我们村有名的冷美人儿。我父亲最喜欢的也是二姐，暗地里夸奖这个闺女像个大家的孩子。二姐说，她不像我们几个深受母亲的控制，时时处处孤立父亲。她不但不讨厌父亲，甚至还有点喜欢他。他从来不打骂孩子，大小事说一句狠话都很少。她说她喜欢父亲看她时的目光，柔软得跟兔子一样。打记事起她就喜欢腻着父亲，整半天整半天地拱在父亲怀里自个儿玩儿。父亲偶尔会给她讲些个故事，猫姑姑的鱼汤之类的，反正都跟吃有关。猫姑姑给小猫做鱼汤，新鲜的鱼放上几朵蘑菇，再加上葱、姜……煮出白浓浓的汤，那个好喝啊，把小猫的肚皮都撑破了。每次故事还没讲完，二姐的口水就流出来了。母亲嫌二姐贪吃，也可能与这有关吧。

我母亲不喜欢二姐的再一个原因，就是她脾气特别倔，自己不愿意干的事情，怎么说都不行，打骂也没用。有一次，她嫌母亲用我大姐的旧衣服给她改做的棉袄太难看，不愿意穿。母亲就把棉袄从她身上扒拉下来扔在地上，说不愿意穿就别穿！大冬天的，她硬是穿着一件单衣去上学，回来冻得感冒了好几天。

不过，说她贪吃还真有点冤枉她，我觉得她只是好吃，最多是会吃而已。在吃的问题上她比较挑剔，喜欢吃的东西一定要吃够，不喜欢吃的东西，宁愿饿着肚子也不吃。本来在我们家“吃”就是一个最大的贬义词，是一种恶。而她不但贪吃，还把倔劲儿用在吃上，这让母亲更加愤怒。一个人对吃这么讲究，还有什么救？所以母亲刻意要在家里创造一种以吃为耻的氛围，并把这种观念深深地种植在我们的骨子里：贪吃的人都不是什么好人，都不会有什么出息。

我们对于父亲的疏离就跟母亲的这种教导有关。一直到现在，我们也避免在母亲面前谈论吃。虽然都开饭店，但是在家里闭口不谈饭店的事儿。母亲不管在任何时候、任何情况下，也绝对不会去我们任何一家饭店吃饭。

二姐是我们家唯一的一个读书读出功名的人，这让母亲以吃为耻的文化受到很大的冲击。收到录取通知，二姐也不向她报喜，通知书关抽屉里，一句话都没有。其实母亲早已经听说了，但她不说，母亲也不问。她曾经向我大姐抱怨道，知道是个不孝顺的，翅膀长硬了还不知道会咋着呢！所以二姐考上学，本来是给家里挣足了面子，应该在村里放一场电影祝贺一下。但有人提起这事儿，母亲一口回绝了。二姐走的时候她也没送，一早就下地干活去了。

我借了一辆自行车，把二姐送到了市内的学校。

二姐财会专科学校毕业后，分配到区政府上班。她漂亮，又有文凭，一上班就被区里一个副书记看上了，想娶回家当儿媳妇。副书记找了个中间人，就是原来跟着我姥爷，后来在镇子上当干部、给我爸安排过工作的那个人。他来找我母亲。刚刚说明来意，我母亲便说："其他人说这事儿，我不一定答应。要是您说了，我信!"

母亲跟二姐说这门婚事的时候，带着几分得意，好像她立了好大的功。"看看人家的那个家，若不是不讲出身成分了，人家能看上咱?"

让母亲想不到的是，二姐死活不答应。她知道那个副书记的儿子是个混世魔王，打架斗殴不说，多少女孩都被他糟蹋过。

对二姐的拒绝，母亲眼睛都没抬，说："年轻人，哪个不昏上几年？看人家那家庭，父母哪会不操心？结了婚就好了。"我二姐说："人家家好，和我有什么关系？我是跟人过，不是跟他家庭过。谁想嫁谁嫁，反正不是我!"

母亲气得站起来，指着二姐半天说不出话来。后来看见二姐往外走，她在后面跳着脚说："从小到大你都哭丧着个脸，等着我死是吧？人，说一句就得算一句！我已经答应过人家了。你要不答应，要么你离开这个家，要么我死。你看着办吧！”

二姐二话不说，收拾了几件简单的衣服，头也不回地走了。

就是那一次，那一年的阴历七月二十六日下午，母亲又一次气得犯了病，一头栽倒在沙发上，口吐白沫，人事不省。后来拉到医院抢救了半天，虽然并没有生命危险，但还是把我们吓得不轻。

最终二姐还是屈服了。

本来就是硬撮合的婚姻，再加上性格差异那么大，结婚以后两个人完全过不到一起。书记的儿子不务正业，天天泡在歌厅酒吧，经常是十天半月我二姐还见不到一次他的人影。但我二姐从来没回家诉过苦，跟任何人都没提过这事儿。后来还是我母亲看着不对劲儿，结婚几年了也没孩子。找人一打听，两个人基本没在一起住。母亲把二姐找回去问她，这些事儿为什么不跟她说。

二姐说：“不想说。”

母亲说：“那就立马跟他离婚！”

二姐说：“不想离。”

母亲说：“你说不离就不离了？”

我母亲实在咽不下这口气，到书记家跳着脚骂了几次。人家那家也不是任人撒泼的地方，立刻催着儿子离了婚。本以为我们家还会闹，但我母亲一句话没再说。我二姐净身出户，带着自己的衣服就走了。

二姐离婚后，那家人倒是有点后悔，毕竟自己家的儿子什么样他们比谁都清楚。二姐与他结婚几年，从不吵闹，也没向家里提过任何要求。在单位更是低调内敛，踏实得像颗螺丝钉。穷人家也能教养出这般又懂事又有尊严的孩子，他们觉得很难得。

他们再找那个中间人来说合，被母亲一口回绝了。

二姐离婚后也没有回娘家住，而是住在区里给的一间单身宿舍里，像是什么事都不曾发生过，安安静静地过自己的日子。二姐后来又找的这个人也是她的同学，原来在西北当兵，执行任务的时候腿被冻坏了，是立过军功的。后来转业到地方上，安排在镇政府办公室工作。在学校的时候二姐倒没有怎么在意他，记不得他什么样子了。但现在他毕竟是当过兵的人，受过部队的训练，总是把自己收拾得整整齐齐，腰杆挺得笔直，办事利利索索，如果不仔细看，走路的时候完全看不出腿是受过伤的。二姐知道他的伤情有多重，他能坚持这个姿态，需要怎样的毅力啊！

这个人也很同情二姐的不幸，总是不动声色地帮助她。毕竟她的前公公还干着领导，虽然人家丝毫没有难为她，其他人却很少敢和二姐走得近。势利是人的本能，她也不怪谁。可大家的冷淡和明显的距离感，让后来的二姐夫感到不快，他就是那个时候走近二姐的。

二人相处久了，日久生情。他向我二姐求婚的时候，我二姐就提了一个条件，要求两个人同时辞职，不再看人家的脸子了。

他二话不说，先打了辞职报告。

母亲听说了这事儿，跟二姐闹得要死要活的。一家子人都上不了台面，好不容易出了这么一个体面人，说不干就不干了。又要找二姐的同学去闹，被我二姐呵斥住了："辞职是我自己的事，也是我要求他辞职的，你找人家说什么理?"

我母亲说："不是因为他你会辞职?"

我二姐说："我结婚是你选择的，离婚也是你定的。难道你还想让我再来一遍吗?"

我母亲气得三天没吃饭，病得一个月起不了床。

二姐他们两个人辞掉工作结了婚，在他们居住的村（那会儿已经叫社区）东边盘下了一个餐馆，主卖卤煮驴肉和牛羊肉类的食品。周围的人都说二姐的卤肉好吃，传说是我父亲给她秘传过食谱，得过我父亲手把手的真传。每当有人问起他俩的时候，他们都矢口否认。这让人家越发觉得这传说是真的，而且添油加醋，越传越神。

后来是我问她，她告诉过我，父亲确实给过她一个做菜的笔记本。她一直藏在家里，不知怎么的，那个本子不见了。我二姐找我母亲讨要，我母亲死不承认，说她没拿。二姐这种性格，倔起来谁也没办法，天天追着母亲要。后来把母亲逼急了，母亲说："你说是我拿了，就是我拿了。我塞灶火里烧了！"二姐更急，说："那是我爸留给我的，你凭什么烧了？"母亲劈脸给她一巴掌，把二姐打得一头撞在门上，头上立马鼓起了个大包。母亲说："我凭什么烧了？就凭我不想让你们成精！一个两个都成馋嘴精了！"

对于二姐的再婚，后来母亲再也没有干涉，可是她辞了公务员开饭店，真是让她吐了一回血，一下子老了好几岁，一个人关着门叹气："学还不是白上，真随了你那死鬼爹。原本我就说她哪来的恁大福气，到底是盛不住啊！"

母亲一次也没去过我二姐的店，经过那条街都绕着走。逢年节走娘家，我二姐绝不带自己饭店的食品，带的都是超市里买的礼物。

也真让我母亲说着了，也许是遗传基因的作用，也许是父亲留下菜谱这件事在我们心里深深地扎下了根，要不我们姐弟几个怎么不约而同都选择了开饭店呢？

二姐他们的饭店开了几年，生意很不错，也赚了一些钱。她却一路瘦下去，而且一直没生孩子。二姐夫拉着她去医院检查，结果发现患了甲状腺肿瘤，已经有癌变了。虽然手术做得还不错，而且三个疗程的化疗做下来，二姐的身体并没有很大反应，头发也没掉。但二姐夫还是不放心，经常要拉着她去全国各地的大医院找专家。二姐想着刚好趁这个机会，也可以给二姐夫治疗治疗他的伤腿。于是两个人一合计，就把饭店转让给别人，老房子也卖了，买了一个旅行车，天天跑着求医问药。最近我联系了她两次，他们一次是在北京，一次是在天津。直到我要走的前一天他们才赶回来。

本来我在郑州东来顺火锅店订了个房间，二姐喜欢吃涮羊肉。可是怎么说她就是不出去吃饭，我只好让火锅店把东西打包送到她家里来。

那天我到她家的时候，他们正在整理大包小包的中药，屋子里弥漫着一股药香。因为是逆光，或者是心理作用，我看着她瘦得像个影子一样坐在那里，禁不住一阵心酸。我屁股还没坐稳，她就说起母亲打电话安排父亲墓地的事儿，说早就该好好办了。然后，她手朝里面指了指，对二姐夫说："你去把东西拿过来给三妹吧！"

二姐夫站起来的时候，我才拿眼睛去打量他。他也比过去瘦了，但精神头很好。他身上有一股正气，因此看起来哪里都大方端正，和二姐很是般配。关键是两个人相敬如宾，日子过得很称心。不过到底上了岁数，能看出来腿走着还是多少有点不利索。他回到里屋，拿过来一个用报纸包着的大纸包，在沙发上打开一看，里面是十捆百元钞票。

"这是十万块钱。"二姐夫指了指那钱，然后怕烫着似的缩回手，两只手来回搓着。

我"哦"了一声，站起来走过去，把纸包重新包好，放在二姐面前的桌子上。我说："二姐，姐夫，这个事儿你们不要管了，先抓紧时间看病。二姐，尤其是你，谁不知道你现在过的是什么日子？这几年你们俩看病估计把家里的钱都折腾得差不多了。即使你们要出这笔钱，我也先替你们垫上，以后再说好不好？"

"那怎么行？"二姐生气地瞪着我，"谁也代替不了我，你也知道父亲跟我最亲。"说着她的眼圈红了，低下了头。

"我知道。等你们缓过劲儿来再说吧！我这次来不是要钱的，就是过来看看你们。一直想让你们去深圳住一段时间，你们总是害怕给我添麻烦。自己一家人，能有什么麻烦呢?”我的眼泪也流了出来，在我们家，我跟二姐最好，“而且我跟大姐也说好了，我的房子卖了，钱也不存了，先把坟地买了，把咱爸安置好，以后再说好吧?”

二姐低着头没说话，也没再推让。

我怎么会不知道父亲对二姐最亲呢?在我们家，唯一能跟父亲说话聊天的只有二姐。二姐跟我说过，父亲出走的那天下午，曾经专门到学校来找她。那时她还在上中学，他在学校旁边等着她放学出来。那是秋天了，他一个人瑟缩着站在离校门口很远的地方，害怕人家看见他。二姐出来没看见父亲，只顾低着头跟在其他学生后面往前走。后来她感觉有人在旁边跟着她，扭头发现了父亲，也不知道他已经等多长时间了。但周围都是同学，她也不好意思喊他，那时候的学生都怕家长到学校来，让同学们看到笑话。女儿在前面走，父亲就远远地跟在后面，直到周围没人了，二姐才站下来。

父亲从怀里掏出一个夹了肉的馒头递给二姐，馒头里的肉夹得很厚，一闻就是父亲卤料的味道。那是他从人家酒席上带过来的，包馒头的纸油汪汪的。二姐接过来，感觉还热乎乎的。

两个人站在那里，父亲看着瘦小的女儿三下五除二就把一个大馒头吞进肚里，意犹未尽。父亲的眼圈却登时红了，一脸的惭愧，那神情好像是在说：“妞，爸没本事，要是你生在过去，想吃什么爸都给你做。”

俩人还没说几句话，远处又过来几个同学。二姐急得想走开，害怕被同学撞见。

“二妞，我想给你说个事儿，”父亲从怀里掏出一个红塑料皮本子递给二姐，“这个你放起来……”

那几个同学走得越来越近，二姐匆忙接了，没等父亲把话说完便扭头跑开了。

那是父亲和他的孩子说的最后的话，至于他还想说什么，永远也无从知晓了。

二姐说，她和父亲分开后就开始后悔了，以后很多年里，她一直为这件事情后悔，不仅仅是因为后来他死了。她说，当时她就非常伤心，一个寒瑟的父亲，特地来看女儿，她就那样把他撂开不管了。她应该让他把话说完，当时没想那么多，只是觉得以后还有机会。

“谁知道，再也没有机会了！”二姐每次说到这里，都会哭一次。

二姐讲了这一段故事之后，我曾经跟她讨论过这么一个问题：

如果父亲不是自杀，他为什么要跑那么远去学校找你，交给你那个笔记本？在家里完全有足够的时间，也有很多机会啊！可见对于他的死，他是有预见的。至于那天夜里跟母亲发生的争吵，最多是促使他下决心的一个因素。说母亲逼死了父亲，完全是无中生有的臆测。

二姐长长地叹了口气，说，咱们家那环境，还容得下他吗？然后又摇摇头说，别想它了，都过去了！

火锅把二姐家的温度升高了，她的新家还没开通暖气，空调功率太小。二姐解开围巾，脱了外套，我看到了她脖子上手术留下的疤痕。现在的外科技术好，倒是做得细细的不太明显。我站起来，把我脖子上的珍珠项链取下来要给她戴上，装饰衬托一下，刚好能遮住一部分痕迹。二姐坚决不要，使劲和我推让，脸涨得紫红，脖子上的疤痕变得更红了。二姐夫说："三妹真心给你的，你要再推让就生分了。留下吧！你也从没给自己买过一件首饰。"我眼圈又红了，我那里有一大盒子珠宝玉器。看看我身上的衣饰，再看看她。同是一个母亲生的，命运却有着巨大的差距。

我说："这珠子不值几个钱。二姐是个美人，戴在她身上就是比我戴着好看。”

那是我年前刚买的南洋珍珠，十毫米的金珠，我知道我要是说出来价钱，抵死她也不会要。

我对二姐夫说，该去给二姐添几件像样的衣服了，女人打扮得漂漂亮亮，运气都会跟着好起来。

二姐夫以军人的认真口吻说道：“是的，年前后我催她七次了！这几年病着，她心都懒了。”

我笑了笑说：“二姐，你过的是自己的日子，干吗总是跟谁赌气似的？”

她有心结，父亲的死，以及，母亲对她的干涉，一直都没有化解，沉积在她的心底。但我知道，你无法说服她，除非她自己走出来。

二姐这才不再推让了。她把珠子在脖子上转了一圈，问姐夫，好看吗？二姐夫笑了笑，点点头说：“三妹说得很对，人就得打扮，看着精神。明天就去买新衣服，咱好马得配好鞍。”

二姐的情绪也轻松多了，对我说：“三妹，现在咱妈最离不开的就是你了，你也够心累的。”

我笑了，说：“天底下谁会信啊？她不是离不开我，是离不开小妹。”

“信不信由你，”二姐本来也想笑，但没笑出来。她下意识地摸了一下脖子上的刀口，“我最了解她，你别看她说什么，要看她做什么。她就是嘴硬。她为什么自打去了深圳一趟也不回来？”

然后她拿起我的手压在她手上，认真地说：“别跟咱妈计较了，她一辈子就那样。她一直跟我过不去，更跟你过不去。我吧，生性就这样子。那时她可能觉得或许你能有点出息，能吃苦，也能忍。她就是怕你像咱爸，太没心劲儿了！你什么都不要，都不争取，她是恨铁不成钢。她最崇拜咱姥爷，就怕自己的孩子像咱爸。”

我的泪涌上来，努力把它压下去。但是仔细想想，二姐的话也让我不舒服。她怎么也会像大姐一样，看得出来我在跟母亲计较？这话从大姐嘴里说出来我还受得了，从她嘴里说出来我很难接受。不过话又说回来，我不是也一直觉得二姐心里在跟母亲计较吗？

但我不能跟她辩解。虽然我无论如何也改变不了她母亲也是我母亲这样一个事实，但母亲从小到大这样对待我，总得有一个理由吧？我始终痛苦的不是她这样对我，而是她为什么这样对我？

但是我说的却是：

“她那样子对咱爸，我这些年也一直在想，咱爸又有哪样做错了呢？说咱爸给咱们家带来耻辱，连大姐也这样说。咱爸到底给咱们家带来了什么耻辱?”

“那要看怎么说了，每个人看问题的角度不一样。”二姐若有沉思地说，“算了，反正都过去了。”

二姐这话，让我更是难受，莫非她也曾经认为父亲给我们家带来过耻辱?

“我不认为咱爸给咱们家带来过什么耻辱，而且如果没有咱爸，咱们几个会开饭店吗?”我心里空落落的，有一种坍塌般的悲凉，“有些事情可以过去，有些事情永远都过不去。我现在琢磨出每一道菜，都会想，我这菜就是做给爸看的，就是想让他满意！咱妈整天讨嫌他，说他嘴馋，他要是活着，我就让他吃个够，龙肝凤胆我都给他买!”

一句话，说得我们姐儿俩的眼圈都红了。我们不敢看对方，眼睛盯着咕嘟咕嘟冒热气的火锅。后来还是二姐夫添菜，我们才结束了这难挨的沉默。

吃过饭，我们又说了一会儿话。临走的时候，我给二姐放桌子上五万块钱，说让她和姐夫看病用。她也没有推让。

第二天我回深圳是坐的飞机，我急着赶回去看看母亲的病情。大姐夫把我送到机场，接到二姐的电话，她和二姐夫也赶到机场送我。二姐还收拾了一包东西，说都是母亲爱吃的咸菜什么的，让我带回去。我把东西塞进行李箱里，回到深圳才发现咸菜下面整整齐齐压着十五万块钱。

但是那串珍珠项链她留下了。

六

最早起步的时候，我十几万块钱给自己在郑州买了套房子。一来那时候郑州的房子便宜，与深圳比起来像买白菜似的。二来是怕钱握在手里不牢靠，说到底更是为了让自己安心，万一哪天外面的路走不通了，自己总是个有家的人。

回到我自己的房子里，才觉得是真正回到了郑州，而不是像走在梦境里，飘忽得惶惶不可终日。有时候我不想受任何人打扰，就关掉手机，静静地坐在空荡荡的房子里想那些过去的事情。历史正汹涌而来，我像坐着时光之船，一点一点地穿越历史的激流，与自己的过往擦肩而过时，即使是伤痛也变成了甜蜜。

我想起了母亲。跟母亲在一起生活了几十年，我也没弄明白她。她的性格非常古怪，或者说非常奇特。我常常想，即使我父亲是一个上进的人，能达到母亲所要求的高度和标准吗？母亲最羡慕的人就是我们家邻居周四常，父父子子都是走的仕途，里里外外都风风光光。而我们呢？母亲觉得一家子都是卖饭的，挣再多钱，也是从人家嘴头子里抠出来的，怎么说得起嘴？一粒老鼠屎坏一锅汤，都是我爸把儿女都带歪路上去了。

二姨说，母亲的性格最像我姥爷。我姥爷最后被枪毙，也不是做了多大的恶，而是他眼睛太尖、嘴巴太利。他是镇上的摆事老大，谁家父子兄弟分家，闹三天打断胳膊腿都扯不清。着人请他去，他穿着长袍拄着拐棍往人家堂屋里一坐，三下两下就把家当给分了。虽然他处事公道，大家也都相信他，但毕竟事到临头，有满意的有不满意的，反正满意不满意都得听他的，一句都不敢抱怨。一个镇子就这么大，谁敢保准今后没事求到他门下？不过话又说回来，在熟人社会里，让人敬着却又让人怕着，终不是啥好事。

我从一开始就知道在这个家里母亲最不喜欢的是我。但她从来没说过我有哪一点不好，也许她是整个不喜欢我，也许是我没有一点讨人喜欢的地方吧。小时候我在家里就是干活最多的一个，她像从来没看见一样。其实，哪个孩子不渴望疼爱呢？我越是刻意迎合，她对我的反感越甚。莫非仅仅因为我在长相上像父亲？这无论如何说不过去，毕竟我性格不像父亲，也并不贪吃。

开始母亲最喜欢的就是大姐一人，说她不但漂亮，也会说话，办事也有胆儿，拿得起放得下。后来有了我弟弟，她的心思大部分就放在我弟弟身上了。但相对我们姊妹几个而言，她还是偏向大姐。没儿子的时候，她希望在女儿中培养一个男儿。有了儿子，她觉得找到了希望，殊不知真正性格像我父亲的就是我弟弟。但她不承认，也不允许我们任何人这样说。

父亲去世后，二姨曾经跟我说过，母亲找人算卦，人家告诉她我命里克父母，父亲去世就是因为我妨的。一直到今天，我和母亲也从未亲近过。她和妹妹在一起，看电视都挤在一张单人沙发上，出门手牵着手。我哪怕靠近她一点，都能明显感觉到她身体的抗拒。

唉！她究竟是害怕我什么呢？以她的性格，我不相信她是害怕我真的会妨死她。

整个成长期我都非常自卑，为自己会给父母带来厄运而惴惴不安，因此在她面前就更加局促，到后来说话也变得结结巴巴的。母亲说我长大了是个会使心眼的人，整天低着头，说话哼哼唧唧的像蚊子叫。

“低头婆子擒头汉！整天低着头，心里有啥见不得人的事儿?”母亲说。

母亲的情绪感染了大姐，或者说，大姐觉得她可以代替母亲。家里除了母亲，大姐就是当家人。父亲对这个家庭的影响几乎可以忽略不计。在这种环境下，家里的粗重活自然都是我的，洗衣服、做饭、打扫院子。我干活多，出错就多，经常被母亲责骂。我记得有一年冬天，快过年了，气温特别低。我提着一篮子衣服去河里洗。河上空旷无人，就我一个，棒槌敲打着衣服，空——空——空地传出老远。我并不觉得委屈，干活似乎天经地义。即使是这样的日子没有尽头，能让我待在这个家里也让我很满足了。我常常在书上看到“忧愁”二字，可忧愁是富贵人家的事情，我没有权利忧愁，我只是盼着母亲让我上学。我拼命地干活，好让母亲满意。

那天洗完之后，可能是蹲的时间太长了，站起来的时候我一头栽倒在地上。两只手本来就冻得都是口子，地上的沙和石子儿都钻到伤口里，让我疼出了两眼泪。寂寞的旷野里，天那么高远，我那么渺小。

我要是栽倒在河里呢？我要被水冲跑了又有谁会拉我一把？也许死了会更好些，我父亲不会就是这样想的吧？

我吓得哭了起来，对着一河的水哇哇哇地喊叫："啊——啊——啊——，爹呀，妈呀，二姨呀，二姨父呀……"

在家里我不敢哭，掉滴眼泪都不被容许。母亲心情不好时，碰巧我干的活儿她又不满意，她就会拧我，但只是拧我的胳膊、屁股。大姐也会拧我。她拧我的时候不说话，只是死劲儿掐我的脸。母亲也骂我："我还没死呢，你给谁哭丧?"偶尔她心情好些，便会笑话我："瞧瞧，自己倒会惯自己，我们家出了个小姐!"

我每次委屈得受不了了，就会跑去二姨家。我哭二姨也哭，她说，哭出来就好了，小孩子老憋屈着会落下病的。

那天哭完，回家我也没跟母亲说，自己跑到卫生室让医生把石子儿挑出来，包扎一下就过去了。直到我结了婚，在老公的哄劝下，又做了一次手术，才把里面的最后一颗小石子儿拿了出来。那剩下的一颗石子，在我肉里疼了多少年?

估计我母亲从来就没想过，我那会儿还是个小孩子，而且是个十三四岁的小女孩。

在二姨家，我的身体和情绪都慢慢恢复了。读完小学，有一天母亲突然来到二姨家，说要把我带回去。二姨和二姨父都很吃惊，说孩子在这儿好好的，你这是干什么？母亲不耐烦地朝他们摆着手说：“闺女是我生的，我也没说过要把她送给你们。你儿子也大了，你们家就两间小房子，男大女大的，一个屋里住着不方便。她杵在你们家里，尽是碍事儿。”母亲说完，瞪我一眼命令说，“站在这里干啥？还不赶紧去收拾你的东西！”

我靠着二姨站着，看着母亲凶狠的样子，腿都是软的。但我怕她跟二姨闹，便嗫嚅着说：“我马上就去收拾。”

她朝我不耐烦地摆摆手说：“那就赶紧去吧！”

二姨跟着我来到里屋，一边帮我收拾东西，一边流泪。二姨父蹲在门口，一根接一根抽烟。表哥那天出去了，不知道是有事儿，还是故意躲出去了。不过即使他在，肯定也不敢说什么。

我跟着母亲回了家。原来是家里添了弟弟妹妹后，她腾不出手干家务活了。她见我身体好了，让我回来好歹多个帮手。那时候大姐在她面前还吃香，霸道凶狠，啥事都推给小的。二姐本来就倔，不大听她使唤，一天到晚捧本书，心不在焉地干点活儿她也看不上。二姐也没少挨打。母亲说：“随她那死鬼爹，啥都别想指望。”

快开学的时候，我跟母亲说我要上学。母亲吃惊地看着我说：“你也要上学？你大姐、二姐都上，你再上，莫非要把我拆骨卖肉？”

我说:“妈，我保证一边上学一边干活，绝对不在家吃闲饭。”

“不上了!”她看我敢还嘴，更加恼羞成怒。

过了好久，她看见我一直站在那里没动，口气有点儿软了，说:“你这样的死脑筋，上也是白上。你先把家里活儿干好，以后再说吧!”

我不再乞求她，我知道跟她说软话没用，只有把事儿做好才有可能改变她的想法。所以我每天五点多起床，十点多才睡，把家里的事儿理得井井有条。我再提出上学的时候，她没有阻拦。

我初中毕业后，顺利地考上了高中。那天趁她在家做针线，我蹭到她跟前，跟她说我要上高中。

“不上!”她抬头斜了我一眼，就低下头去。父亲活着的时候，有时尽管她说话不好听，但还讲理。父亲不在之后，她的脾气变得更加暴戾，说话就跟放小刀子似的。

我站在她跟前，磨磨蹭蹭不走。

“你就是在这里扎根儿，也不能再上了!”

我依然站在那里。她干完手里的活儿，看都没看我一眼，噔噔噔地从我身旁走出去了，脸色阴沉得像要下雨一样。

这次看来是真不让我上了。

我想到了二姨，我不想她还能想谁呢？趁母亲不在家，我去找二姨。到了二姨家已经快中午了，我看到二姨父和哥正在吃饭。二姨不在，二姨父说她去舅舅家了。说话间，哥已经给我盛好了饭。在我吃饭的时候，哥说，你二姨明天才能回来，你要是有急事，我骑车载你去，或者我把她喊回来。我想了想说，如果二姨在那边没有急事的话，还是把她喊回来吧，我有点急事，在咱们家说方便些。我在二姨家里，说话就口齿利落，像换了个人。

我哥饭都没吃完，放下手里的碗，推着自行车就走了。

二姨半下午回来了。我一直站在门口等她。她看见我，眼圈先红了。还没待她进屋，我扑通给她跪下了，抱着她的腿哭着说："二姨，您救救我吧，我想上学！"

"你妈又不让你上学了？"二姨蹲下来，抱住我的腰，"我明天就去给她说。她要是不同意，我供养你！"

说话间，我哥也从外面进来了。我们四个人坐在屋子里，你看看我，我看看你，好像谁都没勇气再提这个话题。大家心里都明白，二姨去见我妈也于事无补。后来还是我哥打破了沉默，我哥说："这样吧，明天我去给大姨说，你上学，我去替你干活。"

"那肯定不行！"我脱口而出。我知道，二姨二姨父身体都不好，这个家离不开他，我不能再拖累这个家庭。

“没事儿，”我哥说，“就这么着！”

我知道母亲的性格，我哥这样说也只能是安慰我而已。

我跑来二姨家，也只不过是哭一场，发泄发泄罢了。二姨能有什么办法呢？

吃过饭，我提出要回去。二姨也没再留我。她一直在哭，她知道自己斗不过我母亲，让我哥骑车把我往回送。我们一路无话，但好像又说了一路的话。我知道他说的什么，他肯定也知道我说的什么。

到了村口，我哥把我放下，连看都没看我一眼就折转头往回走，根本没提去找我母亲的事儿。我猜他肯定在哭。我看着他走远了，突然间又泪流不止，我喊道：“哥！”可能是因为迎着风他没听见，或者他听见了不敢停下来，只顾低头骑着车走了。

我停了好大一会儿，拐上另外一条路。那条路直通黄河花园口桥，桥下就是黄河最深的地方。我走到黄河边，想着过往的一切，万念俱灰。前无目标，后无退路，还不如一死了之，免得牵累这么多人。我不是怕母亲的脸子，而是看不得二姨一家人的眼泪。

我还想到了我的父亲，他肯定也是怀着我这种绝望的心情，纵身跳入黄河的。父亲会浮水，我也会。既然黄河能带走父亲，也一定能带走我。

一想到父亲，我不但没有伤心，反而有一种说不出来的高兴。

月亮升起来了，把河滩照得恍如白昼。我沉着坚定，一步一步朝河边走去。河边是茂密的香蒲，我拨开香蒲往前走。前面有两只憩息的水鸟突然受到了惊吓，扑棱棱飞起来，就在我头顶上盘旋。我继续朝前走，眼前出现了一只鸟巢，像一个精致的手工编织的小篮子，那么小巧，那么温暖，挂在香蒲秆上。我走过去，看见鸟巢里有两只刚刚出生的水鸟，还有几只鸟蛋。在月光下，鸟蛋发出异样的光，好像通体晶莹剔透。我看着那两只幼小的生命，毛茸茸的，张着小嘴叫着。我站住了，犹豫起来，多么温馨幸福的一家啊！我不能打扰它们的生活。我折回头，慢慢往岸上走去。

在我抬头寻找那两只老鸟的时候，我突然看到了远处的城市。在夜色里，它离我是如此之近，灯火此起彼伏，照亮了半边天空。虽然在这里长大，可我从来没有这样认真地打量过她，尤其是没有看过她深夜里的面容。平时她僵硬的、阔大的钢筋水泥身躯，在夜里突然显得柔软起来，像起伏的山峦。她那明明灭灭的灯火，多像生命的律动。是的，她像有生命似的看着我，温柔地眨着眼睛。她在召唤我。我为什么不走向她？这难道不是一条比死亡更宽阔、更诱人的道路吗？

我的心一阵疼痛，一阵温暖。就这样死去，我不甘心。我要走进城市，我要感受城市。虽然我并不知道外面的世界等待我的将会是什么，但至少它会给我自由，让我自己能够决定活不活，以及，怎么活。

我没有明确的志向，我甚至没有梦想，我追逐的是一个可以远远离开家的地方，越远越好。

后来的事实也证明了，没什么，真的没什么。我一个身单力薄的小女孩儿，随着建筑大军进入城市，而且直接去了深圳。那不是一道窄门，她所给我的生命的力量，比父母给我的更坚实，也更坚定。

说真的，从我离开家的那一天起，我已经下定了决心，不管混成什么样，我决不会再回家。

七

我父亲还在的时候，我二姨父在郊区食品公司上班。那时候食品公司还属于国有，基本上所有的副食品都由国家垄断，不允许私人经营。其实说到底，二姨父就是个杀猪的。这也是最让母亲看不起的地方，所以二姨父很少到我家来。我母亲要是去他家也不搭理他，如果她偶尔去二姨家，碰巧只有二姨父一人在家，母亲会扭头便走。她只跟我二姨说话。

二姨父在食品公司负责杀猪、分割猪肉，最后还要处理猪骨头。认识他的人都说，杀猪匠可是个肥差，给个大队书记也不换。当时这活儿也确实是个肥差。看到他从街里走过，很多人都露出钦羡的目光。他浑身上下散发着猪油的香气，满脸油光。在那个吃不饱的年代里，他不但能吃上肉，还能喝上肉汤，确实让人羡慕不已。

他之所以能吃肉喝汤，就因为当时猪骨头也是国有财产，不能随便废弃，要卖到废品收购站。收购站就在食品公司隔壁，但食品公司得把猪骨头处理干净才能交给收购站。这就是二姨父能吃肉喝汤的根源。最后一道工序，是他负责把剔剩下的骨头放在大锅里煮，以便把骨头上的肉剔除干净。所以，他和食品公司的其他工作人员吃肉喝汤不但是权利，还是责任。

那时候生活物资匮乏，卖和买都凭票。一个人一月二两肉票，所以也不是天天杀猪，老百姓一年都吃不上几次肉，有时候十天半月才杀一回。每当杀完猪之后，食品公司的人就蜂拥而上，围着几口大锅啃骨头喝汤。有时候啃不完，还能从骨头上剔下一些肉来，被他们揣在身上偷着带回家。

刚开始的时候，二姨父可怜我父亲，赶哪次杀猪多了就会偷偷地把我父亲带进去吃喝一顿。那是我父亲最快活的日子，他总是早早地去，帮我姨父打打下手。熬汤的活儿他争着抢着就做利索了，啃一次骨头会让他高兴好几天。后来去得多了，他跟食品公司的人也熟络了，就不再偷偷摸摸，而是大摇大摆地去了。

有一次煮肉，父亲又是早早地过去。这次他带了一包自己配好的几味中草药，趁二姨父没注意扔在汤锅里。肉还没煮好，香气已经溢满了半条街。食品公司主任跑过来，问我二姨父是怎么回事儿。二姨父只顾在烧锅后面低着头干活，也没太在意，就跟主任说，没怎么啊？怎么了？

主任说："你鼻子让蛆堵住啦？还没闻见香味儿？"

话还没说完，副主任带着公司的好几个职工跑了过来，都是奔着这香味儿来的。

二姨父疑惑地看看我父亲。父亲也红了脸，嘿嘿地笑着说："也没什么，就是在药铺弄了几味中药放了进去。你们放心喝哈，滋补壮阳，保证可以让老婆满意。"对于他而言，说出这样的话等于是冷笑话。食品站主任也没笑，他神情严肃地训斥道：“这是吃的东西，你敢乱弹琴，不要命了？”说完，他实在禁不住那馋人的香味，舀了一勺汤递给副主任。副主任刚一进口就笑靥如花，说，是真他妈的好喝！副主任又舀了一勺递给主任。

主任吹了吹，把一勺汤全部喝下去了。然后闭着眼，一脸的陶醉，向我父亲伸出大拇指说：“想不到你还有这个绝活儿！”

父亲得意地搓着手，嘿嘿地笑，那意思好像是说，我也不是白来吃肉的。

后来每逢杀猪的日子，主任都让我二姨父喊上我父亲。二姨父也不好到我家去，就站在我家门口附近等。后来我父亲掐好日子，有时候二姨父还没上班，他就在路上等着他。

过了一段时间，食品公司主任说，你老是这样来不合适，万一人家说句闲话，我顶不住。这样吧，你读书多，每次你到食品站来，也不是为了吃喝，你给大家说说书里的故事，算是咱们公司的理论学习夜校吧！

父亲听见这话，高兴得不得了，毕竟这是他的强项。每当吃饱喝足，他就坐在那里给大家说故事。从《水浒传》《三国演义》到《烈火金刚》，他讲得头头是道。高兴了甚至来一段“三言二拍”里的荤段子，让人听得合不拢嘴。大伙儿听得入了迷，恨不得彻夜不让他走，他常常会说到凌晨才回家。食品站的主任总结说："过去人家说书中自有颜如玉，书中自有黄金屋。现在应该加上一句，书中自有猪肉汤啊！"

这次他没得意，显出尴尬的神色，讪讪地笑着说："也是。也算是。"

那一天恰逢下大雨，雨水把我们家的后墙给冲垮了，眼看着房子摇摇欲坠。母亲让我和二姐去找他。我们赶到食品公司，看到他坐在一圈人中间，眉飞色舞地说着什么，周围的人哄然大笑。昏黄的灯光照着他油乎乎的嘴和黏腻腻的头发，活脱脱一个电影里汉奸的形象。我跟二姐羞得简直想找个地缝钻进去，互相推脱着谁都不肯进去喊他。我们捂着耳朵面朝着墙，既不敢看也不敢听。直到等着他讲完一段，二姐才让我过去喊他出来说话。二姨父也跟着出来了，听了我们说的消息，俩人慌说，你们先回去，我们马上再带几个人一起去看看。临走他还没忘记把用塑料袋装的省下来的一点碎肉递给我二姐。

我和二姐刚刚走出食品公司的大门，就看见母亲怒气冲冲风风火火地赶过来。她也没打伞，浑身淋得精湿。湿衣服像绳子一样缠着母亲，让她看起来像个水生动物。她一眼就看见二姐手里的塑料袋，不由分说，劈手夺下来，拿着那个袋子就冲进了食品公司院子里。我和二姐在后面小跑才能撵上她。她进了院子后，刚好与他们带的一群人迎头碰上。她吼了一声冲向我父亲，把那包碎肉劈头盖脸地朝他砸去。碎肉和汤汤水水顺着我父亲的头发往下滴落。我二姨父过来劝阻，我母亲一口痰吐在他脸上。然后也不管我们，扬长而去。

那是母亲第一次在有外人的场合没给父亲留脸面。

八

在深圳稳定下来之后，我回了一趟郑州，临行前专门去香港给母亲和姐妹们买了大包小包的东西。那时候她跟妹妹住在一起，我到郑州的时候，妹妹没在家，跟着单位的人一起出去旅游了。妹妹本来想让她也跟着一块去，她说跑不动，就留在家里。她这些年跟我妹妹几乎没有分开过一天。她依赖她，确切说是控制她。

我总觉得妹妹的离婚是与母亲有直接关系的。这桩婚姻原本是母亲给定下来的。妹夫是个公务员，人长得体面，工作也体面。母亲的确比较满意，她自己也出去说，几个孩子里面这是她最满意的婚事。但妹妹结婚后，她几乎寸步不离地跟他们在一起生活。我妹妹心大，是个马大哈脾气。妹夫也是个有心胸的人。平日里小两口言来语去的，说了什么彼此并不在意。毕竟感情好，两个人有时候开起玩笑来也不怎么讲分寸。当妈的听了，却觉得这里那里都不对劲。有时候女婿无意说点什么，她不等我妹妹开口，直接就接上去了，弄得女婿甚是尴尬。对于女儿，她更是任意指责，只要不高兴了，非要说出口来不可。

慢慢地，两口子之间就出现了罅隙。但我妹妹是个没心没肺的性格，大咧咧的不当回事，也从不拿老公当外人。有时候明知道母亲没理，却还是站在母亲这一边跟老公斗气，哭了闹了，就觉得没事了。时间长了，妹夫夹在两个人中间确实不好过，但他始终忍气吞声，觉得忍忍就过去了。但他的忍让换得的却是母亲变本加厉的控制。有一次因为单位提拔了几个人，没有妹夫。他回来向我妹妹发了几句牢骚，说了，心里的结也就解了。谁知我妹妹又学给了母亲。我母亲找个机会，就仔细地盘问妹夫，一边问一边横加指责。本来单位的事就够烦心的，回家还要再受丈母娘一遍羞辱，这把妹夫平日压下去的怨气激起来了。实在是忍无可忍，他分明不是在跟一个人过日子，而是在与两个人做斗争。于是，他就跟我妹妹摊牌说，咱妈仅在家里管管我也就算了，现在她连我工作的事儿也想管，这日子能过下去吗？妹妹又拿这话去吓唬母亲。谁知母亲根本不吃这一套，她说：“不知道好歹的东西！乡下孩子，住我们的房，吃我们的饭，我们娘儿俩伺候得像爷一样，家务活没让他碰过一指头，凭啥还这么仗势？他说过不下去，那你就拿话撑着他！想怎么着都行，看看谁后悔！”

妹妹觉得母亲说的也有道理，就拿硬话撑住了妹夫。

婚最终还是离了，我母亲等着人家后悔，可很快那边就结了婚。刚离婚那会儿，我妹妹哭了一阵子。后来自己也觉得没了丈夫更舒适点，不用在意谁谁的感觉了，想睡就睡想起就起，妆不用化衣服也不用挑拣，饭想怎么吃妈就给怎么做，也挺好的。妹妹年轻貌美，在银行工作，收入不算差，离婚后介绍对象的也不少。我妈看了总是挑肥拣瘦不满意。她也懒得跟我妈理论，反正妈说好就好，说不行就不行，她没意见。她的口头禅就是，不操闲心，简简单单地生活，只要快快活活就成。只要不让她自己想事儿，处处让妈当家做主，她图个省心。反正我妹妹省心了，我妈就开心了。这世上如此般配的母女，说出来还真没几个人相信。

这次母亲不愿意跟着妹妹出去旅游也是有原因的。她曾经跟着出去玩儿过，和一群年轻人在一起，开始大家都客气着。可她还跟在家一样，什么事由着自己说了算。时间长了，大家就觉得老太太有点过分了。人家不驳她的面子，可也不理她那么多。出来玩儿带个老人，两边都很尴尬。她渐渐觉得大家都对她不敬，大家说什么故意递眼色让她插不上话，心里非常失落，旅游还没结束，就气鼓鼓地让妹妹带着她回来了。后来我妹妹出去玩儿，她十有八九都反对。这次见她实在要去，就赌气说懒得动，自己在家待着。

我赶到妹妹家已经很晚了，当天晚上也没说那么多，洗洗就睡了。第二天我睁开眼，已经快九点了。我听见客厅里有动静，便走过去，看见她正在翻我带的东西。我脸也没洗，就赶紧过去帮忙。

她低着头翻拣东西，看见我进来，一脸的尴尬。

“你这都是在市场上捡的货底子吧?”她说。

我笑着说:“那可真不是! 这都是我去香港买的，因为怕不好带，我把包装盒都扔了。”

“切!”她拿起一支欧姆龙血压计扔在床上,“在咱们这儿地摊上，十块钱就买了。”

我耐心地说:“妈，您不懂，那是专门给您买的，日本原装的，要一千多。”

“这也是给我的?”她拿起一打丝光袜子，当时比较时兴这个，“这能是人穿的？跟葱皮儿似的。”

“这是给妹妹买的。”我打开最大的那个包袱，“这是我给您买的几件衣服，您刚好试试合适不?”

她扭头看了看，不屑地说：“不试。看着就不行。”然后拍了拍自己身上的衣服，“看看你妹给我买的衣服，哪哪都是合身的。布料还厚，穿着沉甸甸的。”

我笑了笑，拿起一件马甲给她披上，说：“衣服可不是料子越厚越好。这个您还是先试试看吧!”

“咦？你啥意思？你是说你妹妹买的东西不好？”她好似遇到蛇一样拨开我拿衣服的手，“不行！我不喜欢这不长不短的东西!”

“这个呢?”我把一件毛料外套往她身上披，“这是法国进口的，牌子货。”

她一把推开我，转身就往她自己房间里面走。

“我不需要你孝顺，我不要你的东西！也不会穿你买的东西!”她说。

我感觉到自己体内有一枚炸弹爆炸了，累积了几十年的情绪一下子爆发出来。我冲过去，一把抓住她后面的脖领子，想把她拉回来。她一边往前挣，一边拿手往后面推我。但我毕竟比她力气大，强行把她拉回来按在沙发上，低声叫道："我看你试不试！我看你试不试！"一边说，一边就往她身上套那件外套。她拼命挣扎，但是一言不发，咬着牙跟我对峙。但毕竟是那么大年龄的人了，很快她就不反抗了。

我们俩都斜靠在沙发上喘着粗气，愤怒地看着对方。

她忽然现出软弱的神情，几乎用乞求的口气跟我说："今天这事儿，不管到啥时候，不管对谁，都不要说出去。说出去我只有死！好吗？"

我没理她，猛地站起来，走到卫生间用冷水冲了半天脸。我出来看见她很平静地坐在沙发上，冷冷地看着我。她那种眼神我是第一次看到，是一种深入骨髓的厌恶。我不禁一阵发冷。

"你回来就回来，买这些大包小包的东西干什么？就是为了让邻居看见，说你对我孝顺、对我好？"她的眼睛里突然流出了眼泪，这是我第一次见她流泪。父亲死的时候她只是干号了几嗓子，并没有落泪。"你太有心眼儿了。你对我好？真对我好吗？"她的眼泪越过脸上的沟沟壑壑，那黑褐色的泥土一样的颜色，在这块土地上，我从来没感受到过温暖，"你这样子做给别人看，还不是为了报复我？小时候我对你不好，你偏对我好，看我老脸往哪儿搁？你就想这样子让我羞愧死，是吧？”

我也冷冷地看着她，一句话都没再说。但是心里突然有一种极大的、恶作剧般的满足，我觉得我平生第一次在她面前占了上风。

第二天我就回了深圳。我和她单独住在同一个屋子里，觉得那三室一厅的屋子还是太小了，压抑得我时时刻刻都想爆炸。

九

关于父亲是被母亲逼死的说法为什么在我们镇子上不胫而走，到现在也没闹明白。其实我们家也没人真正去追究过原因。一来也没外人在我们跟前说起过，二来母亲对这种说法压根儿没当回事，甚至连嗤之以鼻都算不上。二姨倒是跟我说起过，她的说法还有一定的合理性。她说：“人家也不是说你妈逼死了你爸，而是你爸受不了你妈对他的态度，自己投河死了。”

态度？我估计这个词二姨不知道在心里斟酌过多少次，但我听了心还是往下一沉。这么多年我们要么是从未想起过，要么是忘记了或者刻意回避，在母亲营造的家庭氛围里，我们的“态度”在哪里？如果父亲真是被“态度”逼死的，那么这“态度”里，有多少是我们的成分？难道这些事情一股脑儿都怪在母亲一个人身上吗？

然而，想了一下我还是说：“听说会水的人，投河是淹不死的，所以他们死的话也不会选择去投河。是不是真是我爸去打鱼被河水卷走了呢？”

“真不好说，”二姨轻轻地叹了口气，“那谁说得了呢？到底河跟河不一样啊，人家都说黄河是面善心恶，长江是面恶心善；我没去过长江，黄河每年淹死那么多人，有几个不是会水的？”

我说：“我爸跟他们不一样，他懂得黄河的水性。差不多每次下大雨或者发水，他都要去黄河打鱼。”

二姨说：“常在河边走哪有不湿鞋？我约莫着那是你爸的命。”

在村人眼里，我父亲是一个非常幽默风趣、知书达理，而且相当有生活情趣的人。打兔子钓鱼，套野猪网鸟，还会讲故事，简直无一不通。更重要的是他做得一手好菜，哪怕是一根白萝卜到他手里，都能做得跟别人不一样。毕竟他是大家庭出来的，吃过见过那么多，而且读过很多书，背过汤头歌，懂中草药。

我记得父亲在的时候还是大集体，没有包产到户，我们郊区人还靠种地过日子。有一次在田里干活，他到田边的沟里解手，发现了一个兔子窝。于是他又喊了几个人，从窝口开始刨土。然后他把耳朵贴近土地，听了一会儿，拿着铁锹朝地下插去。在他插下去的地方把土刨开，果然锹下有只兔子。父亲没用一滴水，把一个兔子剥得干干净净，然后跑着到周围采集了一些野草野花什么的塞进兔子肚子里，放在火上烤。那个香味儿弄得大伙儿也没心思干活了，到处跑着找兔子窝。后来我父亲还为此在生产队的大会上做了检讨。

那时候的生活已经渐渐有了起色，村里谁家有红白喜事总是请我父亲帮忙。我父亲忙活一天，可以得几个馒头，一盆抹桌子菜。我们家的生活虽然好了一点，肉还是吃不起。再说了，这总比父亲游手好闲强得多。母亲尽管厌烦得不得了，开始极力反对，后来到底管不了。父亲倔强起来，母亲也没办法。于是她只好睁一只眼闭一只眼，只当没看见，反正她是从来不会吃一口的。

有一次，母亲回我舅舅家走亲戚去了。刚好我家的一只羊被生产队的拖拉机撞倒了，流了很多血。眼看着奄奄一息快没命了，父亲趁着它死之前，就把羊杀了。其实羊很小，也很瘦。父亲用羊骨头烩了一锅菜，把好点儿的羊肉都给母亲留着，等着她回来再吃。

饭做好后，全家人正准备吃，母亲从姥姥家回来了。看见我们围着桌子等着吃饭，便问我大姐道："哪里弄的肉这是？"大姐说，我爸把家里的羊给宰了。她并没有告诉母亲，说羊被撞着了。也可能是故意不说，也可能还没来得及说。母亲一听这话，二话不说就折返到厨房拿了一把菜刀出来，要去砍我父亲。父亲赶紧逃到西边屋子里，从里面顶住门。母亲拿着菜刀，一刀一刀剁在门上。她一句也不叫喊，害怕邻居们听见。后来菜刀深深陷在门板上，她实在没力气拔出来，才算作罢。

可等母亲回到堂屋，我们已经把桌子上的菜吃差不多了。母亲气得把桌子一把掀翻了，瘫坐在地上，一左一右地扇自己的脸。

十

刚到深圳的时候，我在建筑公司的工地上打小工。其实小工是最累的，搬砖，和灰，清理建筑垃圾什么的，都是小工的活儿。那种累是说不出来的，也不是劳动强度有多大，而是消磨你的耐力。所以多年之后有人问我那会儿累不累，我真不知道该怎么说，只能说记不得了，也许是真的想不起来。很多时候做梦都还是在搬砖，或者和灰。攀上脚手架，一脚踩空，我从上面掉下来了。正奇怪着摔这么狠怎么会不疼，恰好就醒过来了，一身都是湿淋淋的汗水。

那天是下班后的休息时间。男的都打牌喝酒去了。天气晴好，蓝天白云。我坐在简易宿舍门口看书。有个穿着休闲装、长得黑黑胖胖的大个子男人领个狗在工地上转。他已经从我跟前走过去了，又转回来，走到我的跟前问："你是在这里干吗的？"

"哪里？"我疑惑地指了指前面的工地，"这里？"

他认真地看着我，点了点头。

我说："我是工地上的工人。"

他吃惊地看着我："我们工地上有这么小的工人？"

我翻他一眼说："个子小不少干活，我都干一年了。"

我看看他，也不知道他是谁，听他说话口气蛮大的。我低下头继续看书。

"你多大了，闺女？"他没走，停下来站在我跟前。

"十八了。"我说。为了到这里打工，我多报了三岁。虽然我瘦了点儿，但个子不算低。

"你有十八？"他准备扭头走了，又拐了回来，也不跟我商量就把我手里的书拿过去。那是一本《高中数学》，他看着快被我翻烂的书页和我在上面记的笔记。

“这上面都是你写的?”他的声音温和得让我难受。长这么大,从来没遇到过有人这么温柔地跟我说话。再加上刚才他那么没有礼貌,我有点不快。而且他的河南信阳话让我听起来有点困难,但出于礼貌,我还是认真地点点头。

然后他放下书,一声不吭地走了。

大概过了三四天吧,工头突然通知我让我去公司财务科报到。到了财务科上班以后我才知道,那天跟我说话的是公司老板,怪不得他说话口气那么大。他是怜悯我,他的女儿跟我差不多大小,因为神经衰弱,经常头疼,不能到学校上课,就请老师在家里教她。患个头疼就能请老师在家上课?反正有钱人就是任性。

老板安排我在财务科当了记账员。过去工地上的工友们看见我都阴阳怪气的,不知道我走了谁的门子。连我自己都觉得不可思议,运气来得太意外了。记账员的工作与做小工有天壤之别,相当于建筑公司的白领。在这里,我又打起了上学的主意。我一边工作,一边报考了电大。课程对我来说并不是很难,数学我能考满分。我不明白这么容易的题,有的学生为什么愣是学不会。上电大时,我是最优秀的学生。

老板的女儿叫任小瑜，我们是在我到财务科上班一年后才认识的。那天财务科科长通知我说，下午下班后不要走，老板和老板娘要请你吃饭。当时我很诧异，我一个毛头丫头，人家老板凭啥请我吃饭，而且还带着夫人！

下班之后，科长把我领到职工食堂里面的小餐厅，把我介绍给老板就出去了。我看到老板和一个中年妇女在屋子里坐着喝茶，我站在门口手足无措。老板和那女的见我进来，都站了起来，热情地跟我握手让我坐下。坐下之后，我才弄明白这个妇女是老板娘。她并不像是影视剧里的当家夫人，她们一个个耀眼而且霸道，一副高高在上、不食人间烟火的样子。而眼前这个女人看起来面目良善，模样周正耐看，但打扮得非常朴素，甚至还没有我们财务科的年轻员工打扮得入时。平时老板穿衣服也不十分讲究，那一次见他我还以为他是工地的工头之类的。

正说话间，一个女孩子推门进来了。她穿着一身运动装，理了一头短发，瘦得像根棍儿。皮肤是那种不健康的苍白，嘴唇也没有血色。但人看起来温和恬静，倒是个好孩子的面相。

“爸，”她走到我旁边拉了把椅子，“这就是你跟我说的爱学习的姐姐吧？”

老板摸了摸自己的头，不好意思地咧着大嘴憨厚地笑了。

他们三口热情地述说着，开始因为紧张，我不知道他们在说什么，听了好一会儿才弄清楚是怎么回事儿。原来老板家里有个保姆兼家庭教师，现在人家结婚走了。他们想让我接这个角色。

我一口回绝了，我说我还是想上班。

“你看这样好不好？”老板娘讨好似的看着我，“你半天上班，半天陪小瑜学习。至于家务，我另找人。”

“好吧，好吧，姐姐！”那女孩拉着我的胳膊摇晃着，“你这么小就出来打工，还能考上电大，肯定有一肚子故事！我爸爸天天在家夸你。我一个人在家好难挨，我想让你陪着我一起学习！”

“她叫任小瑜，”老板娘怜爱地看着女儿，“从小被娇惯坏了，不懂事，恳请你能带带她。”

老板也看着我，说：“先委屈你试试吧，也不勉强。不行了再说。”

我看着一家三口诚恳的样子，勉强答应了。那时候我对富人没有一点好感，也是多年受仇富教育的结果。

任小瑜果然是个好孩子，虽然生在富贵之家，可一点都不骄横，还特别有善心。有一天学习完，我们一起出去散步，在小区外面看见一个孩子面前摆个牌子，上面写着："我饿了，实在走不回家了。请好心人给我十块钱。"她马上就从口袋里掏出十块钱给了那个孩子。回去的时候我问她："万一是个骗子呢?"

她站下，认真地看着我说："万一不是呢?"

我看着她，看着明亮的天空和宽阔无边的草地，看看远处的高楼和身旁盘根错节的老榕树，看看树上树下快乐的鸟儿在啁啾，我的眼睛润润的。纵使我是铁石心肠，也很难不被这样一个冰清玉洁的女孩打动。这一世界的好都属于她。我也已经长大了，想明白了很多事理。我不能责怪父母生下了我，但也不能不说，是自己投错了胎。家庭环境对一个人的性情影响太大了!

并非我天生不是个嫉恨人的人，我是被这一家人的善感化了。我在小瑜身上，不，在他们这个家庭也学会了很多东西，那是在我那个家庭根本体会不到的，那种亲人之间的爱和默契，那种充满善意的做事风格，那种待人处事的谦恭，都对我以后的人生产生了极大的影响。在他们家，我对财富、对富人有了全新的认识。穷不一定都是好，富也不一定就天然的带着恶。

小瑜长得瘦弱，却是一个超级爱吃的家伙，也真是会吃。学习期间，基本上每周她都要带我去几个好吃的地方，从日本料理到墨西哥烤肉，从杭帮菜到川湘菜，从海鲜到笨鸡笨鸭，基本上没重样过。但让她想不到的是，只要吃完她爱吃的菜，回来我都能试着给她做出来。她喜欢吃川菜馆的麻辣小鲍鱼，每个礼拜都要去吃。偌大的一盘红辣椒碎，里面埋着可怜的几只小鲍鱼，一盘菜几百块，差不多是我半个月的工资。我拉着她去鱼市上转，鲜活的小鲍鱼十块钱一只。我们买了十几只，另外买了葱、姜、新鲜的青花椒和小红尖椒。我回家用刷子将鲍鱼洗净，放在开水中烫一下，取出完整的鲍鱼肉，切片。锅里放一点橄榄油，先将鲍鱼片爆一下，加入葱姜和新鲜的红辣椒、青花椒。鲍鱼本身带鲜，不要任何调味品，只需一点生抽和黄酒。做出来之后看着就让人垂涎欲滴，小瑜一口气吃了半盘，老板和老板娘也连称鲜美，好吃。

对于做菜我这么无师自通，自己也感到很吃惊。虽然我很小就开始做饭，但都是萝卜白菜家常便饭，鸡鱼肉蛋都很少做，像海鲜什么的过去见都没见过。莫非我们家族真有会做菜的基因？

有一年过中秋节，老板要在家里请几个好朋友吃饭。任小瑜提议由我来做菜。她的这个提议立即得到了老板和老板娘的赞同。这就是这家人的风格，倒不是他们认为我能做好，而是觉得不该当着孩子的面驳我的面子。那天我和小瑜亲自跑到市场上买菜，把我们最喜欢吃的菜列了个菜单，做了十几道菜。那真是我最得意的一次，菜还没上完，就把参加宴请的人的味蕾征服了，都交口称赞，说在哪个高级饭店请的专业的厨师？小瑜得意地把我这个半大妮子介绍给大家的时候，几位客人都惊呆了。

这样过了两年，小瑜的成绩上去了，我也拿到了电大会计学专业的本科毕业证，接着我还想考会计师资格。任小瑜也要去加拿大留学了。我完成了任务，也算报答了恩情，准备着离开这个家。临走的那一天吃过晚饭，我正准备回去休息，老板却招呼我留下了，说要跟我谈件事儿。

“我们公司的餐厅，是我最头疼的事情。”老板开门见山地给我说，“换了好几任厨师，大家还是不满意。除了中午，实在没有办法了，才有一些人在那儿凑合着吃一顿。公司想接待客人，菜总是不让人满意，弄得很没面子。有些中层干部和员工请朋友吃饭，大家宁愿舍近求远出去，也不在咱们自己餐厅吃。这么大个公司，餐厅都弄不成个样儿，公司补贴很多，还连年亏损。”

我认真地听他说着，没有插话。

“我的想法是，让你把这个餐厅管起来。”老板说。

我很吃惊，这可比不得在家里烧几道家常菜。况且我仅仅是一个小小的记账员，没有任何领导经验。但我也不想一口回绝，不就是做饭吗？我思考了一会儿才说："请您给我几天时间，我考虑考虑再说好吗？"

我长成了一个大姑娘，我有了自己的想法。

我私下里考察了一下，觉得餐厅的问题可以归纳为三个。第一个是主管负责制，会造成主管与厨师之间的矛盾，没有厨师负责制合理；第二个问题，我们公司大部分员工是北方人，而请的厨师都是南方当地人，菜品和口味方面南北方相差太大；第三个问题是北方人晚上喜欢吃面条或者喝粥，而这些东西南方厨师根本不会做，或者做不好。

送任小瑜去机场的路上，我把我的想法跟老板讲了。我说："咱们这个餐厅，位置特别好，周围基本上都是市场和公司总部，想吃点好的要跑好远。如果我们做好了，不但公司的员工吃饭可以不花一分钱，餐厅还能挣钱。无非就是把公司临街的地方调整出几间房子给餐厅，需要朝外开个大点儿的门脸。"

然后我说出我的决定："我不想当这个主管。我想承包这个餐厅，我先试三个月，若是能成，除了我们的员工吃饭免费，我每月再给公司上交五万元利润，算是房租费。"

我说的是五万元，不是五百也不是五千。我被自己吓了一跳。对于做餐饮，我骨子里有一股狂野。

老板还没答话，老板娘就激动地拍了一下车座扶手，说："这个也算我一份儿。反正小瑜走了，我在家也没事儿！"

老板微笑着点了点头，又摇摇头说："果真，我没看走眼啊！"

然后他侧过身问我："听小瑜说你爸自己写过菜谱，难不成真给你们留下过秘传绝技？"

我不知什么时候竟然给小瑜说起过我的父亲。但老板此时此地说起他，让某种情绪击中了我。我有点发抖，不知道是激动还是伤感。

我意味深长地回答说道："是啊！"

十一

我想说说我的爱情。

有人说穷人不配拥有爱情，毕竟贫贱夫妻百事哀。这是我从父母和我的那些穷亲戚身上看到过的。再美好的初见，也终会被日子的窘困弄得千疮百孔。在我开始创业的那几年，拒绝过许多真真假假的求爱者。一晃我就过了三十岁了，任小瑜的妈妈给我介绍过不下十个人，我并不是没看上，是压根儿就没认真看过，心不在此。我一个人在深圳，唯一能待得住的地方就是小瑜家。叔叔阿姨两口子是真心待我好。小瑜一直在国外，每次假期回来我们俩都黏在一起，几乎没分开过。小瑜真是又懂事又孝顺，在国外也时刻惦记着爸爸妈妈，每次打电话都让我多去家里陪他们。我一有空就会去，反正我一个人也没什么事儿，真是把这里当成自己的家了。每次去都顺便在超市买些菜，亲自下厨做给他们吃。阿姨常常开玩笑说："丫头，咱们家小瑜要是个男孩，我就让她娶你。你和这个家天生有缘分。"

小瑜当然不会娶我，她嫁了个美国老公。她那边欢天喜地，四处晒旅行照，这边爸妈哭得稀里哗啦的。就这么一个女儿，却远嫁到大洋彼岸。当时我也觉得嫁个外国人，心里无论如何都过不去。我打电话问她："你是不是吃错药了？你那么百依百顺的一个人，怎么在婚姻大事上不听听叔叔阿姨的意见呢？"

"你怎么这么糊涂呢？"她一边嘻嘻笑着，一边特别认真地跟我说话，"一码归一码，孝顺是孝顺，那是我应该做的；可婚姻是我自己的事儿，我不能让任何人替我做主。况且，我父母并没有阻拦我，一直说尊重我自己的选择啊。"

我的心一阵疼痛，想起姐姐和妹妹的婚姻。我对婚姻有一种本能的抗拒和恐惧，之所以一直不找对象，恐怕也和这个有关系。

每当叔叔阿姨心里因想女儿而伤感的时候，我就劝他们说，还不如移民到美国，索性跟着小瑜他们一起生活算了。叔叔说，他的公司离不开，如果他走了，从河南老家拉出来的这几百号人怎么办？况且他一口西餐都咽不下去。阿姨也说，她一句英语都不会，跟个外国女婿生活在一起，她根本无法接受。

那些日子我怕他们伤心，去家里的时间更多了。我去他们家以后一直拿的有家里的钥匙，小瑜出国的时候我想还给他们，阿姨还把我说了一通："你也想走啊，小瑜不要我们了，你也想抛弃我们?"他们完全把我当成自己的女儿了。我出入自由，我交代保姆买什么菜做什么饭，我管制叔叔抽烟喝酒，带阿姨去做护理去上瑜伽课，一副当家做主的样子。不了解的人还以为我是任老板的另一个女儿。阿姨听人这么说，也从来不反驳，反而得意地看着我，一脸的幸福模样。我不得不说，我命好，开始闯世界就遇到这么一家人。并不是每个人都能如我这般幸运。

叔叔总是担心阿姨想女儿会想出病来，就让她每隔一段时间去美国看看小瑜。没跟他们在一起生活的时候，他们这样的人是别样世界的人，和我的家庭相差千里。他们原本也是基层小公务员出身，两夫妻辞了工作一起闯天下，同甘共苦，相濡以沫，一步一步熬到今天。与他们相处多年，从未见他们发生过大的口角。有时候叔叔因为工作不顺心，回家说话声音高一点，阿姨就连哄带劝地安慰他。阿姨不高兴叔叔喝酒，逢他喝醉也生气，生气也只是嗔怒："你不爱惜自己身体，你老了病了我可不伺候你！"叔叔就笑道："那还不好办？到时候我就找个年轻漂亮的伺候，你可别不乐意。"阿姨说："估计你不敢，你找一个试试？我不说话，你闺女估计就会收拾好你。"叔叔说："我怎么会怕一个毛丫头？我是怕你不要我，上哪儿再找一个给我亲手擀面条蒸馒头的女人？"

我觉得他们就像孩子一样，还保留着童心。这样从不斗心眼儿，对所有人都坦诚相待的两口子，怎么能把企业做这么大？可又如何能不把企业做这么大？这对我后来的企业管理也是一个深深的触动。

他们斗嘴的时候若是我在，我就假装愤怒地提出抗议："秀恩爱等我不在的时候秀，别忘了家里还有一个大龄女青年。"我总能在合适的时候逗得他们哈哈大笑，我们合着就该是一家人。

真的！

就是那次，叔叔和阿姨又一起去看小瑜，我奉命在家里看家。家里还养着小瑜的宝贝狗任小白和任小白的女儿小小白。任小白是一只白色的泰迪犬，已经十四岁了，走路都有点蹒跚，得有专人伺候。阿姨不在，我就是狗保姆。

叔叔阿姨刚走不久，家里就来了客人。

我正打扫卫生，听见有人按门铃。我打开门看见一个一脸傻笑的人站在门口。小小白大声地抗议着，不想让生人进门。他却开口便叫："小瑜姐!"

来的是个毛头小子，长相嘛，乍一看一般般，仔细一看更加一般般。个头倒是不矮，怎么着也得有一米八靠上。这么高大的个子，却一脸稚气，戴着两只银圆大小的圆饼眼镜，看起来很搞笑。

我被这个人的傻气逗笑了："你什么眼神，凭我这五大三粗的样子，你哪只眼看见我是你小瑜姐了?"

"那你是谁?"他把头伸进门里寻找。

"我是你小瑜姐的朋友，不行吗?"

我把他让在沙发上，给他倒了水，便上楼给小瑜打了个电话。小瑜那里是半夜，她睡意蒙眬地听我说完，在电话里哈哈大笑，她说："他就是我给你讲过的那个傻呆。"我在这边也哈哈大笑，"傻呆”的故事我听得可不少。我问小瑜：“我该怎么安置他？”小瑜说：“你怎么安置任小白，就怎么安置他得了！给他找个睡觉的地方，一天三顿饭管饱。出门脖子上挂个牌，写上咱家地址和你的电话号码，别万一走丢了回不来。”

这人是任小瑜的表弟，阿姨的亲侄子。阿姨姓乔，她侄子叫乔大桥。小瑜给这个表弟取绰号“傻呆”。傻呆也不是十分傻，是他们老家的高考状元，清华大学建筑系学生，今年硕士毕业。假期结束就要去美国读博，已经被美国康奈尔大学风景园林专业录取。小瑜说，她这个表弟除了会学习，情商是零，一句囫囵话都说不好。谁要是问他长大干什么，他就回答，学习。要是问他有什么爱好，他仍是回答，学习。他在清华读了六年，北京城都没转过来。小瑜曾问他清华大学校园有什么特色。他直接给她发来一张校园的鸟瞰图，然后再发一大堆评论文章。再问他，他就说学校哪哪有几棵百年老树。再问仍旧说不明白，好像他在清华只待了六天，而不是六年。

“不知道这样一个傻呆，是怎么考上康奈尔大学风景园林专业的？这个专业一直是康奈尔大学的优势专业，别说在美国，就是在世界范围内都算得上前列了。”小瑜说。

也别说，看看那瓶底儿似的眼镜就知道为什么了。

家里多了一个人，让我很有压力，下了班还得想着给他弄饭。但他在家里待了两天我就放松了。乔大桥比任小白娘儿俩还省心，给啥吃啥。到了饭点，我做饭，他就规规矩矩地坐在餐桌边等着，两手放在膝盖上，等着我端给他吃。菜做好了，若是我忘了放碟子和筷子，他不说话，就坐在那里一直等着。我的天！这真是弄个油饼挂脖子上都不知道转圈吃的主。有一次我有个应酬，给他打电话说晚会儿再吃饭。一直到我回来，他就坐在餐桌边傻等着。我赶紧给他做了个蔬菜沙拉，下了一碗水饺。他呼呼啦啦就吃完了。我问他："沙拉好吃吗?"他回答："好吃。"我收拾碗碟时发现，洗的蔬菜全部吃了，旁边小碟子里的沙拉酱动都没动。我哭笑不得，笑话道："傻呆，你吃的是原味蔬菜。"

从那以后我就和小瑜一样称呼他傻呆。他随即就答应了，一点抗议的意思都没有。

我比乔大桥大七岁，在他跟前却像个妈。我带着他理发，进理发店时像个流浪汉，出来时就变成了一个少爷。我看他打扮得三不整四不齐的，就领他去买衣服。我挑什么他就穿什么，我是设计师，他就是我的模特。从服装店出来，就像换了个人，精精神神一个帅哥。

我给了傻呆一把钥匙，上班时我告诉他看书累了就出去转转。他也很听话，看一会儿书就到隔壁的市民广场晃悠一圈。那天我回来，他告诉我今天转了十一圈儿，走了三万多步。我说那好吧，今天犒劳你，咱们出去吃吧！他立马站起身，在门口等着我带他出去吃饭。在路上，我给他讲各种菜的味道和特色。他看着我，嗯嗯嗯地答应着。我以为他对这些不感兴趣，便说：

“人活着，不懂吃还有什么意思？”

“是的，可也不一定！”他认真地回答我，这是他第一次敢于反驳我。

“好吧，傻呆，”我像对待小孩子那样拍着他的肩膀，“你倒是给我说说，有什么意思。”

他脸红了，低下头，没有说话。

我的头发是轻烫一下披在肩上，做饭时以免碍事，就随便弄个什么绾一下。有一天我给傻呆煎牛排忘了弄头发，低头的时候头发挡住了眼睛。我正要用手理一下，头发忽然被身后的一双手拢了起来。我知道是傻呆，也没太在意，只是感觉他用个什么东西给我别了一下。吃完饭我去清洗时才发现，头上别着一个水钻的发卡。我最不擅长的就是弄头发，不是披着就是绑着，被他这么拢起来别上一个头饰，一张脸都变得闪闪发光。我跑出去问傻呆：“你这东西哪儿来的?”他一脸诚实地回答：“在商场买的。”

“你自己？去商场了？为什么想起买这个?”

“你的头发总是披着，我觉得拢起来更好看，更显气质。”

“好看？气质?”天啊，这是傻呆在说话吗?

接下来还有更多的意外，他会突然买一本书说：“送给你的。”

“为什么要送我这本书?”简·奥斯汀的《傲慢与偏见》，小瑜推荐给我读过。

“你很像她。”

“谁?”

“伊丽莎白。”

“咦？傻呆啊傻呆，你是说我像伊丽莎白小甜瓜吧？皮糙肉厚是吧?”我说完哈哈大笑。

“有啥好笑的，”他沮丧地看着我，“我是认真的。”

“说你是个傻呆一点都没冤枉你！我哪里有一点伊丽莎白的影子？莫非哪里还有达西等着你老姐我是吧?”

调侃了几句，我的脸色突然就凝重起来。某种伤感的情绪蔓延开来，我的脸上肯定出现了类似忧伤的神情，也许那一会儿真的像迷茫时的伊丽莎白。

“你会有的。你很好，非常好。”

我看见了他镜片后的眼睛，纯净得像一只羔羊。

我把书还给他，突然无缘由地烦恼起来，懒懒地把他扔在客厅里，独自走了。我的突然翻脸让他不知所措，接下来的几天我对他都爱搭不理的，我做好饭会命令他自己去端盘子，自己摆碗筷。他吃完了我又凶他，让他自己收拾。他真的去洗，我又劈手夺过来。我被一种前所未有的情绪控制了，一种深藏在心底、连自己都不知道的烦恼和喜悦。

我在黑夜里拧自己的脸，我这是在干什么？我面对的只是一个孩子，一个傻呆。

我给自己冲了个冷水淋浴，在镜子里，我甩甩头发让自己恢复精神。一切又恢复了原状，我恢复成一个大姐，一个小母亲。我忘记说了，傻呆三岁就没了母亲。旁人说是进城购物时走失的，二十年没有消息。有人猜测死了，又有人说被人贩子卖到山窝子里了。失踪两年被法院宣布死亡后，父亲又娶了后母，生了两个妹妹。傻呆是跟着祖母长大的，他读书的费用全是姑姑，也就是小瑜的妈妈出的。

闲暇时间，我又开始带着傻呆四处游走。我们去植物园，他拽一根草茎，三下两下就拧成一个戒指，捧着递给我。那么大的手，托着一点小小的精致，真是憨态可掬。抬眼看他的脸，一脸孩子气的傻笑。我们去看电影，他一下子变成另一个人，他会告诉我电影的来龙去脉，原著是谁，人物故事的合理和不合理，演员哪一点没表现到位，等等。他熟悉那么多演员，包括国外的，好像都跟他哥们儿似的。莫非他什么都懂得，却装傻充愣欺骗我们？

好在他就要离开了，他要去遥远的美国。我们，或许一辈子都不会再见面了。

果然我没猜错。傻呆真不傻，他去美国后开始对我全方位展示他的霹雳手段，一天一封邮件，狂轰滥炸。我不知道他从哪儿弄到我的邮箱的，他并没有问我要过。傻呆的爱情炽烈到足以把我融化。我知道我们之间的差距有多大，年龄、文化以及阶层，每一项都足以让我窒息。所以我一直拒绝，绝望地等待着他苏醒。他开窍了，说不定哪一天就会和小瑜一样宣布婚讯，娶个洋妞也说不准。

这样痛苦地煎熬了三年，我瘦了，瘦得像个麻秆一样。瘦了之后也变白了。我不是矫情，我真的忧郁了，是那种来自心底的掩不住的哀伤。他们说我的气质越来越像一个大企业家。的确，我的生意越来越好，我变得越来越高级，离原来的我也越来越远。

这一天终于到来了，傻呆告诉我他提前毕业了。他发来穿着博士服的照片。那一刻我有点迷糊，不是说要五年才能毕业吗，怎么三年就毕业了？也太牛了吧？

照片上，他长大了许多，肩宽了，像一个成熟的男人了。他张开双臂，像个外国人一样对我歪着头笑着，那笑容我是那么熟悉。我多想扑进去，那个怀抱是我日思夜想的。我想爱他，好好爱！

傻呆说，美国有给他工作的机会。

我回复他，好啊，你有才华，那边的空间可以让你更好地施展。

傻呆说，我要你也过来，嫁给我。美国的中国餐也有很大的市场。

我毫不犹豫地告诉他，我不会去的！离开中国，我做出来的仅仅只是食物而已，不管挣多少钱都不会成为我的事业。我并不明白我为什么这样说，我是爱我的国家吗？还是爱差不多被我遗忘的家乡？我已经走得太远了。

我告诉他："忘记我吧！找个合适姑娘成家立业。"

我好久再没收到他的任何消息，我昏睡了两天，觉得一切都过去了。也许根本没来，也不该来。我要求自己把一切都放下，毕竟长痛不如短痛。

一个月后，阿姨打电话让我回家一趟，说有要事。我连忙放下手头的工作赶回家去。进门就看见了笑嘻嘻的傻呆。那一刻，我如遭雷击。阿姨说："大桥把什么都告诉我了，他要娶你。"

"我？"我也顾不得面前是阿姨，泪流满面，泣不成声。

"好孩子，这几年你一直都心事重重的，你该早点告诉我。"

我呆呆地站着，哽咽着说："阿姨，这不合适。"

"再没这么合适了，傻孩子！他不娶你娶谁呢！往后啊，该改口叫姑姑了。"阿姨过来拉住我的手说。

我和傻呆第二天就去办理了结婚手续。傻呆把工作签到了深圳的一家设计院。办完手续，我们默默走到办事处对面的公园里。好像一切才刚刚开始，又好像一辈子的话语都已经说完。他说："你去哪儿我就跟到哪儿，我是你永不能割舍的一部分。"

我看看他，把手递给他。这是我们第一次手拉手。他把我揽在怀里，我把头抵在他的胸口说：

"傻呆，我也是。"

傻呆说："你是我生命中最重要的人。"

我说："傻呆，你是我的全部。"

说完，我忽然颤抖起来，泪流满面。我拿着他的手放在我泪湿的脸上，轻声说道："阿呆，阿呆，掐我的脸，我要疼！我不是在做梦吧？"

然后我就伏在他怀里痛痛快快地纵声哭出来。有生以来，我是第一次这么痛痛快快地哭，那声音盖过了周围的一切。我的眼泪鼻涕濡湿了他的新衬衫，我哭花了自己精心勾描的妆。我把我这些年的眼泪都攒着，就是为了哭给他，一个傻呆，我的阿呆！

在傻呆面前，我彻底地打开了我自己。多年藏在心底的郁结，一层层地揭开，我的家庭，我的母亲，甚至我父亲的死。我说："阿呆，一直以来我都是赌着一口气过来的。我也不清楚在赌什么，反正是放不下。"

傻呆抚着我的后背，深情地说："没事亲爱的，你会放下的。"

"会吗？"我在黑夜里大睁着眼睛。

不过，我终于相信了这个世界上是有爱情的。我的父母不懂得，我的兄弟姐妹不懂得，但我懂得了。

十二

这次回来，本来我不再想找弟弟说安葬父亲的事儿，我知道说了也是白说，我弟媳妇那一关就过不了，到时候不但拿不到钱，还会惹一肚子气。但母亲既然已经给他打了电话，说这钱要他们拿，我不见就是我没走到，到时候两边都会怪罪我。

这次母亲对父亲的事儿这么上心，我和妹妹猜了很多次，都猜不出来她的心思。是不是跟她这两次生病有关？也许她觉得自己也快走到了生命尽头，见面时要对父亲有所交代？

但母亲并不是那样的人，她一生都不肯示弱。

到弟弟那里去我还要了却一桩心愿，我想去看看他们那里办事处的派出所所长，我曾经托人家办过兄弟媳妇的一桩事儿，办完之后一直没有时间感谢。

弟弟算是弟媳家的入赘女婿。我们姐弟几个的婚姻，除了我还算顺当，其他几个的事儿扯起来都有点长。当年弟媳的父亲在我们村子边上开了一个超市，弟媳也跟着父母过来读书，刚好跟我弟弟是一个班。弟媳长得虽然不是太漂亮，但被娇养的孩子不一样，气质独特，且能歌善舞，自幼学得一手好琵琶。弟弟一门心思迷上了她，可是人家根本没把我弟弟放在眼里，她喜欢的是我们这个城中村村主任的儿子。高中一毕业，两个人就大操大办结了婚。

那时候城市化刚刚开始，村里大拆大建，政府和开发商都要征地，所以村主任是个肥差，恐怕也借机敛了不少钱。村主任的儿子买了一辆大路虎，天天跟开个坦克似的到处显摆。有一次他拉着父母去朋友家喝酒，回来的时候被前面的一辆破手扶拖拉机挡住了路，路虎发挥不了威力，怎么按喇叭，前面始终不让开路。那天他们都喝了不少酒，情绪极度亢奋，再加上有点生气，他大着舌头问父亲："老大，今天让您破费点小钱吧？"他父亲眼睛都没睁开，大大咧咧地说："小子，你看着办吧！"他一脚油门轰到底朝拖拉机冲去。想着他这么好的车，对付一个破手扶拖拉机根本不是事儿。没承想拖拉机被撞飞了，车斗里拉的几十根钢筋借着惯力冲出来，有几根从路虎的挡风玻璃上直插进来，把他父子两个穿个透心凉，当场就死了。

那时候我后来的弟媳刚刚生了一个儿子，正是在家里颐指气使作威作福的时刻。可是这突如其来的打击，让这个家顷刻之间支离破碎。婆婆虽然伤得不重，但精神却差不多崩溃了，家里什么事儿也管不了，家里亲戚过来连偷带拿，弄得一个家乌烟瘴气。弟媳本来贪图人家的家业，可房本上没一处写的是自己的名字。更难以接受的打击来了，婆婆失去了丈夫，失去了儿子，她再不能失去孙子，开始霸着孙子不让儿媳妇碰，后来干脆抱着孩子藏起来不见面了。

弟媳被这突如其来的变故弄得晕头转向，天天脸不洗头不梳，病得要死不活，父母只好把她接回娘家。恰好那会儿我们村子拆迁，把他们的超市也给拆了。她父母又带着他们回了老家开封。

我弟弟觉得这是天赐良机，一而再再而三地追到人家家里，捧着大金戒指求婚，非要给人家当上门女婿不可。对这送上门来的好事，人家还能说什么呢？兄弟媳妇收拾得花枝招展地应下了这门婚事，二话不说就去办了结婚手续。老两口生有一儿一女，儿子结婚后另过了，跟前就这么一个闺女，父母高兴得不得了，直喊我弟弟活菩萨。他们觉得是我弟弟救了他家闺女，救了他们一家子。

这事儿把我母亲气得一死一活的，但是没用。说来也怪了，母亲对我们几个姊妹从来都是斩钉截铁，不允许还嘴。就是对自己的儿子，从来没敢说过一句硬话。但这次我母亲开始还是拼命阻拦了，要死要活的。我弟弟说，我就是要娶这个人，你要是敢逼我，我立马去投黄河，让你们家断子绝孙！

母亲吓得脸色都变了，她知道我弟弟不会浮水。

母亲的重男轻女是摆在桌面上的。自从我们家有了弟弟之后，她就再也没有把我们姊妹几个看在眼里，全世界就只有她的儿子。好吃的好穿的都是他的。但弟弟是扶不上墙的烂泥，虽然也不干什么坏事儿，就是混吃混喝，没囊气，更没什么志气。有一次，我二姐说，他就是我父亲的翻版。这话被我母亲听到了，一巴掌扇到二姐脸上，五个指印几天都没下去。她死都不愿意承认自己的儿子像他爹，更不会允许自家人这样说。

弟媳他们那个镇子离开封中心城区很近，现在已经成了市经济开发区。说来也怪，不管我弟弟做事如何荒唐，自打和弟媳结了婚，突然就上路了。夫妻俩在镇上开了一家饭店，开始是我弟弟亲自掌勺，硬是把饭店一铲子一铲子炒出名气来了。后来他培养了几个徒弟，又招了大厨，生意慢慢做大了。开封是个古都城，古迹颇多，来看古城的人尽管不火爆，可也常年络绎不绝。几年下来，他们在临街盘了几间门面房，接连生了两个闺女，一高兴后面又买了几亩地盖了个小院，日子过得相当滋润。

我母亲一直没认这个儿媳妇，这也是她这么多年不愿意回河南的一个原因。我妹妹有时候逗她，你不认媳妇总不会孙女也不认吧？我母亲说：“我这一辈子就厌烦闺女。”我母亲就是这样，她后半辈子都是吃闺女的，住闺女的，但是要让她心里认可闺女可真是不容易。

去年弟媳妇的娘家侄子想去当兵。但这孩子在当地名声太坏，品行差，打架斗殴是家常便饭，是派出所的“常客”，所以派出所死活不给盖章。弟媳不知道怎么打听到我跟派出所所长的老婆是小学同学，关系很好。其实，过去许多年并不来往，只是近几年我成了家乡的名人，她来深圳旅游，是我接待的。她很是感激，关系就热络起来了。

弟媳便让弟弟给我打电话。我拒绝了，说这事儿不好管，让人家为难的事儿我开不了口。我弟媳自个儿给我打了电话，还没张口就先哇哇大哭。说她娘八十多岁了，就这么一个孙子，不把他安置好，老娘会死不瞑目。对于这个半路冒出来的弟媳妇，我不知道该怎么拒绝，也知道如果拒绝了她，我弟弟面临着怎样的处境。于是万般无奈，就给派出所所长的老婆打了电话。派出所所长的老婆倒是干脆利索，她在电话里说，这不是个事儿，你谁都不要找了，这事儿你妹子我说了算！咱们办事处就是走一个兵，也是你这亲戚的！

果真人家把这事儿利利索索给办了。

那天去看他们，因为带的东西多，我让大姐夫开车跟我一起去。现在郑州和开封已经实现了一体化，道路非常好走，我们早早就到了他们家。弟弟已经明显发福了，头上也谢顶得厉害，那个中年油腻的样子猛一看真像我父亲。但认真打量，跟我父亲还是相差甚远。我父亲骨子里有一种尊贵，那是别人触碰不得的，虽然历经岁月的消磨，但依然坚硬；而我的弟弟则缺少这种东西，他是一味地软。我母亲不承认儿子像父亲，我倒是觉得他不配像父亲。

我弟媳则打扮得光鲜靓丽，乍看起来比我弟弟小好几岁，其实她比我弟弟还大两岁。弟媳一副志得意满的样子，一见面没有寒暄几句，就高门大嗓地说着他们现在的一切，刚刚从云南买回来的红木家具啦，在云南茶山上定制的老树普洱茶啦，刚刚去日本旅游买回来的衣服啦。反正绕过来绕过去，就是不提父亲墓地的事儿。

在我脑海里闪回的，还是我们过去的家庭。我想起父亲和母亲，心头难免有一阵心酸。看着我油腻不堪的弟弟，禁不住总是想到在昏黄的电灯光下说书的父亲。

说了一阵子话之后，我给派出所所长的老婆打了电话，说中午我请他们吃饭。人家也挺给面子的，我放下电话不久，两口子就带着几个关系不错的干警过来了。中午喝得很是高兴，两口子也很会办事，所长老婆给我带了礼物，场面弄得热热闹闹，给足了面子。弟弟弟媳也很高兴，我弟弟亲自掌勺，上的都是店里的高端拿手菜。我们几个轮番敬酒，大家尽兴而散。

吃完饭，我送走客人，去了趟洗手间。从洗手间出来，发现人都回后面院子里去了，只有大姐夫站在门口等我。我正要出去，却被服务员拦住了，说让我到款台结账。我愣了一下，笑着说，你弄错了，我是你们老板的姐姐，今天是你们老板请客。服务员也笑着说，老板娘刚才专门交代了，说是您请来的客人，这账她让您结。见我愣了一下，服务员说："我听老板娘说，您是深圳回来的大富翁，这点小钱算什么啊？您不知道老板娘的脾气，这两千九百二十块钱如果您不拿出来，得从我的工资里扣。"

我笑了笑，赶紧从包里抽出三千块钱给她，说多出来的算是小费，我们深圳都兴这个。服务员立时脸笑得开了花一样，说，姐可真有气质，和我们老板娘比起来，您是牡丹，她也就是朵西蓝花。说完自己先捂着嘴笑歪了脸。

出了门，我看见大姐夫已经坐在车里了，知道他为刚才的事儿不高兴。我拉开车门，把他喊下来，小声说：“哥，算了，这种事儿一介意，反而显得我们小气，让咱弟弟也下不来台。”

他长叹了口气，跟着我回到后面院子里，坐下来喝了一阵子他们的古树普洱茶，又和弟弟弟媳说了半天话。弟弟说：“姐，你轻易不回河南，走时想带点啥？我给你买去。”弟媳妇不等我谦让就抢着说：“深圳什么没有，人家咋会稀罕咱这些不入流的东西？”我弟弟闷了一会儿，站起来又坐下，终还是起身去院子里翻出一袋子晒干的草叶子，说：“这是我们秋天在黄河滩挖的蒲公英，沙地里长的，连着根拔出来晒干的。这个熬水喝，消炎效果非常好。咱妈嗓子爱发炎，不用吃药，拿这煮水喝一天就好了。”弟媳妇也赶忙说：“对对对，蒲公英可是个好东西，特别是黄河滩里的，纯野生，听说还有降三高的作用呢！”

关于父亲的墓地问题，他们一字没提。我更不想再提起。

车子走到半道，我弟弟突然发来一条微信：三姐，我挺想咱妈的，她要是愿意回来住一阵子，我去郑州陪她。

我回复道：好的！想想过于程式化，便把感叹号删了，在后面加了一个愉快的笑脸。

我离开的那一天，大姐夫送我。二姐和二姐夫后来也赶了过来。在机场托运完行李，到了安检口跟他和二姐、二姐夫告别的时候，大姐夫递给我一个用旧了的小化妆包，他说是大姐让交给我的。我随手放在手提包里。在飞机的头等舱安置好之后，我带有几分强烈好奇打开那个小包，里面一层一层地用餐巾纸包裹着一卷硬硬的东西。一共包了五层，打开之后，一个红皮笔记本的塑料封面里，夹着一个自制的小本子。那种纸纸质相当低劣，但剪裁得很整齐，顶头用白线极精细地缝合在一起。白线已经泛黄了，被手指摸过的地方也形成了灰黑色的霉斑。仔细辨认，缝起来的地方还露着“兽医站处方笺”的暗红色字迹。

那一刻，我几乎魂飞魄散。平静了好一会儿，哆嗦着翻开小本子，扉页上写着:《关于做菜的几种方法》，居然还用了书名号。一页页地翻下去，一共二十几页，每页一道菜，详细地记述了选材和制作方法。

这就是我们探寻了几十年的秘密，我父亲的菜谱。钢笔，漂亮的楷体，线条流畅优美，刚柔并济。

你可以想象我搂着那个本子，那种激动，那种癫狂，那种伤感，那种得意，简直是无法用语言描述出来的。我静静地等待着飞机倾斜着身子升到两千米，五千米，八千米，一万米的高空，它的爬高过程也是我的心情爬高的过程。等飞机平稳了，我镇定地站起来，把自己关进头等舱的卫生间里，哭了笑，笑了又哭，纸巾用了一大堆，脸上的妆容被冲得乱花残蕊。我索性用清水洗了个彻底。假面消失了，镜子里几乎是一张让我自己陌生的脸。我打量着这张脸，想起傻呆常常说的一句话：你不化妆的样子才是最好看的。真的是这样，说不上是清水出芙蓉，但确实很好看。我对着镜子，给了自己一个开心的笑脸。

十三

回到深圳，我给母亲看了父亲的墓地购买合同。只是预付了定金，手续繁复得比买楼盘都不差，真正拿到墓地还得排队等到一年之后。这也就意味着父亲在入土之前，至少还得流浪一次。有人说现在的人生不起、活不起，也死不起，我算是信了。

母亲还没出院。她自己不愿意，说是要做完全部检查再说，反正现在国家给报销。我笑了，我说国家不报销难道还不给你看病是吧?

“那可说不定！”她总是喜欢口强。关于购买墓地大家摊钱的事儿，她一句都不提。

我和医生商量了一下，医院保留住院手续，人白天观察，晚上回家住，第二天早晨再来。医生同意了。母亲也挺高兴，在这里住几天，虽然住的是单间，可满楼道人闹哄哄的，医生护士一会儿一趟，她根本睡不安生。病号饭有盐没味儿的，估计受了不少委屈。在她下床我妹妹给她穿鞋的时候，她提出想吃老家菜，说人一生病，就特别想念老家的味道。

我笑着说道：“您和小妹天天在家不都是吃老家菜嘛！”

她说：“那不一样。”

我朝妹妹挤挤眼，依然笑着说：“不行您换个口味儿，去尝尝我们的餐厅好不好？”

她也不答话，径直朝门外走去。

我开车带着她们跑了半天才找到一家好点儿的河南馆子，点了几个河南特色的菜品。有红烧鲤鱼、老豆腐蘸酱、炸八块，尤其是她喜欢吃的扒羊肉。开始上菜，她吃得很高兴。我妹妹看她情绪不错，就特意多给她夹菜。后来等扒羊肉上来了，她把筷子放下，站起来趴在上面一边看一边拿鼻子吸溜吸溜闻着，然后摇摇头，腾的一声坐下了，脸色也阴沉起来。她用手指着盘子里的羊肉说，这菜不是这个做法嘛！肋条肉要用肥肉，这瘦不拉唧的羊做不好。葱段也得用油炸黄，不能炒成这样黑不溜秋的！

我和妹妹惊呆了，从小到大，这是她第一次说到菜，而且是我父亲最拿手的一道菜。我和妹妹相互看了几眼，谁都不知道该说什么。后来还是妹妹说，这是在深圳，能吃到这样做的羊肉已经不错了，就凑合着吃点吧，回家我们姐儿俩亲自给你做。

她要了一碗疙瘩汤，桌上的菜一口也没再动。吃完饭回家的时候，我们一路无话。最近一段时间，我觉得母亲的情绪确实很反常。

妹妹陪母亲住楼下，我和老公女儿住楼上。寒假还没有结束，老公带女儿去普吉岛玩去了，屋子被保姆收拾得纤尘不染。回家这几天，快把我累散架了。我把浴缸的水放满，想躺在里面舒舒服服泡个澡。

在我昏昏欲睡的时候，听到母亲和妹妹在下面说话。楼上楼下的浴室在同一个位置。母亲说："……要说你们姊妹兄弟几个，嫁的娶的就你三姐夫最好。人有学问，又懂得跟人亲。我们娘儿俩在人家家一待这么多年，一个不喜欢的脸色都没有。"

“你不是说，住的是你自己闺女的房吗?”我听见我妹妹哧哧地笑。

“别再胡说，再怎么说人家是一家人！女婿脸难看，我能吃得下饭？再说了，你房子弄好几年了，要不是你姐夫不让搬，说住一起热闹，我们娘儿俩……唉，我能不知道好歹，大桥这孩子，待人亲。”

“而且是真亲，我姐夫是不是真有点傻，跟谁都像没出五服一样，傻亲傻亲的。”我妹妹又哧哧地笑起来。

我母亲叹了一口气：“我不是不想让你再找，是怕你找不到好人。你能遇着一个你三姐夫这样的，我死也瞑目了。”

我的眼睛湿润了，真上岁数了，最近变得越来越爱哭。我们姊妹四个，只有我一个人的婚姻是自己做的主。我母亲见到大桥后一直客客气气，不夸赞也不批评，从来没有态度。现在她这样评价大桥，其实也是对其他几个女儿的道歉。她实在太强势了。

母女二人沉默了一会儿。

后来我听到母亲说：“……你爸啊，本事不大，气性不小。”母亲像是自言自语，也像是在对妹妹说。

父亲死的时候我妹妹还小，对父亲一点印象都没有。平时我和姐姐说起父亲，她也很少插话。

“妈，我爸已经去世几十年了。”我听见水花哗啦哗啦响，估计她是在给我妈搓背。母亲这些年一步也离不开妹妹，她也真是会伺候人。“妈，你快快活活过好自己的晚年，什么都别想了。”

“唉——”母亲长长地叹了口气，“要是能放下就好了！”

我不忍心再听下去，起来把窗户关严实，也没心情泡澡了。浑身又疼又困，躺在床上怎么都睡不着。父亲死时的情景老是在眼前晃来晃去。父亲的死像一个死结，纠缠了我们几十年，莫非母亲想把它解开吗？突然想起来，在我回郑州给父亲买墓地之前，她曾经给妹妹我们两个说过这样的话：“不入土就不算安葬。你爸死几十年没安葬，他不闹腾才怪！”这话是什么意思？到底是谁，怎么闹腾了？父亲肯定不会闹腾她，只有她自己闹腾自己，心里过不去这个坎儿罢了。

可是这道坎儿我也不敢往深处想，真不敢再想下去。

过得去吗？

过不去吗？

一股无以言表的杂乱而又清晰的疼痛浸透了身体的每一处。我们只有一个父亲，可是他已经死去了；而活着的，也是我们姐弟五个唯一的母亲啊！

母亲，我是恨着她的。可我恨了多少年就爱了多少年；恨有多深，爱就有多深。倏忽之间，她已经八十六岁了。我在黑暗中大睁着眼睛，任泪水濡湿枕头。我清晰地意识到，她离死亡越来越近了，这是我心底最恐惧的，要多恐惧有多恐惧。

我心里某些冷硬的东西在松动，好像沉积了几十年的冻土层在慢慢融化。尽管我不去想，可那些过往的日子突然雪片般地向我飞来，一层一层地落在我心底，令我百感交集。

下午在医院看妹妹给母亲穿鞋的时候，我突然想起一件事。我在郑州的老房子收拾东西的时候，看见母亲乱七八糟的衣服里面，还裹着一只纳好的鞋底子，只有那一只。当时我就猜想，另外一只是丢了，还是根本没纳出来？那只鞋底子很大，显然是父亲的。如果是父亲去世前纳的，为什么母亲还要一直保留着呢？

那只鞋底子虽然做工不是很精致，但明显看出来，母亲还是下了很大功夫的。鞋底子纳得厚厚实实，针脚密密麻麻。它像有生命似的与我对望。一瞬间，我被感动得热泪盈眶。我想起二姨说过，家里再穷，我母亲也保证父亲出门必须穿戴得齐齐整整，干干净净，能有模有样地站在人前。这母亲一针一线纳出来的鞋底子，曾经寄托过她多大的希望啊！

我拿起那只鞋底子，把它紧紧贴在脸上，很久很久，感受着它的坚硬和温暖，然后把它放进我包里。我想，等父亲入土的时候，我一定要把它跟父亲放在一起。

郑州的小房子我在售房网上挂出去了。可我没告诉任何人，在东区最好的地段北龙湖西岸，买了一套带院子的洋房，两层带地下室，加在一起有四百多平方米。我母亲要是想回郑州就让她回来住，她稀罕土地，深圳的楼顶上搁满了盆盆罐罐，里面种满了荆芥、玉米菜、薄荷、小茴香，都是她让我妹在网上买的家乡的菜种。一个带院子的房子会是我母亲晚年最美好的期盼吧，可以让她任意栽花种菜。这里距开封也只有半个小时的车程，孩子们谁想陪她住谁就过来，反正房子足够大。

我待在郑州的这一段时间，抽空转了市区的各个地方。西区改造成了一个标准的绿城，拥挤却充满秩序。而庞大的郑东新区，高楼大厦之间，有着阔大的开放式公园，处处草木葳蕤，生机勃勃。郑州，也许克隆了别的城市，但她长得像谁又如何呢？无论像谁，她毕竟是她自己，她有自己的核心文化，她有自己的发展逻辑。过去那个老郑州是回不来了，但是一个崭新的郑州依然是郑州。人在变，城市也在变。我父亲死去几十年了，不也一样在改变？

我的家乡，一切皆好，一切都会变得越来越好。当我们想着她好，想着让她好的时候，她怎么能不好呢？

我父亲将回到黄河岸边的邙山，他可以俯瞰河流的两岸。他老人家在另外一个世界，也一定改换了容颜，体态从容，坦然以对。

我估算了一下，这个眼下已经拥有一千万人的特大城市，按照国家中心城市的规划，还有两千万人的增长空间。虽然这个城市处处都是豫菜，但不具规模，没有完备的标准，也不成体系。这里的粤菜馆子也有几家，但做得不伦不类，更是不具规模。我要回到郑州来，我想研究开发豫菜体系。我还想把地道的粤菜搬回来，甚至想搞一个菜系融合工程。我设想用餐饮撬动一个有着巨大潜力的市场。有这样的设想，母亲还会觉得做餐饮拿不出手吗？

我的父亲叫曹曾光，他生于黄河，死于黄河，最后也将葬于黄河岸边。他再也不是我们家的耻辱，我要完成的正是我父亲未竟的梦想。

图书在版编目（CIP）数据

天台上的父亲 / 邵丽著．— 北京：北京十月文艺出版社，2021.9
ISBN 978-7-5302-2176-1

Ⅰ．①天… Ⅱ．①邵… Ⅲ．①中篇小说—小说集—中国—当代②短篇小说—小说集—中国—当代… Ⅳ．①I247.7

中国版本图书馆 CIP 数据核字（2021）第 148977 号

天台上的父亲
TIANTAI SHANG DE FUQIN
邵丽 著

出　　版　北京出版集团
　　　　　北京十月文艺出版社
地　　址　北京北三环中路 6 号
邮　　编　100120
网　　址　www.bph.com.cn
发　　行　新经典发行有限公司
　　　　　电话（010）68423599
经　　销　新华书店
印　　刷　北京盛通印刷股份有限公司
版　　次　2021 年 9 月第 1 版
　　　　　2021 年 9 月第 1 次印刷
开　　本　850 毫米 ×1168 毫米　1/32
印　　张　13
字　　数　220 千字
书　　号　ISBN 978-7-5302-2176-1
定　　价　59.00 元
质量监督电话　010-58572393
如有印装质量问题，由本社负责调换。